LA CASA ENTRE LOS PINOS

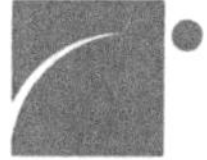

ANA REYES

LA CASA ENTRE LOS PINOS

Traducción de
Efrén de los Reyes

Rocaeditorial

Título original: *The House in the Pines*

Primera edición: octubre de 2024

Printed in Spain – Impreso en España

ISBN: 978-84-19965-13-4
Depósito legal: B-12667-2024

Compuesto en Mirakel Studio, S. L. U.

Impreso en Unigraf
Móstoles (Madrid)

RE65134

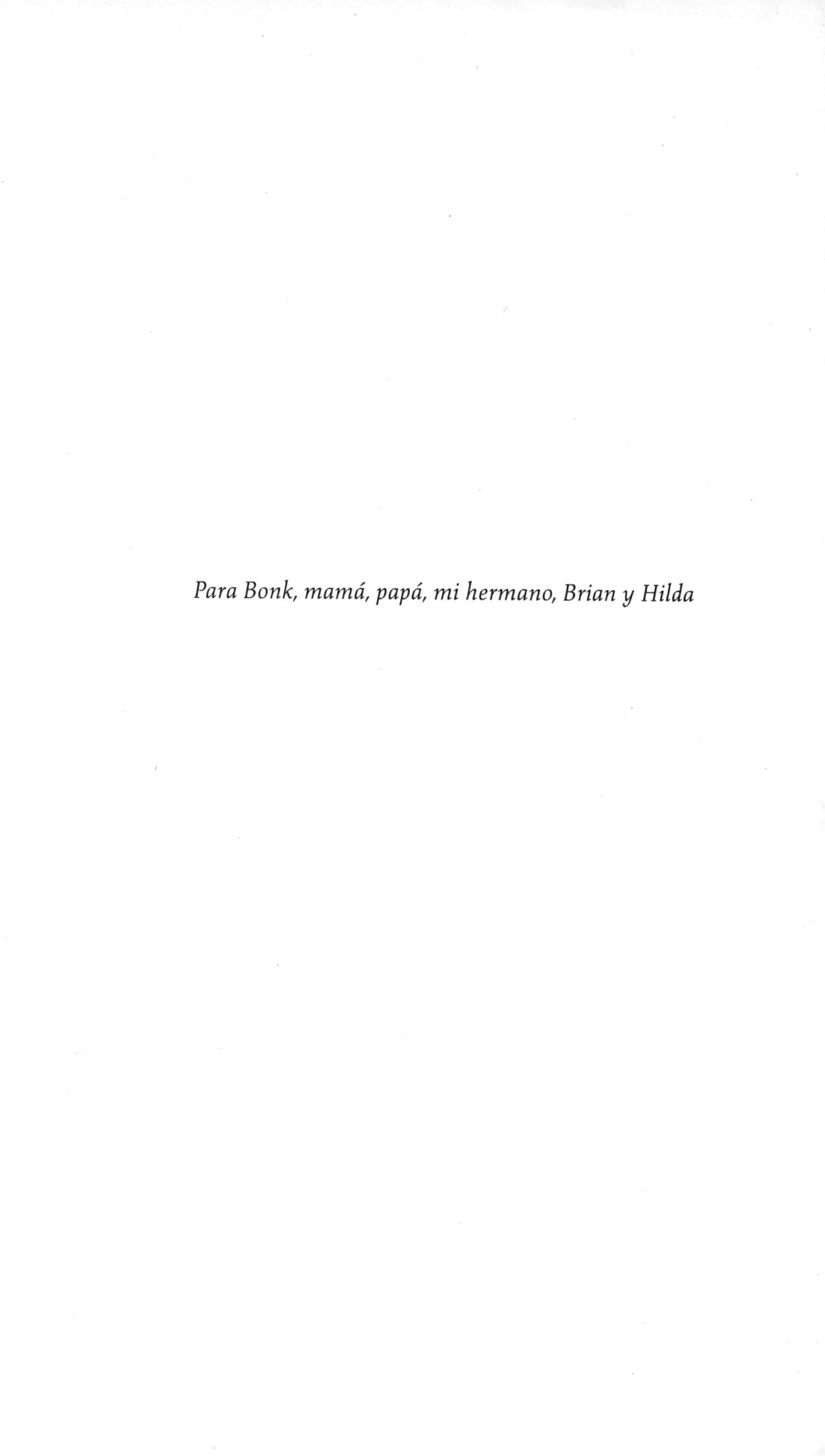

Para Bonk, mamá, papá, mi hermano, Brian y Hilda

Prólogo

En las profundidades de estos bosques hay una casa que puede pasar desapercibida fácilmente.

De hecho, la mayoría de la gente echaría un vistazo e insistiría en que no está allí. Y no se equivocarían; al menos no del todo. Lo que verían son los restos de una casa, unos cimientos derruidos y cubiertos de hierbas. Una casa abandonada hace largo tiempo. Pero observa el suelo aquí, ese cemento fracturado por el sol y el hielo. Justo ahí es donde va la chimenea. Si miras lo suficiente, se prenderá una chispa. Y, si soplas, esa chispa se convertirá en una llama, una luz cálida en este bosque frío y oscuro.

Si te acercas, el fuego se vuelve más intenso y se te llenan los ojos de humo, un humo arremolinado con olor a pino quemado que se endulza con aroma a perfume y se suaviza luego con el olor del abrigo de tu madre, que murmura en la habitación contigua. Si te das la vuelta, allí están las paredes, tímidas como ciervos saliendo de entre los árboles. El cemento congelado se convierte en una alfombra. Quítate los zapatos, quédate un rato. Fuera, el viento arrecia. Se oye muy cerca un rápido traqueteo. Deben de ser las ventanas en sus bisagras. Del cielo cae una nieve ligera que cubre esta acogedora casa, como si estuviera arropándola antes de dormir. «Buenas noches, casa de muñecas. Y buenas noches, ratoncita inquieta». ¿Te acuerdas? Por una vez, no hay motivo para levantarse, nadie a quien perseguir o de quien huir. Desde la cocina llega el olor a hogar, el sonido de un sofrito. Así fue el mundo una vez, antes del primer cólico, de la primera quemadura, de la primera vez que te perdiste. Y esa es la razón por la que lo haces. «Buenas noches, nadie; buenas noches, cereales. Y buenas noches, viejecita que dice "shh, no hables"».

Duerme bien, porque, cuando despiertes, esta casa habrá desaparecido.

1

Maya aún no lo sabía, pero el vídeo ya había empezado a circular por las redes sociales. Eran seis minutos de imágenes de seguridad de mala calidad, lo bastante extrañas e inquietantes como para acumular varios miles de visitas el día en que se publicaron, pero no tan escabrosas como para hacerse virales, ni tan espantosas como para inspirar múltiples visionados. Pero su existencia pondría patas arriba todo lo que Maya había estado construyendo en los últimos años, aquella vida a veces descuidada pero casi siempre estable que compartía con Dan, que dormía tranquilamente a su lado.

Aún no había visto el vídeo porque evitaba las pantallas; no quería que la luz azul la mantuviera despierta. Lo había probado todo para dormir: antihistamínicos, melatonina o contar hacia atrás desde cien. Le había dado la vuelta al reloj, se había dado un baño y había tomado jarabe para la tos, pero nada había servido. Era su tercera noche seguida sin pegar ojo. Se había ido a vivir con Dan a principios de mes, y habría sido capaz de dibujar de memoria cada mancha de humedad que había en el techo, las ramificaciones de cada grieta.

Poniéndose de costado, Maya se recordó que debía comprar cortinas. El calefactor situado a los pies de la cama estaba encendido, un ruido blanco que normalmente le gustaba, pero el traqueteo de la rejilla metálica le estaba resultando molesto, así que apartó la colcha, se levantó de la cama y se puso una camisa de franela por encima de la ropa interior. El apartamento estaba frío porque la calefacción central funcionaba a medias, pero tenía la piel húmeda a causa del sudor.

El tacto frío del suelo de madera era agradable a los pies mientras avanzaba por el oscuro pasillo y pasaba junto al segundo dormitorio, vacío excepto por la bicicleta estática que habían comprado en Craigslist. Nunca había decorado demasiado los pisos que había compartido desde la universidad —ni carteles, ni cuadros enmarcados, ni siquiera un cojín—, pero últimamente iba a T. J. Maxx después del trabajo en Kelly's Garden Center, justo al otro lado del aparcamiento, y, en la sección de decoración, compraba mesas auxiliares, alfombras y otras cosas que en realidad no podía permitirse.

Maya tenía planes para aquel piso. Estaba decidida a que transmitiera una sensación de hogar.

Estaba a punto de amanecer, y una luz gris e invernal se posaba sobre otras compras recientes que había en el salón: la mesita que sustituía a la que se llevó el compañero de Dan cuando se fue. Estanterías nuevas para los muchos libros que había traído ella, además de todos los de Dan. Un sofá nuevo de terciopelo verde oscuro y, en la pared, el único objeto de decoración que Maya había llevado consigo, la única pieza de arte que había conservado en los últimos siete años.

Un tapiz maya del tamaño de una toalla de baño, en cuyo tejido rojo, amarillo, verde y azul se entrelazaban hileras de símbolos que parecían flores y serpientes. Para Maya era algo más que un ornamento. No sabía qué significaban exactamente aquellos símbolos, pero sí que en algún lugar de las montañas de Guatemala vivía gente que podía interpretarlos. Pasó por delante del tapiz de camino a la cocina.

En el fregadero estaban los platos sucios de la noche anterior, manchados de salsa boloñesa. Le había encantado preparar la cena con Dan en su nueva cocina. La pasta, aunque olía muy bien a ajo y tomates frescos, no le había sabido rica. O quizá era que le había fallado el apetito.

O que tenía el estómago cerrado como un puño. Dan le había preguntado si le pasaba algo, y ella le había dicho que todo iba bien, pero no era cierto. Abrió un armario y apartó varias tazas de café, vasos y copas de vino hasta que encontró lo que buscaba: un vaso de chupito, treinta mililitros. Eso era lo único que tomaría, se dijo, y la tira de fotos pegada con un imán en la nevera le recordó por qué.

Eran imágenes del último Halloween, tomadas en un fotomatón del bar donde habían pasado la noche bailando con unos amigos. Maya iba de «hada bruja», un personaje que se había inventado mientras buscaba disfraz en una tienda de segunda mano Goodwill en el último momento. Llevaba unas alas brillantes, un sombrero negro puntiagudo y un vestido azul con lentejuelas en el cuello, y había quedado segunda en el concurso de disfraces.

Dan era Max, de *Donde viven los monstruos*. Había sido difícil encontrar un mono gris lo bastante grande para él, y más aún de fabricación ética, pero Dan había empezado a buscar con mucha antelación. Luego le había cosido una cola peluda y se había hecho una corona con cartón dorado reciclado.

En muchos aspectos parecían antitéticos: ella era menuda y de aspecto sorprendentemente atlético para no haber practicado nunca deporte, mientras que él era alto y parecía que le encantaba comer, lo cual era cierto. Él era rubio, con ojos azules, barba castaña corta y gafas, mientras que ella era de piel olivácea y étnicamente ambigua. La gente siempre pensaba que era india, turca, mexicana o armenia, pero en realidad era medio guatemalteca, un cuarto irlandesa y un cuarto italiana. Su espeso cabello negro y sus prominentes pómulos mayas se combinaban con la barbilla redonda y la nariz respingona de los irlandeses. Ella y Dan podían parecer polos opuestos, pero, si te fijabas bien en la foto, había algo en sus respectivas posturas: él ligeramente agachado y ella estirándose un poco hacia arriba, como si quisieran encontrarse a medio camino. Se los veía felices. Y ella parecía borracha; no hecha un desastre, pero casi.

Sacó una botella de ginebra del congelador. Cuando quitó el tapón, emanó un vapor blanco, y Maya llenó el vasito hasta el borde, lo levantó mirando a sus caras en la foto («¡Salud!») y se hizo una promesa: a la mañana siguiente le contaría a Dan la razón por la que no había sido ella misma esos últimos días, la razón por la que no podía dormir ni comer. Le confesaría que estaba sufriendo el síndrome de abstinencia del clonazepam.

El problema era que Dan ni siquiera sabía que Maya lo consumía. Cuando se conocieron, ya lo tomaba todas las noches para dormir. No era nada del otro mundo (en su día, incluso tenía receta), así que ¿para qué mencionárselo a alguien con quien quedaba de vez en cuando?

Antes de Dan, no tenía ligues de más de un mes. Pero un mes con Dan se convirtió en tres y, cuando quiso darse cuenta, habían pasado dos años y medio.

¿Cómo explicarle por qué había esperado tanto o por qué lo tomaba?

¿Y qué pensaría Dan si sabía que las pastillas no provenían de una farmacia, sino de su amiga Wendy?

Maya había racionalizado su dependencia de muchas maneras, convenciéndose de que no era una mentira, tan solo una omisión, de que guardaba las pastillas en un bote de aspirinas en el bolso por comodidad, no para ocultarlas. Siempre había planeado dejarlo y, una vez que su hábito quedara atrás, se lo contaría.

Pero ahora se le habían acabado las pastillitas amarillas, y Wendy, una amiga de la universidad, no le devolvía las llamadas.

Maya lo había intentado una docena de veces, enviando mensajes de texto, correos electrónicos y, por último, llamando. Las dos habían mantenido su amistad varios años después de la graduación, sobre todo porque vivían cerca de la Universidad de Boston y a ambas les gustaba salir de fiesta. Casi nunca se veían durante el día, pero bebían juntas varias noches por semana. Sin embargo, ahora que Maya había dejado de beber, quedaban cada vez menos. Volviendo la vista atrás, se dio cuenta de que los brunches mensuales se habían convertido en meras transacciones: cincuenta dólares por noventa miligramos de clonazepam.

¿Era esa la razón por la que Wendy no le devolvía las llamadas?

A medida que empeoraba el síndrome de abstinencia (insomnio, sensación de ardor en la cabeza, hormigueo en la piel) se preguntaba si Wendy sabía lo infernal que sería.

Maya no era consciente de ello. El doctor Barry, el psiquiatra que se lo había recetado hacía siete años, no había mencionado la adicción en ningún momento. Le dijo que las pastillas la ayudarían a dormir, y así fue, pero solo por un tiempo. Con el paso de los meses, necesitaba cada vez más para obtener los mismos resultados, y el doctor Barry siempre estaba dispuesto a complacerla, aumentándole la dosis a golpe de bolígrafo... hasta que Maya se graduó en la universidad y perdió su seguro. Cuando no pudo seguir pagando las sesiones, se quedó sin recetas, y fue entonces cuando descubrió que ya no podía dormir sin pastillas.

Por suerte para ella, Wendy también tenía recetas y no confiaba mucho en el sistema de salud mental. No tomaba ninguno de los medicamentos que le prescribía el médico, y prefería venderlos o cambiarlos por otros fármacos. Maya llevaba tres años comprándole clonazepam a Wendy, desde que acabaron la universidad. Siempre se había dicho que lo dejaría. Imaginaba que no sería tarea fácil, pero aquella intensidad la cogió desprevenida, y buscar los síntomas en Google no ayudó. Insomnio, ansiedad, temblores, espasmos musculares, paranoia, agitación... Podía con todo eso. Lo que la asustaba era la posibilidad de padecer alucinaciones.

Necesitó toda su fuerza de voluntad para volver a ponerle el tapón a la ginebra y guardarla en el congelador. Después fue al baño y bebió un trago de jarabe para la tos, que sabía muy mal. En el espejo vio su rostro fantasmal a la luz que entraba por la ventana. Tenía la piel pálida y húmeda, y las cuencas de los ojos como cráteres. La abstinencia le había quitado el hambre, y vio que estaba perdiendo peso y se le marcaban más los pómulos y las clavículas. Se obligó a relajar la mandíbula.

Ya en el salón, se sentó en el sofá y se quitó la camisa de franela sudada. Luego encendió la lámpara de lectura y trató de distraerse con un libro, una novela de misterio de la que hasta entonces había disfrutado, pero se descubrió releyendo el mismo párrafo una y otra vez. El silencio era estruendoso. Pronto sonarían en la calle las voces de los usuarios de la línea verde del metro, los ruidos de la gente montándose en los coches aparcados y las puertas cerrándose de golpe.

Oyó pasos y, al darse la vuelta, vio a Dan saliendo de la oscuridad del pasillo. Parecía medio dormido y la almohada le había alborotado el pelo. Se había acostado tarde, estudiando para los exámenes de tercero de Derecho.

Los dos tenían veinticinco años, pero Dan estaba haciendo algo más con su vida, o al menos eso le parecía a Maya. Pronto se graduaría, se colegiaría y empezaría a buscar trabajo, tareas que ella no envidiaba. Lo que sí envidiaba era la fe que tenía en sí mismo. Quería ser abogado medioambientalista, un objetivo que llevaba persiguiendo desde que lo conocía, mientras que ella trabajaba en Kelly's Garden Center atendiendo a clientes y cuidando plantas desde que se graduó en la Universidad de Boston.

No es que considerara que el trabajo no era suficientemente digno, pero a veces le preocupaba que Dan sí lo pensara o que menospreciara su aparente falta de motivación. Cuando empezaron a salir, le dijo que quería ser escritora, y él la había apoyado; de vez en cuando sacaba el tema y le preguntaba cuándo podría leer su obra. Pero lo cierto era que Maya no había escrito nada desde el último año de universidad.

Y, últimamente, Dan ya no preguntaba, como si hubiera dejado de creer que alguna vez lo haría.

La miró a través de la penumbra. Maya estaba sentada en el sofá en ropa interior; él llevaba un pantalón de chándal, calcetines de lana y una camiseta de manga larga.

—Eh… —dijo, adormilado—. ¿Estás bien?

Maya asintió.

—No podía dormir.

Pero Dan no era tonto. De hecho, era extremadamente inteligente; esa era una de las razones por las que Maya lo amaba. Él sabía que algo iba mal, y ella quería decírselo (se había prometido a sí misma que lo haría), pero estaba claro que aquel no era el momento (una vez más). Se levantó del sofá, se puso la camisa sobre los hombros, notando el picor de la franela en la piel, y cruzó el salón para apoyarle una mano en el brazo.

—Estaba a punto de volver a la cama —dijo mirándole a los ojos cansados, y fue hacia el dormitorio.

Era difícil saber cómo había llegado a estar tan desordenada la habitación. Ninguno de los dos era pulcro por naturaleza, pero se las arreglaban para mantener el salón y la cocina limpios. Sin embargo, como los invitados nunca tenían motivos para entrar en el dormitorio, Maya y Dan dejaban la ropa tirada por el suelo. Había tazas y copas sucias y libros por todas partes, y últimamente la situación había empeorado. El desorden nunca la había molestado, pero ahora tenía la sensación de que el dormitorio se asemejaba preocupantemente a su cerebro.

Maya se tumbó y cerró los ojos, y parecía que Dan fuera a decir algo, así que esperó… hasta que la respiración de él se aquietó cuando volvió a caer dormido.

El sueño empezó enseguida. Maya pasó de estar escuchando la respiración de Dan a, de repente, encontrarse camino de la cabaña de Frank. Despierta, había olvidado aquel lugar, pero dormida se sabía de memoria cómo llegar: un camino angosto a través del bosque y luego un puente que daba al claro donde se encontraba la cabaña, bordeada por un muro de árboles. En el porche había dos mecedoras. La puerta estaba cerrada, pero, cuando dormía, Maya siempre tenía la llave.

Entró, no porque quisiera, sino porque no tenía elección. Una parte de ella —la parte de ella que soñaba— insistía en volver noche tras noche, como si hubiera algo allí que debía hacer, algo que debía entender. Un fuego crepitaba en la alta chimenea de piedra. La mesa estaba puesta para dos. Dos cuencos, dos cucharas y dos vasos aún por llenar. La cena se calentaba a fuego lento en una olla. Era una especie de estofado: carne con romero, ajo y tomillo. El olor era delicioso. Sintió que su cuerpo empezaba a relajarse, a ir más despacio, incluso cuando el terror, brotándole de las entrañas, se le extendió como una enredadera por el pecho, aprisionándole el corazón.

No parecía un sueño.

Sabía que Frank estaba allí. Siempre estaba allí. El rumor del riachuelo se colaba por la ventana, un sonido apacible. Pero Maya sabía que la realidad era otra. Allí el peligro acechaba bajo la superficie, entretejido con el propio lugar. Había peligro en su intimidad, en su calidez. Incluso en el sonido del arroyo, en su suave gorgoteo, cada vez más fuerte. El sonido del agua corriendo sobre las piedras. Rítmico e insistente, cada vez más pronunciado hasta parecer que le hablaba. Las palabras afloraban del murmullo blanco, pero desaparecían antes de que pudiera entenderlas.

Maya escuchó, intentando comprender, pero vio que quien le hablaba no era el río, sino Frank.

Lo tenía detrás, susurrándole al oído, y se le erizó todo el vello del cuerpo. El corazón le dio un vuelco y el terror le gritó en los oídos mientras se daba la vuelta lentamente.

Entonces abrió los ojos, empapada en sudor.

Casi nunca recordaba los sueños al despertar y, cuando lo hacía, la impresión solía ser vaga, pero desde el último clonazepam, su descanso se había hecho cada vez más irregular y los sueños, más vívidos. Dejaban tras de sí una niebla de terror. Alargó la mano hasta el reloj y lo giró hacia ella. Eran las 5.49. Con cuidado de no despertar a Dan, se levantó de nuevo, cogió el portátil y fue de puntillas al salón.

Una vez allí, puso una lista de reproducción con sonidos relajantes de la naturaleza y sacó la receta del pastel de chocolate alemán de su madre. Esa tarde tenían el plan de conducir dos horas hasta Amherst para celebrar el cumpleaños de la madre de Dan. En circunstancias normales, Maya habría tenido ganas —los padres de Dan le caían bien y se había ofrecido (antes de que se le acabaran las pastillas) a hacerle una tarta a la madre—, pero ahora no sabía cómo se las arreglaría para que, cenando los cuatro solos, no se dieran cuenta de que algo iba mal.

Maya deseaba su aprobación. Cuando los conoció, al padre de Dan le había parecido divertido hablar con ella en español, lo cual resultó incómodo, porque el español de Maya era vergonzoso. Sonaba como cualquier otro angloparlante que hubiera estudiado el idioma en el instituto, con vocales alargadas y tiempos verbales incorrectos, mientras que él era capaz de marcar las erres. «Lo siento», le dijo ella en inglés, y desde entonces intentaba redimirse ante los padres de Dan.

Igual que su hijo, Greta y Carl eran inteligentes e intelectuales. Ella era fotoperiodista y él profesor de primaria y poeta políglota. Maya quería caerles bien, pero, además, aspiraba a ser como ellos. No pensaba trabajar en Kelly's Garden Center toda su vida. Le apetecía contarles que su padre también era escritor, aunque su madre trabajaba horneando pan en la cocina de un centro de rehabilitación de lujo.

Pero entonces querrían saber más sobre su padre, que murió antes de que ella naciera. Hablar sobre aquello siempre provocaba un momento de incomodidad, ya que todos intentaban decir lo correcto, y lo último que necesitaba Maya aquella noche era más desazón.

Simplemente les diría que estaba un poco indispuesta, lo cual era cierto. Se taparía las ojeras e intentaría no ponerse nerviosa. Sonreiría, ni mucho ni poco, y nadie sabría que apenas había dormido.

Frotándose las sienes, intentó concentrarse en los sonidos de cascada que emitían los altavoces. Anotó los ingredientes que necesitaba: coco rallado, suero de leche y pacanas. Entonces, incapaz de concentrarse para leer un libro, entró en YouTube y visitó los numerosos canales a los que estaba suscrita. Necesitaba algo para distraerse del ansia que la corroía por dentro, algo diseñado para captar su atención.

Maya no tenía cuenta en ninguna red social, cosa que sus amigos consideraban una excentricidad. A Dan le parecía innovador, y ella se había convencido hasta a sí misma de que era una especie de declaración de intenciones, un mensaje que estaba lanzando. En cierto modo, puede que fuera así. Sin embargo, la verdad resultaba más compleja, y no era precisamente algo en lo que Maya debiera estar pensando en ese momento en que su ansiedad había alcanzado cotas máximas.

Vio un vídeo de un gato que había criado a un beagle huérfano como si fuera suyo, y luego otro de un boston terrier con talento para el monopatín. Maya no tenía foto de perfil ni ningún tipo de información identificativa en internet, pero, por supuesto, eso no impedía que recibiese publicidad y recomendaciones personalizadas.

Más tarde se preguntaría si esa era la razón por la que había aparecido el vídeo en su feed: «Una chica muere delante de la cámara». Por supuesto, lo abrió. Según la descripción, el vídeo de seis minutos era una grabación de seguridad de una cafetería de Pittsfield, Massachusetts, la ciudad natal de Maya. Aunque el restaurante parecía de los años cincuenta, debía de ser relativamente nuevo, ya que Maya no lo reconoció. Las mesas con relucientes asientos de vinilo, en su mayoría vacías, se alineaban junto a unos ventanales. Parecía mediodía. El vídeo era en color, pero de mala calidad, y todo parecía desteñido. El suelo, de baldosas negras y blancas. Fotografías de coches clásicos en las paredes. Los únicos clientes eran los cuatro integrantes de una familia y dos ancianos que estaban tomando café.

La cámara apuntaba a la entrada para captar a los delincuentes que pudieran irrumpir con una pistola o huir con el dinero de la caja registradora, pero no fue nada de eso lo que grabó. Al abrirse la puerta, entró una pareja aparentemente normal, un hombre de unos treinta años y una mujer algo más joven. Ella recordaba un poco a Maya, con la cara redonda y despejada, la frente alta y unos ojos grandes y oscuros.

El hombre era Frank Bellamy.

Maya no tenía ninguna duda. Llevaba siete años sin verlo, pero la barbilla pequeña y la nariz ligeramente torcida eran inconfundibles. También eran suyos los andares pausados y el pelo despeinado. La calidad del vídeo había borrado cualquier signo de envejecimiento en su rostro y le daba el aspecto que ella recordaba, como si no hubiera pasado el tiempo. Vio a la pareja sentarse a una mesa y coger los menús plastificados. Luego se acercó una camarera con agua y memorizó el pedido sin necesidad de anotarlo.

Lo que se desarrollaba a continuación parecía una conversación normal entre Frank y la mujer, salvo que Frank era el único que hablaba y ella se limitaba a escuchar. Estaba inclinada hacia la cámara, con la cara visible, mientras que él miraba ligeramente hacia otro lado, de modo que el objetivo solo le captaba la oreja, la mejilla y el ojo derechos y la comisura de los labios mientras hablaba.

Unos tentáculos fríos se cerraron sobre los pulmones de Maya.

Probablemente, muchos espectadores dejaban de ver el vídeo en ese momento, ya que habían transcurrido cinco minutos sin que apenas ocurriera nada. Ni siquiera el llamativo título sería suficiente para mantener la atención de la mayoría de la gente más allá de cierto punto. Quienquiera que hubiese colgado el vídeo podría haber suprimido la prolongada conversación unilateral que Frank mantenía con la mujer, pero quizá era necesaria para demostrar que lo sucedido a continuación surgía de la nada.

Maya se acercó más a la pantalla para tratar de interpretar el rostro de la mujer, que solo parecía vagamente interesada en lo que estaba diciendo Frank, con un semblante inexpresivo y sin dar una sola pista de lo que estaba pensando. Es posible que Frank estuviera contándole una historia sin gracia ni ningún elemento sorpresa, o tal vez le daba instrucciones o indicaciones para llegar a un lugar lejano.

Parecía una estudiante sentada al fondo de un aula en un día soporífero de verano. Todavía con el plumas amarillo puesto, posó suavemente sus ojos oscuros en el rostro de Frank y apoyó los codos en la mesa. En la barra de tiempo, Maya vio que solo quedaban veinte segundos de vídeo. Y entonces ocurrió.

La mujer se balanceó adelante y atrás en el asiento y luego inclinó el torso al frente con los ojos muy abiertos. No intentó frenarse, dejó los antebrazos apoyados mientras se desplomaba de cara contra la mesa. En otras circunstancias, un hecho tan repentino habría resultado cómico, como un payaso que cae de bruces sobre una tarta de plátano, pero allí no había tarta ni risas, tan solo una breve pausa de estupor hasta que Frank corrió a sentarse al lado de la mujer y le dijo algo, probablemente su nombre. Al ponerse frente a la cámara, era fácil verle el miedo y la sorpresa en el rostro.

Cuando acercó a la mujer hacia sí, le cayó como un peso muerto sobre el brazo. El vídeo terminaba en el momento en que los camareros iban corriendo hacia ellos. Pero, justo antes del final, Frank se volvía hacia la cámara, y a Maya le dio la sensación de que la estaba mirando fijamente a ella.

Cerró el portátil con manos temblorosas.

No hacía ni tres días que habían colgado el vídeo y ya había recibido 72.000 visitas. Frank tenía todos los motivos para pensar que ella lo vería, lo cual significaba que Maya tenía todos los motivos para estar asustada. Al fin y al cabo, no era la primera vez que veía a alguien morir en presencia de Frank.

2

Aubrey West, la mejor amiga de Maya en el instituto, había fallecido un día radiante de verano, poco antes de que Maya se marchara a la universidad. La muerte de Aubrey no fue grabada en vídeo, pero no por ello generó menos interés: cobertura televisiva, artículos periodísticos y cotilleos. Una chica sana de diecisiete años que se desplomaba sin más. «Si podía sucederle a ella...», pensaba la gente.

Igual que la chica del vídeo, Aubrey estaba hablando con Frank cuando ocurrió, y Maya estaba convencida de que la había matado él. No podía explicar cómo (aunque se hacía una idea de por qué) y, al final, como no tenía pruebas (ni confianza en sí misma ni en su percepción, ni siquiera en su propia cordura), no le quedó más remedio que dejarlo correr.

O al menos intentarlo.

A Maya siempre le había gustado emborracharse, desde la primera vez que Aubrey le birló a su madre una botella de vodka de medio litro y se lo bebieron mezclado con Sunny Delight. Pero entonces beber era distinto. De adolescentes, Aubrey y ella buscaban colocones de todo tipo, pero se consideraban diferentes a los colgados del colegio, los chicos que se escabullían al aparcamiento entre clase y clase y se encorvaban sobre sus taquillas con ojos enrojecidos. Maya sacaba sobresalientes sin esforzarse, y Aubrey, aunque sus notas nunca lo reflejaron, también era inteligente a su manera. Entendía a la gente, sabía interpretar sus actos. Su familia había vivido en muchos sitios cuando era pequeña, así que tenía mucha práctica a la hora de hacer amigos, aunque nunca había aprendido a conservarlos.

Era la chica nueva cuando Maya la conoció en clase de literatura inglesa en noveno curso, misteriosa e interesante para todos, en especial los chicos, con sus ojos verdes y su sonrisa pícara. Maya era solo uno de los muchos amigos que había hecho Aubrey en sus primeras semanas en el instituto, pero su amistad fue la única que duró, la única que ambas cultivaron.

Las habían emparejado para un trabajo sobre Emily Dickinson y las unió su amor a la poesía, que en parte era el motivo por el que funcionaba su amistad, por la capacidad común de sentirse arrebatadas por un verso hermoso. Pero también obedecía a que ninguna de las dos acababa de encajar: Aubrey, la eterna chica nueva, y Maya, siempre con la cabeza hundida en algún libro. Maya parecía hispana, pero se había criado con una madre soltera blanca y sabía muy poco acerca de su familia guatemalteca. No se sentía identificada con los otros chicos hispanos, pero, en Pittsfield, no ser de piel blanca la hacía destacar.

Maya pasaba gran parte del tiempo leyendo e inventando historias. Era más popular entre el profesorado que entre sus compañeros, pero no le importaba. Sería escritora igual que su padre. Escribiría libros y sería famosa. Dejaría atrás Pittsfield.

La aceptaron en casi todas las universidades a las que presentó solicitud y eligió la de Boston por su programa de escritura creativa y por las becas que le ofrecieron. Pero la semana antes de empezar, Aubrey murió.

Y la vida de Maya se dividió en un antes y un después.

Había perdido a su mejor amiga. Vio cómo sucedía con sus propios ojos, pero siempre había creído que el incidente encerraba algo más. Fue como presenciar un truco de magia y no saber cómo había obrado el mago la ilusión.

No tenía sentido. Aubrey estaba sana y no padecía ninguna enfermedad. Sus padres solicitaron una autopsia, pero no hallaron respuestas, y el forense acabó describiéndolo como una «muerte súbita sin explicación», el calificativo que se aplica cuando alguien fallece sin motivo aparente. A menudo se atribuía a una arritmia o algún tipo de ataque.

Pero Maya estaba segura de que había sido Frank.

No había arma ni veneno, ni contacto de ningún tipo. Tampoco encontraron sangre ni heridas en el cuerpo de Aubrey. Maya no podía demostrarlo —ni siquiera podía explicarlo—, pero insistía en que Frank había conseguido engañar a todo el mundo.

Si hubiera tenido una mínima prueba, la policía quizá la habría tomado en serio. Sin embargo, interrogaron a Frank y, al no encontrar razones para retenerlo, lo dejaron marchar. A Maya la amonestaron. Le dijeron que las falsas acusaciones podían arruinarle la vida a una persona.

Su madre tuvo más paciencia con sus sospechas, pero, al ver que no eran congruentes, empezó a preocuparse por su salud mental. Las enfermedades de esa índole afectaban a la familia como una maldición y, a sus diecisiete años, Maya estaba justo en la edad en la que podían aflorar.

Así fue como acabó bajo los cuidados del doctor Fred Barry, a quien la madre de Maya había encontrado en la guía telefónica.

Tras una consulta de una hora, el doctor Barry le diagnosticó un trastorno psicótico pasajero causado por la pena. Dijo que sus temores respecto de Frank eran ilusorios, pero le aseguró que no era la primera que reaccionaba con pensamiento mágico a una muerte tan repentina e inesperada. Menos de dos personas de cada cien mil fallecen súbitamente por motivos que una autopsia no puede explicar.

Algunas culturas atribuyen esas muertes a espíritus malignos. La mente siempre intenta explicar lo que no alcanza a comprender. Inventa historias, teorías y sistemas de creencias, y, según el doctor Barry, la mente de Maya era de las que veían caras en las nubes y mensajes en las hojas de té, patrones donde otros no distinguían nada. Eso significaba que tenía mucha imaginación, pero que podía jugarle malas pasadas.

Los antipsicóticos atenuaron la certeza que le ardía en las entrañas de que Frank los había engañado a todos, pero aquella sensación nunca desapareció por completo. A veces se apoderaba de ella la oscura y horrible convicción de que el doctor Barry se equivocaba, aunque todo el mundo le creía, y de que Frank había matado a su mejor amiga.

Y con esa convicción llegaba el miedo. Maya era un cabo suelto para Frank, un testigo de lo que fuera que hubiera hecho. Si era un asesino, Maya tenía todos los motivos para estar asustada. Lo peor era que no saber cómo habían sido exactamente las cosas le generaba una fatal incertidumbre que le impedía seguir adelante. Sin embargo, con el tiempo aprendió a no hablar de sus sospechas con el doctor Barry ni con nadie. No soportaba que la miraran como si estuviese loca. Convencido de que ya no padecía delirios, el doctor anunció que estaba curada, aunque un poco ansiosa, y le cambió los antipsicóticos por el clonazepam.

Funcionó. El clonazepam mitigaba el miedo y la dejaba fuera de combate por las noches.

El alcohol también ayudaba. En la universidad, se emborrachaba hasta perder el conocimiento varias noches a la semana. Aun así, sacaba sobresalientes y notables, pero era porque las asignaturas le resultaban fáciles, en aulas abarrotadas en las que nadie sabía cómo se llamaba y no importaba que tuviera resaca. Se repetía a sí misma que solo se estaba divirtiendo, y puede que fuera así; era difícil recordarlo. En internet había suficientes fotos bochornosas en las que aparecía bailando encima de alguna mesa, siempre con una copa o un chupito en la mano, y dejaban entrever que se lo estaba pasando como nunca.

Después de la universidad, aceptó encantada el trabajo en Kelly's Garden Center. Y, aunque de vez en cuando se sentaba a escribir, nunca pasaba de la primera página. El problema era que ya no le gustaba quedarse a solas con sus pensamientos. Llevaba más de un año trabajando en el vivero y compartiendo piso con su amiga Lana cuando conoció a Dan.

Fue en una fiesta, a la hora en que la gente estaba o dándolo todo en el baile o hablando demasiado alto y ya sin vocalizar en la cocina, o metiéndose rayas de coca en el dormitorio del anfitrión. Maya dio por hecho que Dan y ella iban colocados cuando entablaron conversación en la cola del baño. De lo contrario, ¿cómo se explicaba que siguieran hablando a la mañana siguiente, sentados uno frente al otro en el restaurante mexicano favorito de Maya?

Mientras desayunaban huevos rancheros y café de puchero con canela, hablaron de todo, pero lo que más recordaba Maya era que Dan, al igual que ella, había leído una versión infantil de la *Ilíada* cuando era niño y que, desde entonces, estaba obsesionado con la mitología griega.

Tal vez fue por la intimidad de estar con alguien a quien le encantaban las mismas historias. O a lo mejor porque, al hablar de esas historias, hablaban realmente de sí mismos. Hacía años que Maya no le confiaba a nadie el trauma esencial de su vida y, aunque, por supuesto, en aquel momento no lo mencionó, halló cierto consuelo en la ternura de Dan hacia Casandra, la mujer condenada a decir una verdad que nadie creería.

Hasta su tercera o cuarta cita, Maya no se dio cuenta de que él apenas bebía —como mucho, dos copas en una fiesta— y no consumía drogas. Eso significaba que aquella primera conversación no la había propiciado la cocaína, al menos por parte de Dan, lo cual era revelador.

También significaba que su lucidez era absoluta cuando estaba con ella, a diferencia de la mayoría de los hombres con los que había salido, que habían sido más bien compañeros de borrachera. La idea de que toda esa atención sobria recayera en ella la ponía nerviosa, pero, con el tiempo —entre almuerzos y cenas, largas conversaciones y silencios cada vez más íntimos—, Maya supo que también quería estar lúcida para no perderse nada mientras estuvieran juntos. Sus paseos en bicicleta por las orillas del río Charles. Los maratones de *Iron Chef* en el sofá. Las caóticas y elaboradas comidas que preparaban en la cocina de Dan.

Al principio, pasar todo ese tiempo sobria no fue fácil. A veces le volvían repentinamente los recuerdos, como leviatanes que llevasen mucho tiempo dormidos y amenazaran con levantarse y devorarla. Aubrey desplomándose. El brillo oscuro de los ojos de Frank. El terror de saber que los esfuerzos de Maya por pasar desapercibida no servirían de nada si él decidía buscarla.

Eso no era lo único que la obsesionaba. Después de casi una década de embriaguez constante, se había dado cuenta de que ya no recordaba cómo enfrentarse a los problemas cotidianos, como ir a hacer gestiones a Tráfico o acostarse a una hora razonable. Cuando se sentía frustrada, le resultaba extraño no emborracharse.

A veces se descubría hablándole mal a Dan injustificadamente y odiándose por haberlo hecho. Temerosa de apartarlo de su lado, hacía todo lo posible por ocultar su ansiedad y nunca mencionaba los sudores fríos que la despertaban al amanecer ni el insomnio que le impedía conciliar el sueño. Pero, al final, todo eso remitió gracias al clonazepam que tomaba en lugar del vodka o la ginebra que habría utilizado normalmente para perder el conocimiento.

En ocasiones también tomaba clonazepam durante el día, en dosis que fueron aumentando poco a poco a medida que lo hacía su tolerancia. Lo que le importaba era que el viejo terror no era ni mucho menos tan omnipresente como había temido. Casi siempre sus pensamientos la dejaban en paz, o tal vez había pasado tiempo suficiente. Comía bien y hacía ejercicio, y rara vez tomaba más de una copa por noche (junto con unas pocas pastillas del frasco que guardaba en el bolso para que Dan nunca se tomara una accidentalmente pensando que era una aspirina).

Y últimamente, cuando Maya pensaba en Aubrey o en Frank, o soñaba que estaba de nuevo en la cabaña, se consolaba con las palabras del doctor Barry, que le había asegurado que no habría podido hacer nada por Aubrey. Nadie podría haberlo hecho. Nadie tenía la culpa. Ni siquiera Frank.

Eso era lo que se decía Maya cada vez que sonaba el teléfono y no reconocía el número, o cuando oía pasos a su espalda en una calle oscura. Pero ¿cómo podían morir dos mujeres sin motivo aparente mientras hablaban con el mismo hombre?

3

—¿Qué es lo que estoy viendo exactamente?

Dan llevaba las gafas puestas, pero parecía desconcertado por el vídeo que estaba reproduciéndose en el ordenador de Maya y por la situación en general. Al despertarse a las siete la había encontrado deambulando por el salón, y ahora, en lugar de darle explicaciones, estaba mostrándole un vídeo.

—Frank Bellamy —dijo Maya mientras, en la pantalla, la pareja entraba en el restaurante.

—¿Quién?

Dan y ella se habían explicado sus respectivas historias amorosas desde el principio, pero Maya no le había hablado de Frank. Había intentado desterrarlo de su mente, como también había tratado de olvidar el verano en que, o bien fue testigo del asesinato de su mejor amiga, o bien perdió la cabeza por completo.

—Lo conocí al terminar el instituto —dijo—. Salíamos, más o menos.

La relación duró tres semanas y acabó el día que murió Aubrey, o, mejor dicho, aquel día se convirtió en otra cosa, en un terror que deformaba todos los aspectos de la vida de Maya.

Dan arqueó una ceja y esbozó una media sonrisa.

—¿Qué es esto? ¿Ciberacoso? ¿Debería ponerme celoso?

—Tú observa.

Maya quería su mirada imparcial. Dan estaba estudiando Derecho y se le daba bien captar detalles que otros pasarían por alto y entender cómo encajaban en una historia.

—Dime si notas algo… raro en Frank —dijo ella.

La sonrisa de Dan se desvaneció al ver la expresión de Maya. Volvió a mirar el vídeo y se acomodó en el sofá mientras ella permanecía sentada a su lado, con las piernas desnudas recogidas bajo el cuerpo. No podía creerse que estuviera enseñándole aquel vídeo.

Por un lado, Maya deseaba olvidar a Frank, cosa que había logrado hasta hacía unas horas. Quería cerciorarse de que estaba imaginándose cosas, viendo conexiones donde no las había. Habría sido fácil ocultar el vídeo, no solo a Dan, sino también a sí misma, y seguir actuando como si su mayor problema fuera haberse quedado sin clonazepam.

Pero entonces, Maya pensó en el rostro de la difunta, no muy distinto del suyo, aunque más joven y probablemente más inocente. Era inverosímil que, con siete años de diferencia, ella y Aubrey murieran en presencia de Frank. Imaginaba que a Dan le parecería sospechoso, o al menos eso esperaba.

—Se parece a ti —dijo él.

Era innegable que a Frank le gustaba un tipo de mujer en concreto.

—Parece que le gusta irse por las ramas —comentó Dan.

—Se le daba muy bien contar historias…

La mujer de la pantalla se echó hacia delante.

—¿Qué coño…? —Dan vio a Frank agarrar a la mujer de los hombros, gritando sin sonido—. Espera —dijo—. ¿La chica no está…?

—¡Sí! —Maya se rodeó el cuerpo con los brazos y apretó los puños—. La he buscado. Se llamaba Cristina Lewis. Tenía veintidós años.

—No lo entiendo. ¿Qué pasó?

Maya negó lentamente con la cabeza.

—No lo sé, pero creo que él… —Casi no fue capaz de decirlo después de tanto tiempo; había enterrado aquellas palabras en lo más profundo de su ser—. Creo que lo hizo él.

Dan abrió los ojos como platos.

—¿Que hizo qué? ¿Matarla?

Ella asintió.

—¿Cómo?

—No lo sé.

Dan esperó a que continuara, y ella tragó saliva.

—¿Recuerdas cuando te hablé de mi amiga Aubrey?

—Por supuesto. La que murió.

Dan le hablaba afectuosamente, consciente de que aquello no le era fácil.

Maya le había contado que Aubrey había muerto, pero sin responder a la pregunta que hace todo el mundo cuando se entera de que alguien ha fallecido: ¿cómo sucedió? En aquel momento, Maya no había querido hablar de ello, pero ahora tenía que hacerlo.

—Aubrey murió igual que Cristina —dijo—. Simplemente… se desplomó. Vi cómo ocurría.

La incredulidad en el rostro de Dan era alentadora.

—¿Qué dijo el forense?

—Hay un término para cuando no se sabe qué ha matado a una persona: muerte súbita inexplicable. Es muy infrecuente y casi siempre pasa mientras la persona duerme. Sencillamente, nunca vuelve a despertar.

—Vaya. Eso es… terrible.

—Pero el caso es que Aubrey estaba despierta cuando ocurrió, y estaba hablando con Frank.

Dan se acercó a la pantalla del portátil e hizo retroceder el vídeo hasta la parte en la que moría Cristina. Mientras tanto,

Maya lo observaba con la esperanza de que reparara en algo que a ella se le había pasado por alto.

Pero, cuando volvió a hablar, parecía perplejo.

—Entonces ¿cómo la mató?

«Es como si tuviera algún tipo de poder...». Eso era lo que le había dicho Maya a la policía cuando tenía diecisiete años, pero ahora sabía que no debía hacerlo. Tenía que sonar racional.

—Nunca llegué a descubrirlo —dijo—, pero si alguien era capaz de hacer algo así, ese era Frank.

Dan frunció el ceño.

—¿La policía no lo interrogó?

—Lo soltaron.

Maya se encogió de hombros en un gesto de desánimo.

—Vale... ¿Y qué hay de Cristina Lewis? ¿Sabes cómo murió?

Maya vio que Dan empezaba a tener dudas, y sintió la vieja ira que se adueñaba de ella cada vez que alguien (la policía, el doctor Barry, su madre) no la creía.

—Mira —respondió mientras abría un artículo del *Berkshire Eagle* en el ordenador—. Es lo único que he encontrado.

Maya observó a Dan leyendo, pero sabía que no serviría de nada.

El artículo decía que Cristina era de Utah, que era pintora y que trabajaba vendiendo entradas en el Museo de Berkshire. O su muerte realmente era tan inexplicable como parecía o a la prensa no se lo habían contado todo.

Tras exponer lo sucedido (un relato que no difería de lo que mostraba el vídeo), el artículo incluía una cita de su afligido novio, Frank Bellamy: «No lo entiendo. Ojalá hubiera podido hacer algo».

Lo que disgustaba a Maya no eran sus palabras, sino que el artículo lo presentara como testigo.

—Aquí dice que la muerte no se considera sospechosa —comentó Dan—. La policía debió de interrogar a Frank porque estaba allí.

Maya resopló.

—Eso es lo que pasó la última vez.

Dan se la quedó mirando: su postura tensa y el sudor en las sienes, las abultadas ojeras.

—¿Estás bien?

—Sí —respondió ella—. Es solo frustración.

Dan no parecía convencido, e incluso se adivinaba en él cierta preocupación.

—¿Qué pasa? —preguntó—. Algo iba mal incluso antes de que vieras el vídeo.

Maya podría haberle contado lo del clonazepam, pero Dan no se había creído lo de Frank. Lo intentaba, pero no podía. Decirle que tenía síndrome de abstinencia solo empeoraría las cosas.

—Es que ver morir a esa chica…

Dejó la frase a medias.

—Me lo imagino. Debió de ser muy duro perder a tu mejor amiga.

A Maya se le llenaron los ojos de lágrimas y apartó la mirada. Cualquier otra persona habría visto lo alterada que estaba y le habría seguido la corriente. Pero, a diferencia de ella, Dan no mostraba reparos en decirle a la gente cosas que tal vez no quería oír. Era un rasgo de su carácter que no querría cambiar, pero le dolía. No había nadie en cuya opinión confiara más, y, si Dan no creía que Frank pudo haber asesinado a Cristina, probablemente tenía razón.

Lo más seguro es que estuviera siendo paranoica.

4

Sabía que el pastel estaría exquisito, con mucho chocolate y cubierto de nueces, y que quedaría precioso en el soporte que había comprado. Quería impresionar a la madre de Dan, una reconocida fotoperiodista. La tarta tenía que ser perfecta, y lo sería porque Maya había aprendido de su madre, Brenda Edwards, quien a su vez había aprendido de la suya, y así sucesivamente, todo un linaje de mujeres que habían usado la repostería como alivio del estrés mucho antes de que se pusiera de moda.

Brenda tenía una hermana llamada Lisa, cuyo comportamiento había desembocado en la preparación de muchos postres. De pequeñas eran o las mejores amigas o enemigas acérrimas, en función de cómo se sintiera Lisa. Era capaz de moldear el entorno según su estado de ánimo, convertir una aburrida salida de compras en una aventura, o un viaje a la playa en un calvario infernal.

Allá donde iba Lisa, se oían portazos y gritos. Las únicas constantes en su vida eran sus padres, sus tres hermanos y Brenda, y, de todos ellos, Brenda era la que mejor la conocía y la que le cubría las espaldas la mayor parte de las veces.

Lisa tenía quince años cuando empezó a sospechar que el aire que llegaba de un lago cercano y entraba por la ventana de su habitación la envenenaba con gases tóxicos. Al principio, Brenda, que era dos años más joven, la creyó. Y, para decir la verdad, Silver Lake, que estaba a menos de dos manzanas de la casa, llevaba más de un siglo contaminado. La primera en envenenar sus aguas, en el siglo XIX, fue una fábrica de algodón, seguida de una fábrica de sombreros y de dos vertidos de petróleo. En 1923, la superficie del lago empezó a arder. Y todo eso fue antes de que General Electric vertiera policlorobifenilos.

Las sospechas de Lisa no eran infundadas, pero en las semanas posteriores se convirtieron en una obsesión, la primera de muchas que tendría en su vida. Dejó de bañarse, convencida de que las aguas nocivas del lago se habían filtrado en el depósito de su casa. Llevaba una máscara antigás a todas partes, a pesar de que sus padres le suplicaban que no lo hiciera. Siempre se había peleado con ellos, pero, a medida que pasaba el tiempo, las discusiones iban a peor. Les dijo a sus padres y hermanos que morirían todos a menos que se fueran de allí.

Cuando cumplió dieciséis años, resultaba evidente que el problema no era Silver Lake. Algo le ocurría a Lisa, pero nadie le ponía nombre. Era una época en la que poca gente hablaba de las enfermedades mentales, por no mencionar que los padres de Lisa —los abuelos de Maya— eran expertos en eludir los problemas. Solo hablaban abiertamente en la oscuridad de un confesionario.

Lisa nunca recibió la ayuda que necesitaba. Intentó buscar el equilibrio con vodka y marihuana, y finalmente con *speed*. El resto de la familia soportó la situación hasta que Lisa cumplió dieciocho años, momento en el cual se fue a vivir a California con un hombre mucho mayor que ella.

Estaba muerta a los veintiuno.

Maya era demasiado joven para haberla conocido, pero, incluso muerta, su tía Lisa era una presencia importante, un cuento con moraleja cuya culpa perseguía a Brenda allá donde fuese. Así que, cuando, a los diecisiete años, su hija empezó a decir cosas sin sentido, Brenda llamó a un psiquiatra. Luego la obligó a tomar los antipsicóticos que le recetó el doctor Barry, algo por lo que Maya aún no la había perdonado del todo.

Hacía más de un año que no veía a su madre, pero pensaba en ella cada vez que preparaba un pastel. Ella fue quien le enseñó a ser precisa. Como la precisión requería concentración, las tazas de harina cuidadosamente medidas habían distraído a Brenda de los gritos y amenazas de suicidio de su hermana. Había enseñado a su hija a volcar la atención en la masa, y eso era lo que estaba haciendo Maya en ese momento. Puso la batidora a la máxima potencia para mezclar los ingredientes, incorporó tres yemas y trituró las imágenes que le venían a la mente.

Dan no la había creído, pero no quería estar resentida. Prefirió rebobinar hasta antes de ver el vídeo, hasta el día anterior, cuando por fin, tras casi siete años, se había dejado llevar por la idea de que su madre podía tener razón: tal vez Maya era como la tía Lisa, incapaz de ver más allá de sus delirios. «La mente insalubre», había dicho el doctor Barry, «raras veces es capaz de reconocer su propia enfermedad». Aquellas palabras habían reconfortado a Maya a lo largo de los años, porque, si sufría delirios, entonces no estaba en peligro; Frank no había asesinado realmente a Aubrey.

El vídeo había hecho añicos ese consuelo, y Maya volvía a tener diecisiete años, a ser la única testigo de un asesinato. La diferencia era que ahora entendía que no podía hacer nada al respecto. Sabía que no podía acudir a la policía. Eso ya lo había intentado. Y había tratado de explicárselo a Dan. ¿Qué más podía hacer?

Metió los moldes en el horno y empezó a preparar el glaseado, tostar las nueces y hervir la leche a fuego lento. Incorporó el coco rallado, lo probó y, por una vez, no engulló otra cucharada llena hasta arriba. Una vez hecho el glaseado, se quedó sin nada en lo que concentrarse hasta que la tarta saliera del horno.

Volvió a la nevera. Había sido tan buena últimamente, tan moderada, y allí estaba, sirviéndose el segundo trago del día y aún no eran ni las doce. Pero ¿acaso no era aquello una especie de emergencia? El vídeo habría desatado una crisis en cualquier circunstancia. Estando agotada y sin dormir, era intolerable.

Y luego estaba la cena con los padres de Dan.

Maya se quemó la mano al sacar los moldes del horno. Se echó agua en la quemadura y no le importó el escozor. La devolvió a su cuerpo. Contó sus respiraciones y se dijo que no valía la pena pensar en el vídeo ni en Frank, y menos con el síndrome de abstinencia.

—Madre mía, aquí huele increíble —dijo Dan al entrar. Sus ojos se posaron en las manos de Maya bajo el agua—. ¿Te has quemado?

—No mucho.

Parecía preocupado, pero no dijo nada mientras se agachaba para desatarse los cordones. Debía de estar harto de preguntarle si se encontraba bien.

—¿Cómo va el estudio? —preguntó ella.

—Va —respondió él, pero sonaba cansado.

Siempre dejaba las cosas para más tarde, y tres días antes de los exámenes finales estudiaba lo que debería haberle llevado varias semanas. Se pasó el día entre libros mientras Maya ordenaba el dormitorio y regaba las plantas. Dan y ella planeaban tener perro, lo cual significaba que debían deshacerse del árbol de los dedos, con su savia tóxica. Maya hizo una foto de la suculenta, de un metro de altura y tallos con puntas naranjas y carmesí, y se la envió a varios amigos para ver quién la quería.

También le mandó una foto a su tía Carolina, cuyo amor por las plantas había inspirado el de Maya. La tía Carolina vivía en Ciudad de Guatemala, y Maya solo la había visto una vez, pero habían mantenido contacto a lo largo de los años. En aquel momento, era el único vínculo de Maya con el país de origen de su padre.

Después intentó leer, pero no tardó en darse por vencida y, para evitar estar deambulando por el apartamento, salió a deambular por el barrio. Pasó frente a edificios como el suyo, con escaleras de incendios metálicas que zigzagueaban por las paredes, y casas adosadas de ladrillo con peldaños de cemento. Enfiló la avenida Commonwealth hasta la Universidad de Boston, donde había estudiado, pasando por delante de supermercados y un *shawarma* que solía frecuentar, y continuó hasta el gélido río Charles. A cada paso que daba a orillas del río, rodeada de corredores y ciclistas, intentaba no pensar en Frank.

Cuando llegó a casa, ya casi era la hora de irse, y Dan estaba estresado. Había quedado en visitar a sus padres hacía semanas, sin prever lo mucho que dejaría para estudiar en el último momento. Maya se sirvió una taza de ginebra y se la bebió en la ducha. Ya había desterrado a Frank de sus pensamientos en otras ocasiones, y podría volver a hacerlo. No pensaría en él ni en Aubrey ni en Cristina.

Casi nunca llevaba maquillaje, pero ese día se puso abundante antiojeras. Llevaba su jersey más bonito, uno de cachemira color crema, con pantalones de pana marrones y botas de tacón bajo. Cubrió el soporte de la tarta con una campana de cristal, metió algo de ropa y un cepillo de dientes en la mochila y se quedó esperando junto a la puerta mientras Dan buscaba las llaves.

—Las tengo —dijo entrando a toda prisa con los calcetines desparejados.

Conducía Dan y, al salir de la ciudad rumbo al interior boscoso del estado, ambos se sumieron en sus preocupaciones. Amherst estaba a dos horas al oeste. Pittsfield, la ciudad natal de Maya, se encontraba a una hora más de distancia, pero eran ciudades muy diferentes. En su día, Pittsfield fue una metrópolis bulliciosa, pero aquella época había pasado antes de que naciera Maya. La ciudad nunca se había recuperado de la pérdida de General Electric en los años setenta y ochenta.

Amherst, en cambio, estaba a rebosar de jóvenes de las cinco universidades de la zona. Aun cuando los estudiantes se iban durante el invierno, el centro urbano parecía más animado que el de Pittsfield. No había escaparates vacíos. Familias jóvenes y profesores entraban y salían de las cafeterías y de los restaurantes de comida orgánica. La sala de cine independiente anunciaba una película de la que Maya no había oído hablar.

La casa en la que se crio Dan era grande y de estilo contemporáneo, con ángulos marcados y grandes ventanales guarnecidos por setos. Había más nieve que en Boston, y cubría el césped con un fino manto blanco. Cuando se bajaron del coche, salió a recibirlos el padre de Dan.

Carl, una versión más corpulenta y rubia de su hijo, era profesor de primaria y un poeta famoso en la localidad. Al parecer, sus alumnos lo adoraban, y Maya entendía por qué. Tenía la misma franqueza y calidez de Dan, y sonrió de oreja a oreja al saludar a su único hijo. Luego le estrechó la mano a Maya y los llevó a la cocina a través de un vestíbulo de techos altos.

—¿Qué os pongo de beber? Tenemos daiquiris, los favoritos de Greta, pero también hay vino y agua con gas.

—Un daiquiri me parece estupendo —dijo Dan mientras escondía la tarta al fondo de la nevera.

—Yo también tomaré uno —terció Maya—. Gracias.

Estaba haciendo todo lo posible por parecer feliz y relajada mientras el síndrome de abstinencia amplificaba la ansiedad que sentía en las entrañas, a lo que se unía el habitual afán por impresionar a los padres de Dan. No era solo que quisiera a su hijo, sino también que aquella pareja parecía tener todo lo que ella soñaba para sí misma. Vivían cómodamente y gozaban de éxito profesional. Les pagaban por pensar. Rezumaban satisfacción.

Maya empezó a relajarse en cuanto Carl le tendió la copa. Por sus búsquedas obsesivas en internet sabía que el alcohol y el clonazepam afectaban a los mismos receptores cerebrales, lo cual explicaba por qué se parecía tanto su efecto. Exhaló y trató de no beber demasiado rápido. En la casa hacía calor y olía a romero, ajo y carne asada. El mobiliario era ecléctico, y en las paredes había obras de arte de todo el mundo: fotografías enmarcadas, probablemente hechas por Greta en un lugar que parecía Marruecos, un mosaico de azulejos y varias máscaras.

Greta bajó las escaleras vestida con una túnica de seda y pantalones de lino. Era alta y elegante, con el porte propio de alguien que hacía mucho yoga. Le llevaba al menos una década a la madre de Maya (sus amplios rizos eran más plateados que negros), pero parecía menos cansada.

—Hola, Danny —dijo Greta besando a su hijo en la mejilla y dándole un fuerte abrazo. Maya se levantó para saludarla y Greta también le dio un beso la mejilla. Olía a agua de rosas—. Gracias por venir.

—Feliz cumpleaños —respondió Maya.

La cena consistió en pierna de cordero asada con romero, ensalada y patatas mini. Maya se sentó a la mesa junto a Dan y se puso tensa al ver que Greta se situaba frente a ella. Era una mujer aguda que absorbía el mundo con los ojos. Maya intentó evitar su mirada.

Agradeció que Carl abriera una botella de pinot noir. Solo había comido unas sobras de espaguetis y un poco de glaseado, así que notó mucho el efecto del vino, sobre todo después del daiquiri. El alcohol la ayudó a serenarse. Atenuó la intensidad de sus pensamientos, y casi se sentía normal cuando la conversación se asentó en una dinámica relajada con Greta al timón. Hablaron de un eclipse inminente que pensaba fotografiar, y de eclipses en general, y a Maya no se le ocurría nada que decir, así que se limitó a escuchar, y se sintió aliviada cuando Greta se volvió hacia ella para preguntar repentinamente si había leído a Isabel Allende.

Por fin había algo de lo que Maya podía hablar, y esperaba que los padres de Dan lo interpretaran como una prueba de que era una persona leída. La noche iba mejor de lo esperado. De hecho, hacía días que no se sentía tan bien, así que, en cuanto vio que alguien se rellenaba la copa de vino, Maya hizo lo mismo. Y su risa era sincera en lugar de nerviosa cuando Carl le contó una divertida anécdota sobre el cuarto Halloween de Dan.

Aquel año Dan quería ir de calabaza, un disfraz que sus padres no encontraban en ninguna tienda, así que Carl le hizo uno.

—¡Y la verdad es que era un buen disfraz! Muy creativo —dijo Greta.

—Está siendo benevolente —apostilló Carl—. El armazón de alambre se desmontó a mitad del truco o trato y todo el mundo pensaba que era una zanahoria.

Maya y Greta se echaron a reír. Dan ya había oído aquella historia. Maya lo veía tenso, como si estuviera pensando en los exámenes finales, o a lo mejor estaba preocupado por alguna otra cosa.

Quizá ella estaba más achispada de lo que pensaba.

Fuera arreció el viento, que hizo traquetear las ventanas.

—Menos mal que pasáis la noche aquí —comentó Greta—. Parece que se avecina tormenta.

Se hizo el silencio y Maya se quedó mirando el plato. Casi toda la comida seguía allí y hundió el cubierto en un trozo de cordero.

—La pajarera —dijo Carl repentinamente.

Confusa, Maya levantó la cabeza y vio que todos estaban mirando con aprensión por la ventana situada detrás de ella. Al darse la vuelta (con la cabeza demasiado pesada, moviéndose demasiado rápido), notó un cosquilleo en el cuero cabelludo y comprendió su error.

La última copa había sido una idea terrible. No había sido consciente de lo borracha que estaba hasta ese momento, en que toda la fuerza de dos copas de pinot noir, el daiquiri de ron y una taza y dos chupitos de ginebra la golpeó como un tsunami. Tenía dificultades para enfocar lo que estaban mirando los demás. El viento había arrancado la pajarera, que descansaba sobre una maraña de ramas que habían amortiguado la caída. Pero el viento arreciaba, las ramitas temblaban y, en cualquier momento, la pajarera, con sus ventanas cuidadosamente elaboradas y su tejado a dos aguas, se haría añicos contra el hielo que cubría el suelo.

Maya tuvo la sensación de estar dentro de aquella casita. La habitación se inclinó. El suelo empezó a bambolearse, y tuvo que asirse a los bordes de la silla para no caerse.

—Voy a ver si puedo salvarla —anunció Carl.

Cuando se fue, se quedaron solos ella, Dan y Greta, con sus ojos penetrantes. Dos personas muy inteligentes que, por sus balanceos, probablemente sabían que estaba mareada.

—Eh —dijo Dan en voz baja—, ¿te encuentras bien?

Maya asintió mirando el plato. Notaba la presencia de Dan junto a ella y a Greta observándola (juzgándola). No era capaz de levantar la cabeza. Las náuseas le brotaban del estómago y le subían por el pecho hasta la garganta.

—¿Te traigo un vaso de agua? —preguntó Greta con voz neutra—. Maya negó con la cabeza. Necesitaba ir al baño.

—Enseguida vuelvo —dijo al levantarse.

La idea de vomitar delante de Greta en su cena de cumpleaños era tan horrenda que Maya echó a correr torpemente, y estaba a punto de salir del salón cuando se le activó el reflejo nauseoso y se le inundó la garganta.

Intentó taparse la boca, pero el vómito se le coló entre los dedos y salpicó el suelo. Nadie dijo nada mientras se alejaba a toda prisa por el pasillo. El baño estaba al pie de las escaleras. Al cerrar la puerta, Maya se arrodilló y se puso a vomitar el vino, el cordero y el glaseado, todo lo que quería retener. El cuerpo de Aubrey desplomándose en las escaleras. Cristina cayendo de bruces. Frank mirando a cámara. Sus movimientos se sincronizaron en la mente de Maya mientras regurgitaba. Había guardado el asesinato de Aubrey en una caja dentro de su cabeza, pero Frank seguía ahí fuera matando. Aunque el vino se le abría paso por la garganta, Maya nunca se había sentido tan sobria.

Hizo gárgaras con agua fría y se quedó paralizada frente al lavamanos, demasiado avergonzada para volver a la mesa. Su rostro húmedo y pegajoso la miraba fijamente, temblando, mientras le manaba del cuerpo un sudor que no era como el del ejercicio, sino más espeso. Frío. El espejo le confirmó que ya no podría fingir que estaba bien.

5

Maya conduce con las ventanillas bajadas, dejando que entre el aire veraniego y les robe la voz mientras cantan la versión de Tender Wallpaper de la balada *Two Sisters*, que trata sobre un asesinato. El aire acondicionado no funciona, pero el reproductor de CD sí, y Aubrey y ella proyectan la voz como si estuvieran participando en una prueba para un musical. Llevan bañador debajo de los pantalones cortos, zapatillas de deporte y un top, y toallas en el asiento trasero. Aubrey se aplica crema solar en la cara ligeramente pecosa, y el pelo negro azabache le revolotea alrededor de la cabeza mientras el mundo pasa a toda velocidad, frondoso y con muchos tonos de verde.

Cuando llegan a la zona de aparcamiento, Maya deja el coche de su madre detrás de una Harley-Davidson. Hace más fresco que en la ciudad. Ahuyentando mosquitos a manotazos, Maya y Aubrey enfilan un sendero que atraviesa el bosque.

Normalmente, sus silencios son como los que comparten los buenos amigos después de muchos años; les es tan fácil como estar solas. Pero el silencio de hoy es distinto. Gélido. Maya tiene la sensación de que Aubrey está preocupada por algo y lo ha estado durante las últimas semanas. Ha notado que su tono es un poco cortante y que a veces se ríe con maldad. A lo mejor son imaginaciones suyas, pero no lo cree, y le cabrea que Aubrey no diga lo que se le pasa por la cabeza.

—Entonces —dice Maya, solo por entablar conversación— ¿para quién es la bufanda?

Aubrey, que se ha adelantado un poco, no mira atrás.

—Es un secreto.

Hasta hace media hora, Maya ignoraba que Aubrey supiera tejer. Cuando ha ido a buscarla a su casa, la ha encontrado sentada en el porche del dúplex haciendo una bufanda, moviendo las manos con elegancia y soltura mientras el tejido verde lima se iba desplegando desde las agujas.

Maya creía que lo sabían todo la una de la otra.

Llegan a la cascada al cabo de unos minutos. La poza, profunda y oscura, brilla como las plumas de un pavo real. En el agua que salpica contra las rocas se forman arcoíris. El lugar suele abarrotarse en verano, pero hoy solo están Maya, Aubrey y un par de motoristas de mediana edad. La mujer, cubierta de tatuajes, está tumbada sobre una roca mientras el hombre camina por aguas poco profundas, hundiendo la coleta canosa al inclinarse para remojarse los brazos.

Las chicas se quitan las zapatillas y los pantalones cortos, dejan sus pertenencias en la orilla rocosa y se meten hasta las rodillas. El agua está tan fría que parece que corta.

—¡Uno! —exclama Aubrey, retando a Maya a zambullirse con ella.

—Ni hablar…

—¡Dos!

Todo su cuerpo le suplica que no lo haga, pero Maya no quiere ser la última en saltar.

—¡Tres! —grita antes de tirarse a la poza, donde el frío, la oscuridad y el estruendo de la cascada son aún más intensos.

Siente un hormigueo en la piel cuando sale de nuevo a la

superficie y vuelve la cabeza hacia Aubrey, aún de pie, aún seca, riéndose. Maya la salpica indignada y Aubrey grita; luego se deja caer en silencio en el agua y desaparece con una leve ondulación.

Cuando reaparece, está en medio de la poza. Nada mejor que Maya, se siente más cómoda en el agua. Flota boca arriba, mirando al cielo, con el amuleto de cobre brillando en el pecho. El amuleto lleva grabadas unas palabras supuestamente mágicas —SIM SALA BIM—, aunque Aubrey jura que no cree en la magia. Simplemente le encanta. Simplemente le gustaría que fuese real.

Maya la echará de menos a pesar de cómo se ha comportado últimamente. Aubrey se quedará en la ciudad después del verano trabajando de camarera y asistiendo a clases en el Berkshire Community College, mientras que Maya se irá a Boston y estudiará en la universidad. Al recordar el poco tiempo que les queda juntas, Maya suspira, se acerca a Aubrey y flota a su lado.

—¿Sabes qué no hemos hecho nunca? —pregunta Aubrey.

—¿Qué?

—Saltar desde lo alto de la cascada.

—¿Por qué lo dices como si no fuéramos a tener otra oportunidad?

—¿Quién sabe? —Aubrey se encoge de hombros—. A lo mejor no la tenemos.

—Boston está a tres horas de distancia. Volveré a casa muy a menudo.

Vadeando, Aubrey se vuelve hacia Maya, que ve que el estado de ánimo de su amiga ha cambiado. Su sonrisa es alegre y traviesa, y desvía la mirada hacia las rocas situadas por encima de la cascada.

—Hagámoslo ahora.

—Estás loca.

—Lo hace todo el mundo, hasta los niños pequeños.

Maya no puede negarlo: la última vez que estuvieron allí, todos los niños de una familia numerosa habían saltado uno tras otro, y el más pequeño no podía tener más de ocho años.

—Pero ¿y si…?

—Tendremos cuidado.

La madre de Maya es técnica de emergencias médicas y ha oído historias aterradoras sobre gente que ha muerto o ha quedado paralítica saltando desde lo alto de una cascada.

—¿De qué tienes miedo?

—¿No es obvio?

—Vale. Ya salto yo.

Aubrey da media vuelta y se aleja nadando.

Maya echa un vistazo a la orilla. La pareja de moteros se ha ido. Las soleadas rocas resultan tentadoras, pero el entusiasmo de Aubrey es contagioso, y de repente le parece que solo estaba imaginándose que algo iba mal; a menudo la acusan de ser demasiado sensible. Así que se da la vuelta y bracea detrás de su amiga.

Al acercarse a la cascada, recibe en la cara el embate frío del agua que salpica con fuerza. Aubrey le dice algo, pero su voz se pierde en medio del estruendo.

—¡No te oigo! —le grita Maya.

Aubrey niega con la cabeza, como indicando que no tiene importancia, pero Maya no necesita oír las palabras para notar el tono de apoyo. Allí, en la base de la cascada, ve el sendero natural que asciende por un lateral y que ha ido consolidando toda la gente que lo ha transitado. Su nerviosismo deviene euforia durante el ascenso; la blanca cascada que cae junto a ella parece una bestia mortífera e imponente. Ya no tiene frío y se aferra a las rocas mojadas.

El corazón le late más deprisa cuando llegan a la cima, y Aubrey se asoma a la enorme roca que sobresale como si fuera un trampolín. Maya se encuentra unos metros más atrás. Se siente como un saltador de circo que observa una piscina diminuta desde lo alto de una escalera extremadamente larga.

No puede hacerlo. Tendrá que bajar, y ya está en ello cuando Aubrey vuelve la cabeza. Su expresión es afable y le brillan los ojos de emoción. Le tiende la mano. La cascada ruge en los oídos de Maya. No puede hacerlo, pero lo hace. Avanza titubeante y le coge la mano a Aubrey.

Ambas contemplan el bosque, el agua rompiendo a sus pies, y luego se miran. No es la primera vez que hacen algo peligroso juntas, pero puede que sea la última.

—¡Uno! —dice Aubrey.

—¿En serio crees que voy a caer dos veces en la misma trampa?

Pero la sonrisa de Aubrey es sincera.

—Dos.

Su voz se pierde en el clamor de la cascada; Maya le lee la palabra en los labios.

Se aprietan más las manos y las levantan.

—¡Tres! —gritan al unísono antes de saltar.

6

Maya se despertó con un dolor de cabeza insoportable y la lengua agria y correosa.

Al principio no sabía dónde estaba. La luz de la luna se colaba por las rendijas de las persianas, iluminando una habitación que parecía propia de un adolescente. Pósters de Sonic Youth y *Blade Runner* y cómics en las estanterías. En el techo, estrellas que brillaban en la oscuridad. Era la antigua habitación de Dan. De repente recordó la noche anterior. Había vomitado delante de Greta el día de su cumpleaños. Luego se había pasado veinte minutos en el lavabo, demasiado abochornada para volver a la mesa.

Había decidido contarles que tenía gripe.

«Algún tipo de virus estomacal, esperemos que nada contagioso», le había dicho a Greta. Pálida y con los ojos hundidos, sin duda parecía enferma. Vio que la cautela de Dan derivaba en preocupación. Carl le había ofrecido ginger-ale para el estómago, pero era imposible saber qué pensaba Greta, siempre velando por los intereses de su hijo y observando con unos ojos que parecían saberlo todo.

Maya lo entendía. Casi deseaba que Dan no la hubiera creído, que la hubiera regañado por beber demasiado. Pero, en lugar de eso, le había puesto una mano en la frente para comprobar si tenía fiebre. Le había llevado agua y una pastilla que le asentara el estómago. Ahora estaba durmiendo a su lado, y su respiración era el único sonido en la oscura habitación.

Le había prometido que sería sincera con él; pero también necesitaba serlo consigo misma. Nunca había sufrido delirios y, cuanto más tiempo pasaba sin tomar pastillas, más segura estaba de que podría haber detenido a Frank. Pero no lo había hecho, y Cristina estaba muerta. Y, por mucho que bebiera, no lograría sentirse bien con aquello.

Si hubiera sido ella quien murió, Aubrey habría demostrado que la había matado Frank. Era más inteligente que Maya. Puede que no se esforzara tanto en el instituto, pero Aubrey era muy perspicaz para su edad.

La mayoría de los amigos que había hecho Maya desde entonces eran del tipo de Wendy, gente que no la conocía muy bien, gente que iba a las mismas fiestas, pero con la que nunca se sentaba en silencio. Al dejar de beber, apenas veía a esos amigos, y se dio cuenta de que no los echaba de menos.

Echaba de menos a Aubrey. Echaba de menos su risa. Pensaba en ella cada vez que leía un buen poema y quería compartirlo con alguien, cada vez que tenía ganas de probar algo arriesgado, como clases de trapecio. Aubrey era intrépida. Era rápida. Jamás habría permitido que Frank saliera impune después de haber matado a su mejor amiga.

Maya se arrodilló junto a Dan y susurró su nombre.

Se había vestido y había metido la ropa de la noche anterior en la mochila que llevaba colgada del hombro. La luz era tenue y azul, y la casa estaba en silencio. Dan parpadeó varias veces al despertar.

—Oye —dijo Maya.

—¿Qué pasa?

—Me voy a casa unos días.

—¿Qué? —preguntó él, adormilado.

—A Pittsfield, a casa de mi madre.

Dan se frotó los ojos.

—Vale... ¿Por qué...?

—Quiero ocuparme de unas cosas. —No mentía—. Ya tengo el billete. Iré caminando a la estación de autobuses. El mío sale en cuarenta y cinco minutos.

Después de pasarse cinco horas tumbada en la oscuridad, Maya había llegado a la conclusión de que era lo más fácil. Prefería irse antes de que se levantaran los demás a tener que continuar con aquella farsa de la gripe. No era solo la abstinencia lo que la mantenía despierta. ¿Cómo iba a dormir sabiendo que Frank había vuelto a matar?

Ya había comprado el billete de autobús por internet y había localizado una estación cerca. Dan se incorporó apoyándose en un codo.

—¿Cuánto hace que no vas a ver a tu madre? ¿Un año? —La miró con los ojos entrecerrados—. ¿De qué va todo esto?

«Dile la verdad», pensó, y luego bajó la vista.

—El vídeo.

Dan no la había creído el día anterior y no esperaba que la creyera en ese momento. Imaginaba que se mostraría despectivo, frustrado con ella, pero le cogió la mano y se la acercó al pecho. Luego la miró con cariño, sin apartar la vista mientras trataba de hacerse una composición de lugar.

—Lo entiendo, Maya. Entiendo por qué estás enfadada.

—¿Ah, sí?

—Por supuesto. Dos personas han muerto mientras estaban con ese tío. Es espeluznante. Cuando me lo contaste, mi instinto fue insistir en que tenía que haber una explicación lógica, intentar hacerlo menos aterrador.

Maya se sintió aliviada. La creía.

—Gracias... —susurró. Con los ojos cerrados, apoyó la cabeza en la de él, agradecida, y le contó su plan—: No he encontrado gran cosa en internet, así que he pensado en ir a la cafetería, hablar con alguien que estuviera allí cuando Cristina murió; puede que a la cámara se le escapara algo. Podría hablar con sus compañeros del museo. A lo mejor saben algo de su relación con Frank.

Maya podría haber continuado, pero Dan tenía las cejas medio arqueadas. No estaba de acuerdo con aquello.

—Si no lo detengo —dijo ella—, seguirá haciéndolo.

—¿Haciendo qué? Lo siento, pero sigo sin entender qué crees que ha hecho.

Maya se desinfló. Lo había malinterpretado. Dan no la creía; solo la apoyaba.

—Yo tampoco lo sé —repuso ella—. Eso es lo que tengo que averiguar. Necesito demostrarlo para poder ir a la policía.

—Estoy preocupado, Maya.

—¿Tú qué harías si alguien matara a Sean? —preguntó ella.

Sean era el mejor amigo de Dan, un escalador sano y fuerte al que era imposible imaginar que alguien asesinara.

—Te diré lo que no haría —respondió Dan—. No acudiría a la policía basándome en nada de lo que me has contado ni en nada de lo que vimos en el vídeo.

A Maya le martilleaba la cabeza a causa del vino y la amargura que sentía.

—Vale, ¿qué crees que ocurrió?

Dan reflexionó unos instantes. Ante una muerte inexplicable, todo el mundo tenía una teoría; nadie era inmune a la necesidad de comprender. Había pensado más en ello desde la víspera, cuando ella se lo contó, y ahora su hipótesis era que Cristina probablemente había sufrido una sobredosis. El artículo del *Berkshire Eagle* afirmaba que su muerte «no se consideraba sospechosa» y se descartaba cualquier indicio de delito.

Lo que no se había descartado (lo que parecía más probable, según Dan) era que Cristina hubiera sucumbido al mismo destino que tantas víctimas se había cobrado en ciudades como Pittsfield: una sobredosis por oxicodona o heroína, tal vez fentanilo. Eso explicaría la expresión de su rostro. No era la primera persona que perdía el conocimiento en público: en todas las gasolineras, bares y baños públicos de aquella parte del estado había carteles que explicaban qué hacer si alguien sufría una sobredosis. La policía llevaba naloxona.

No obstante, Dan reconocía que le resultaba extraña la coincidencia de que Cristina y Aubrey hubieran muerto estando con Frank. Era inquietante, sin duda, pero la muerte de Aubrey, aunque rara, tampoco había sido calificada de sospechosa. La opinión de Dan (expresada, pensó Maya, como si ella formase parte de un jurado) era que debía cancelar el billete, dejar reposar el plan unos días, recuperarse del virus estomacal y cuidarse.

Habría sido un buen momento para que Maya le confesara que no había ningún virus estomacal y que había bebido demasiado para soportar que se le hubieran acabado unas pastillas que él no sabía que tomaba. Pero tenía que coger un autobús, y lo último que necesitaba era que Dan cuestionara su salud mental.

—Si Frank no es peligroso —dijo Maya—, ¿qué tiene de malo que vaya a ver a mi madre? Pediré un día de baja por enfermedad. No lo he hecho en todo el año.

A Dan se le entristeció la cara y ella se acordó del perro. Tenían cita en un centro de adopción de mascotas el día después de que Dan terminara los exámenes finales. Llevaban semanas esperando con impaciencia y se pasaban horas hablando de nombres. ¿Cómo había podido olvidarlo?

—Sé que no es buen momento —dijo—, pero tengo que hacerlo. Estaré de vuelta a tiempo para ir al centro de adopción.

Dan suspiró y Maya miró el reloj: eran las 6.23.

—Cuídate —dijo él con una resignación que resultaba dolorosa.

Maya contuvo las lágrimas el tiempo justo para darle un beso de despedida.

El jefe de Maya fue comprensivo cuando le dijo que estaba enferma. Al fin y al cabo, llevaba tres años trabajando en el vivero y se le daban bien tanto las plantas como los clientes. Le habría gustado su trabajo si el sueldo hubiera sido mejor y hubiera tenido seguro médico, pero, dado que no era así, su jefe era la única persona con la que no mostraba reparos en mentir. Maya consultó su saldo bancario y vio que podía permitirse tres días libres; cuatro, si gastaba con moderación.

Pasó las dos horas de autobús buscando información sobre Frank en el teléfono. Bebió agua de una botella en la que había derrochado en la estación, con la resaca a flor de piel y el estómago revolviéndosele cada vez que el conductor frenaba. Tenía un tic debajo del ojo izquierdo. De algún modo, Frank había evitado dejar cualquier rastro digital.

No lo había visto desde la muerte de Aubrey. Fue ese mismo día, justo cuando Maya abandonaba la comisaría tras un interrogatorio de cuatro horas. Frank había declarado antes que ella, y lo vio montándose en su coche en el aparcamiento. Era libre. Maya se había quedado helada de terror. Su madre, que estaba con ella, le preguntó qué pasaba, pero Frank ya se había ido cuando Maya recobró la voz. Y Brenda no había vuelto a verlo desde entonces.

Para ella, Frank era el objeto de la delirante obsesión de su hija, la versión humana de Silver Lake. Sin embargo, para Maya, Frank era real. Se le contraía el estómago cada vez que veía a alguien que se le parecía, cosa que ocurría a menudo, pues Frank tenía un aspecto corriente: delgado, con la barbilla pequeña, el pelo oscuro y la piel clara. La mitad de los hombres de Boston habrían podido hacerse pasar por Frank. Y le resultaría muy fácil matarla: no tendría que presentarse en su casa en mitad de la noche ni encerrarla en el maletero.

Podría asesinarla en público, a plena luz del día, y salir airoso. Lo que le ocurrió a Cristina era exactamente lo que temía Maya. Por eso tenía que protegerse. Tenía que descubrir su secreto. Era más lista y menos vulnerable que a los diecisiete años. Mantendría las distancias hasta que supiera cómo estar a salvo.

El autobús se adentró en una zona boscosa. Sospechaba que Frank había intentado ponerse en contacto con ella a lo largo de los años, pero, como casi todo lo relacionado con él, era imposible saberlo a ciencia cierta. Maya no atendía nunca llamadas de números que no tuviera en la agenda ni abría correos electrónicos de gente que no conociera, y, sin embargo, cuando escribía su nombre en Google, el primer resultado que salía era «Maya Edwards + Aubrey West».

De los conductos de ventilación salía aire caliente. Incapaz de encontrar algo relacionado con Frank, buscó a Cristina Lewis. Al igual que él, Cristina no tenía presencia en las redes sociales, y su nombre era común. Repasó varias páginas de resultados de Google antes de encontrar a la Cristina Lewis correcta en una lista de artistas a los que el MASS MoCA había concedido residencias.

Haciendo clic en el nombre, llegó a su web. El diseño era minimalista, una página azul claro en la que uno de los cuadros de Cristina ocupaba un tercio de la pantalla. Maya se acercó el teléfono a la cara. La pintura mostraba un extenso desierto blanco bajo un cielo vacío. Un planeta alienígena, un lugar inerte con grietas en la superficie reseca, pero el título —*Salinas de Bonneville*— indicaba que en realidad se trataba del planeta Tierra.

El talento de Cristina era indudable. Su obra era de una belleza fría y sobria. Todo giraba en torno a la luz, a cómo descendía desde un sol que no aparecía en el cuadro. El nombre de Cristina aparecía todo en minúsculas en la parte inferior de la web, junto con su dirección de correo electrónico. No había ningún otro enlace donde pulsar.

Maya hizo una búsqueda inversa de imágenes del cuadro y encontró una página pública de Facebook dedicada a la memoria de Cristina y a «mantener vivo su arte compartiéndolo con el mundo». El grupo tenía once miembros, pero el único que había publicado era el administrador, que se llamaba Steven Lang.

Su foto de perfil mostraba a un hombre calvo y corpulento de unos treinta años. A su lado, en una ruta de senderismo nevada, estaba Cristina. Era unos treinta centímetros más baja que él y parecía aún más pequeña con su plumas amarillo. A esa distancia, cualquiera habría podido confundirla con Maya.

A diferencia de esta, Steven no parecía preocupado por la privacidad en internet. Al momento supo que había trabajado con Cristina en el Museo de Berkshire, aunque no había información de qué hacía allí exactamente. Encontró el correo electrónico de Steven en pocos minutos.

«Hola, no me conoces, pero me llamo Maya y he visto el vídeo de Cristina. Siento mucho tu pérdida… Estoy intentando recabar información sobre Frank Bellamy, el hombre con el que estaba cuando ocurrió, y querría saber si podemos hablar en algún momento». Le dio a enviar y luego se acomodó en el asiento. Cerró los ojos con la esperanza de quedarse dormida, pero no tardó en tirar la toalla y decidió contemplar los árboles desnudos y escarchados que pasaban a toda velocidad.

7

Maya, arrodillada en el jardín trasero, está jadeando de tanto reír. El cielo es de un azul intenso. El aire sabe a hierba. No recuerda qué es lo que le hace gracia, lo cual resulta desternillante ya de por sí, y no puede parar, y es aterrador, pero cuando Aubrey pronuncia la palabra (la que las hace revolcarse por la hierba), el miedo desaparece.

—Chi…

Aubrey no es capaz decirla y le caen lágrimas por las mejillas. A Maya le sale la risa a borbotones.

—Dios mío —dice—. Dios mío, Dios mío…

—Chi…

—¡Para! —grita Maya—. ¡Para! —insiste, dando un manotazo en el suelo.

—¡¡Chichinabo!!

Y ambas estallan.

¿Cuánto rato llevan riéndose? ¿Un minuto? ¿Una hora? ¿Un año?

—¡Chichinabo! —grita Maya—. No me lo puedo creer, no me lo puedo creer… —¿No puede creerse qué?—. No puedo creerme que eso sea una palabra.

—Yo tampoco —dice Aubrey—. No me puedo creer…

Deja la frase a medias y ya no se ríe. Maya levanta la cabeza, que tenía apoyada en el antebrazo, y, al mirar a través de la cortina que forma su cabello despeinado, ve a Aubrey acariciando la hierba como si fuera el pelo sedoso de un animal.

—Qué suave —dice.

Maya se pone boca arriba y se hunde en la hierba. Con los brazos en cruz, mueve lentamente las extremidades arriba y abajo y siente cada brizna que le roza la piel.

—No me lo puedo creer —dice.

Lleva puesto su pantalón corto habitual y una camisa holgada con estampado de cebra comprada en Goodwill, que pensó que sería divertida para hoy.

—El cielo —dice—. ¡El cielo!

Las gafas de sol, grandes y con diamantes de imitación, también son de segunda mano, y menos mal que las lleva, porque tiene las pupilas enormes y el sol emite ondas. Las ve serpentear en el cielo y le viene a la mente una clase de ciencias de hace mucho tiempo.

—¿Te acuerdas de lo que dijo el señor Murphy sobre el sol y las ondas electromagnéticas? —pregunta.

—La verdad es que no.

—Yo tampoco —dice Maya, aunque sí se acuerda—. Pero ahora… tengo la sensación de que sí lo entiendo.

Gira la cabeza hacia Aubrey, y esta le devuelve la mirada a través de sus gafas de sol, un modelo de aviador con cristales verde oscuro. Suelen comprar juntas en Goodwill.

—¿De verdad?

—Sí —responde Maya—. Es como si el espacio estuviera hecho de agua, un gran océano, y el sol fuera un guijarro lanzado sobre la superficie… Forma ondas en el agua.

Levanta los brazos, mueve los dedos y siente las ondas.

—Vaya… —dice Aubrey—. Sage se ha superado esta vez, ¿eh?

Maya se ríe al recordar la última vez que consiguieron ácido gracias al cajero hippie de Big Y, donde Aubrey trabaja embolsando las compras de los clientes. Sage, con su coleta canosa y perfumada de pachulí, está enamorado de Aubrey, así que el ácido siempre les sale gratis, pero el último era tan flojo que creían que era falso.

—Esta movida es real —dice Maya.

—¿Qué movida? —pregunta su madre.

Maya deja de mover los dedos y cierra los ojos apretando mucho, como si eso fuera a hacerla invisible.

—¿Puedes explicarme qué está pasando aquí?

Su madre la matará por esto, pero solo si se entera. Maya baja las manos, se alisa la camisa de cebra y, con briznas de hierba en el pelo, se incorpora, sonriendo con toda la naturalidad que puede.

—¡Hola, mamá!

Su madre está a un metro de distancia, al principio del jardín, y no sabe cuánto tiempo lleva allí.

Brenda no suele ser tan imponente —aunque es alta, casi treinta centímetros más que su hija, y fornida—, pero ahora mismo parece un dios solar enfadado, con los brazos cruzados y los rizos enmarcándole el rostro como llamas doradas. Lleva el uniforme de paramédico: camisa blanca, pantalones azul marino y zapatillas de deporte negras. Las cejas perfiladas y los ojos azules entrecerrados resaltan su disgusto.

—Yo… pensaba que estabas trabajando —dice Maya.

—Así es. Pero ahora estoy en casa y ¿qué me encuentro? La cocina hecha un desastre y el volumen de la televisión tan alto que se oye desde fuera. ¿Y estáis viendo *Cristal oscuro*?

Su madre las conoce muy bien.

—Hola, Brenda —dice Aubrey con una voz demasiado aguda.

—Hola, Aubrey.

Aubrey se encoge al oír el tono de voz.

—¿Qué habéis tomado? ¿Eh?

Brenda pasa la vista de la una a la otra. Maya siente que le está bajando el colocón e intenta que no cunda el pánico.

—LSD —responde, consciente de que es inútil ocultarlo.

Brenda menea la cabeza.

—Adentro. Las dos.

El trayecto por el jardín y subir los tres escalones hasta la cocina es un calvario. El suelo parece esponjoso, como si fueran arenas movedizas.

—¡Un momento! —dice su madre al ver que Maya y Aubrey están dejando huellas de tierra en la cocina. Lanzándoles una mirada furiosa a los pies, les tiende un trapo húmedo.

Ellas se agachan torpemente. Estaban viendo *Cristal oscuro* cuando a Aubrey le entraron ganas de estar en la naturaleza, así que retozaron un rato en el jardín antes de desternillarse porque ella dijo «chichinabo».

Maya se limpia la tierra de entre los dedos de los pies, los talones y alrededor de los tobillos.

—¿Se lo contarás a mi padrastro? —pregunta Aubrey.

Brenda se sienta a la mesa.

—No lo sé —responde con aire cansado.

Es entonces cuando Maya repara en el vendaje que lleva su madre en la mano.

—¿Qué te ha pasado?

—Solo me han dado unos puntos —dice—. No te preocupes.

Pero Maya está preocupada. El trabajo de su madre da miedo: las luces parpadeantes, las sirenas y la gente gritando. A Maya le asusta incluso cuando no va colocada. Ahora se queda mirando el vendaje blanco.

—Por favor, no se lo cuentes a Darren —dice Aubrey entre lágrimas.

Maya también llora. Quiere a su madre, no quiere que sufra.

—Vale, tranquilizaos las dos —dice Brenda. Lo dice amablemente, levantando la mano para demostrar que no pasa nada.

Y no se pone nerviosa como harían otros padres, porque ella puede con esto. Ve de todo en el trabajo: malos viajes, sobredosis y puñaladas.

—¿Cuánto hace que lo habéis tomado? —pregunta con calma.

Maya y Aubrey se miran. ¿Cuánto hace? ¿Seis horas? ¿Siete?

Brenda suspira.

—¿A qué hora os lo tomasteis?

—¿Esta mañana? —responde Aubrey—. ¿A las once o algo así?

Brenda mira el reloj del microondas: las 13.32.

—Parece que aún tenéis para rato....

Las tres ven *Cristal oscuro* desde el principio. Maya y su madre en el sofá, y Aubrey tumbada en el sillón de dos plazas. Un ventilador situado en un rincón hace circular una brisa fresca por el salón, que es también el viento que sopla en las selvas de Thra. Maya sabe que se ha metido en un lío, que su madre solo está esperando a que baje el efecto para darle la charla e imponerle el castigo que tenga preparado, pero por ahora todo es perfecto. Maya está ahí, pero también en la película, fascinada como lo estaba cuando la vio de niña, antes de que existiera una diferencia entre realidad y magia.

Como deben de sentirse los creyentes al pensar en el Edén, añorando el tiempo en que la humanidad no sabía que estaba desnuda, cuando las conversaciones con Dios eran la norma. Maya echa de menos esa época de su vida, no por la necesidad de evadirse de la realidad —la realidad está bien—, sino porque nació así. Nació para añorar tiempos más mágicos, como les ocurre a algunas personas. Es la cuarta vez que toma ácido, así que conoce la tristeza que sobreviene cuando desaparecen los efectos, la sensación de que Dios ha abandonado el jardín. Y a Aubrey le sienta aún peor que a ella.

A pesar de que la madre de Maya ha accedido a no mencionar el LSD, Aubrey parece abatida cuando la lleva a casa esa noche. Nadie dice nada cuando se detienen frente al dúplex.

Al fondo, Silver Lake brilla como obsidiana en el crepúsculo. Aubrey vive aún más cerca del lago. Si ha de ser sincera, esa es la razón por la que Maya quiso tomar el ácido en su casa y no en la de Aubrey. La verdad es que Maya le tiene un poco de miedo al lago. Sería incapaz de reconocérselo a nadie, porque eso significaría parecerse a la tía Lisa (aunque, si pudiera hablar con libertad, Maya mencionaría algunas leyendas locales que cuentan que el lago cambia de color por la noche y hablan del vapor que emana de la superficie en invierno; diría que el lago realmente está contaminado y, ¿quién sabe lo que pueden hacerle a una persona los policlorobifenilos?).

—Gracias por traerme —dice Aubrey al bajarse del coche.

—Si vuelve a ocurrir, se lo contaré a tus padres.

En el trayecto de vuelta a casa, Maya pregunta cuánto tiempo va a estar castigada.

Su madre tarda un rato en contestar. Se ha quitado el uniforme y se ha puesto una camiseta, unos pantalones cortos de algodón y unas sandalias, pero sigue con la venda blanca en la mano. Ahora Maya sabe que se cortó con un trozo de metal al sacar a un joven de un coche accidentado.

Maya imaginaba que su madre estaría enfadada, pero parece triste.

—No quiero castigarte —le dice—. En menos de tres meses te habrás ido y harás lo que quieras. Solo me gustaría… Me gustaría que pudieras ver lo que yo veo. En la ambulancia, quiero decir. Entenderías lo fácil y rápido que puede irse todo al garete.

—Lo sé, mamá. Tendré cuidado. Ya ves que no hemos cogido el coche…

Su madre aparca, ya en casa, apaga el motor y se vuelve hacia ella.

—Sabes que no es solo eso. Podrías acabar como…

—Déjame adivinar: ¿la tía Lisa?

—Lo llevas en los genes. Eres susceptible. ¿Es que no te das cuenta? Una droga como el LSD podría desencadenar algo, un episodio.

Maya suspira con teatralidad. ¿Por qué su madre no se da cuenta de que un viaje de ácido no es nada comparado con el consumo fuerte de metanfetamina y el evidente problema de Lisa con la bebida? Maya irá a la Universidad de Boston con una beca completa. Es lo bastante inteligente para entender dos cosas a la vez: que su tía sufría delirios y que, en cierta medida, Silver Lake es tóxico. Pero su madre parece empeñada en ver el mundo en blanco y negro, así que Maya se limita a decir:

—Vale, lo siento. A partir de ahora tendré más cuidado.

8

En el trayecto desde la estación de autobuses, con su madre al volante, Maya llevaba la cabeza apoyada en la ventanilla traqueteante del coche. Pasaron por la iglesia de St. Joseph, donde iban a misa sus abuelos, y la YMCA, donde Maya había aprendido a nadar. Las calles del centro de Pittsfield estaban flanqueadas por grandes edificios históricos, antiguos grandes almacenes, un teatro de la Edad Dorada y un juzgado de mármol. Cuando Brenda era niña, los adolescentes se pasaban la noche de los jueves recorriendo North Street en coche arriba y abajo. Maya no lo entendía. Si hoy viera a alguien haciendo eso, daría por sentado que vende drogas.

El coche enfiló la calle donde se crio. Conocía aquel lugar de memoria, sus grandes casas divididas en apartamentos, la pintura descascarillada, las antenas parabólicas, los céspedes descuidados. Incluso le resultaban familiares los adornos navideños de los vecinos, el bastón de caramelo gigante y el Papá Noel hinchable. Los tablones de la casa en la que creció estaban algo desvencijados, igual que los de las demás. La pintura era amarillo limón. Una lona azul protegía el pequeño jardín de los rigores del invierno. Era la casa más pequeña de la calle, pero, como le gustaba decir a

Brenda, era suya. La había comprado para las dos cuando Maya tenía ocho años.

Brenda ya no era tan robusta ni trabajaba de paramédico, sino de ayudante de jefe de cocina y repostera en un lujoso centro de rehabilitación. Había cambiado de profesión porque, según sus palabras, era demasiado mayor para trabajar en las ambulancias. Había sufrido esguinces de espalda, migrañas y torceduras de tobillo. No soportaba la idea de ver morir a más personas. Tenía los brazos más delgados y el torso más ancho, y sus rizos de color rubio oscuro se estaban volviendo grises, pero a Maya le gustaba pensar que su madre parecía más feliz, o al menos más relajada.

Cuando Maya salió del coche, la fría nieve medio derretida del suelo se le coló por la suela de las zapatillas. Era un domingo de invierno a mediodía. La calle estaba tranquila y el cielo, nublado. Las canas de su madre parecían más pronunciadas bajo aquella luz, o Maya tal vez había estado fuera más tiempo del que creía.

Últimamente, volvía muy poco a casa, y sabía que a su madre le resultaba doloroso, pero lo cierto era que aún guardaba rencor por el pasado. Sin embargo, reconocerlo significaría admitir también que una parte de ella seguía creyendo que Frank había asesinado a Aubrey, algo que Maya nunca podría expresar delante de su madre. Solo serviría para que a Brenda le entrara el pánico pensando que su hija seguía el camino de la tía Lisa y llamara al doctor Barry.

—Estoy impaciente por ver qué te parece la habitación —dijo Brenda al sentarse en el banco situado junto a la puerta para quitarse las botas—. Estrenarás la cama nueva.

—¿Te has deshecho de mi cama?

Su madre resopló.

—¿Tu cama? ¿Cuándo fue la última vez que dormiste en ella?

La pregunta cayó como una acusación.

—La cama nueva lleva sobrecolchón —añadió Brenda.

Cuando se hubo quitado las zapatillas y el abrigo, Maya fue a ver la «habitación nueva», que era su antiguo dormitorio reconvertido para alquilarlo en Airbnb. Su madre parecía más tranquila desde que había abandonado el trabajo anterior, pero el sueldo era más bajo y no podría jubilarse hasta dentro de unos años.

Al abrir la puerta, Maya apenas reconoció la que había sido su habitación entre los ocho y los dieciocho años. Era un santuario al turismo de los Berkshires, los visitantes a los que su madre esperaba atraer. En lugar de carteles de *El laberinto del fauno* y Tender Wallpaper, las paredes mostraban láminas enmarcadas de pinturas de Norman Rockwell y fotografías de Pittsfield en su apogeo, cuando los coches clásicos cromados circulaban por la animada North Street. La lámpara del escritorio desprendía un brillo lustroso, y las cortinas rojas y doradas evocaban el follaje otoñal.

Por el bien de su madre, Maya esperaba que hubiera turistas, pero Pittsfield no era un destino como Stockbridge, Lenox o muchas otras poblaciones pequeñas de los Berkshires. Cada pocos años, una revista la incluía en una lista de ciudades prometedoras o afirmaba que estaba resurgiendo, y Brenda deseaba con todas sus fuerzas que fuera cierto, que su ciudad natal volviera a ser el lugar que recordaba de niña. Pero, hasta donde Maya sabía, aún no había ocurrido.

—Bueno, ¿qué te parece?

—Está muy bien —dijo Maya.

Pero ver su antigua habitación llena de muebles desconocidos tenía algo de inquietante: la cama, la cómoda, el pequeño televisor de pantalla plana. Lo único que había conservado su madre era la mesita de noche.

—Prueba la cama —dijo Brenda señalando el colchón desnudo.

Maya se sentó y, al dejarse caer hacia atrás, se hundió.

—Es blanda.

—Las sábanas están en la secadora. Voy a buscarlas.

Maya vio que el techo no había cambiado. La mancha de humedad le resultaba tan familiar como una marca de nacimiento. Ya sola, se puso de costado y vio que su madre había quitado las pegatinas que tenía en la mesita de noche cuando era pequeña. Su vieja colección de pegatinas. Todavía quedaban restos en la madera. Se acercó un poco más y, mirando por encima del borde de la cama, vio parte de una pegatina que no se había despegado del todo. Era de un grupo de música, negra con letras moradas. Tender Wallpaper era el grupo favorito de Aubrey; Maya y ella las habían visto en directo la noche anterior a su muerte.

La pegatina venía con las entradas que Maya había comprado para el concierto, y al verla recordó aquella noche (bailando con los ojos cerrados, Aubrey a su lado), pero también el día siguiente (Aubrey desplomándose en la puerta).

Maya oyó pasos y, al instante, su madre se dio cuenta de que algo iba mal. Maya pudo verlo en su rostro cuando entró con un montón de sábanas: la preocupación de una madre por su hija. El instinto de Maya era contárselo todo, soltar el miedo y la culpa que llevaba sobre los hombros.

Pero no podía arriesgarse a parecer la tía Lisa, sobre todo porque necesitaba que la tomaran en serio. Sin embargo, tenía que explicar las lágrimas, así que se sinceró acerca de su otro problema.

—He estado tomando clonazepam todas las noches para dormir y la semana pasada se me acabó. Casi no he pegado ojo desde entonces.

El semblante de preocupación de su madre se agudizó. Antes de lo de Frank, Maya se lo contaba todo. Hicieron la cama juntas mientras ella hablaba, colocando las sábanas sobre el colchón y cubriéndolas con mantas. Era reconfortante que las cosas fueran como antes. Antes de que tuviera hábitos que ocultar.

—¿Cuánto tomabas?

—Dos o tres miligramos por noche... y normalmente otro medio durante el día.

Su madre parecía decepcionada, pero no sorprendida.

—El doctor Barry nunca te recetó tanto, ¿verdad?

Maya negó con la cabeza. Cuando vio que su madre se acercaba, pensó que iba a abrazarla, pero quería tomarle el pulso.

—¿Sabes lo peligroso que es dejarlo de golpe?

—Por eso estoy aquí.

No era toda la verdad, pero sí una parte.

Su madre le escudriñó los ojos para ver cómo tenía las pupilas y Maya se apartó.

—Pero estoy segura de que ya ha pasado lo peor. Solo necesito esperar a que remita y dormir un poco.

En realidad, eso era lo más importante: hacía días que no dormía más de unas pocas horas, y le habría venido muy bien aquel abrazo o cualquier otro gesto reconfortante. Pero, como en otros momentos de angustia, Maya tuvo la sensación de que, a causa de la preocupación, su madre estaba tratándola como a una paciente.

Brenda le puso la palma de la mano en la frente.

—Al menos no tienes fiebre, pero avísame si empeoras.

—Mamá...

—O si empiezas a ver luces parpadeantes o a oír cosas que no están ahí.

—Vale, pero...

—O si notas algún olor inusual.

—De acuerdo.

Maya ya se arrepentía de haberle contado tantas cosas. Estaba claro que, en adelante, su madre la vigilaría, lo cual supondría un obstáculo más para su cometido, pero no parecía haber vuelta atrás. Brenda la estaba observando con la atención de una exparamédica que nunca había conseguido apearse de la ambulancia.

9

La abuela de Maya muere un mes antes que Aubrey.

Más tarde, el doctor Barry señalará esas dos pérdidas, sufridas en tan corto espacio de tiempo, como prueba de que Maya se hallaba en un estado de vulnerabilidad. De ahí la psicosis. Pero, más tarde aún —años después—, Maya verá que fue la pena lo que la hizo vulnerable a Frank. Cuando recuerde ese momento, le parecerá obvio: él tenía que saber que ella sufría cuando se conocieron. Tuvo que notarlo, aunque Maya no fuera consciente todavía.

Al principio no sabe cómo sentirse. Ni siquiera ha conocido a su abuela en persona. No sabe qué decir cuando su madre llama suavemente a la puerta de su habitación para anunciar que la abuela ha muerto.

Maya ha empezado ya a hacer las maletas. Todavía faltan dos meses para que se mude a la residencia, pero está demasiado emocionada para esperar. Comenzó por los libros, y se ha pasado la última hora ordenando los cientos que tiene para decidir qué se lleva. Solo hay sitio para veinte, y acaba de pasar *It*, de Stephen King, a la pila de los que se quedan en casa para hacer hueco a *Un puente hacia Terabithia*, de Katherine Paterson, que su madre le leyó cuando tenía diez años y estuvo una semana en casa con faringitis. Sostener el libro en las manos le trajo a la mente la voz de su madre y la historia de dos niños que inventan un mundo propio, un recuerdo que entraña tanta alegría que Maya no ha sido capaz de desprenderse del libro.

La emoción de irse de Pittsfield se ve atenuada por la tristeza y el sentimiento de culpa por dejar a su madre. Se dice que volverá a casa una vez al mes, y está pensando en eso cuando Brenda le da la noticia.

—¿Qué? —dice Maya, apartando la vista de los montones de libros que la rodean en el suelo, aunque ha oído las palabras perfectamente.

Su abuela ha muerto de un derrame cerebral en su casa de Ciudad de Guatemala. Era una presencia constante, aunque lejana, en la vida de Maya; una voz que sonaba al otro lado del teléfono varias veces al año. Una fotografía. Tarjetas de cumpleaños escritas a mano. El padre de Maya está muerto, pero siempre ha sido así. Nunca ha fallecido nadie que ella conozca de verdad.

—Ay, cariño —dice su madre, que entra en la habitación mientras Maya rebusca en la memoria a la abuela que ha perdido de repente.

Y entonces se da cuenta de que en realidad nunca la conoció. Hasta ese momento, su abuela ha sido tan abstracta como la propia muerte, una idea, nada más. Sin embargo, de súbito, la ausencia parece muy real, un vacío que crece en su pecho.

La abuela era un vínculo con el padre de Maya, la persona que mejor lo conocía. Hay muchas preguntas que Maya debería haber hecho.

Su madre está sentada a su lado, procurando no alterar las pilas de libros que hay encima de la alfombra, y tiene un aire pesaroso.

—No contesté a su última tarjeta de cumpleaños —dice Maya.

Brenda siempre insistió en la importancia de conocer a la madre de su padre, y le recordaba que debía escribirle y llamarla. Pero Maya era demasiado joven para entenderlo, o quizá demasiado egoísta, como ocurre con los niños. Estaba demasiado encerrada en sí misma, demasiado cohibida por su terrible acento, que obligaba a la abuela a hacer todo el esfuerzo en las raras ocasiones en que hablaban por teléfono.

Su madre le apoya una mano en el hombro.

—No te preocupes por eso —le dice con voz temblorosa.

—Quiero ir al entierro.

Brenda se la queda mirando.

Maya nunca ha ido a Guatemala.

Brenda siempre ha dicho que es demasiado peligroso, y que solo hace falta recordar lo que le ocurrió a su padre: Jairo Ek Basurto murió de un disparo en el portal de la casa de sus padres a la edad de veintidós años.

Corría el año 1990, la guerra civil guatemalteca estaba tocando a su fin y el ejército mataba a las voces discrepantes.

Maya tenía doce años cuando logró sonsacarle esa información a su madre, y quedó conmocionada. ¿Por qué asesinaba el ejército a su propio pueblo? Brenda, que estaba en el país en un viaje misionero de la iglesia de sus padres cuando conoció a Jairo, se lo explicó lo mejor que pudo a una persona tan joven.

La tierra donde los mayas habían vivido durante milenios era perfecta para cultivar grandes cantidades de plátanos. En los años cuarenta, la empresa Chiquita era la mayor propietaria de tierra del país. En aquel momento se llamaba United Fruit Company y ejercía un gran control sobre el gobierno guatemalteco.

Sin embargo, en 1944, el pueblo se deshizo del gobierno leal a la compañía frutícola y eligió a un presidente que, entre otras cosas, quería comprar parte de las tierras de la empresa y devolvérselas a quienes vivían antes en ellas. Unas tierras que eran sagradas. Las selvas densas y las zonas montañosas cubiertas de niebla. Los volcanes y los cenotes.

El presidente recién elegido, y más tarde su sucesor, creían que las personas valían más que el dinero, más que los plátanos baratos. La United Fruit Company no estaba de acuerdo. Quería esas tierras. La empresa frutícola fue pionera de las campañas modernas de marketing y, del mismo modo que convenció a los estadounidenses para que compraran más plátanos, convenció al presidente de Estados Unidos de que el recién elegido líder guatemalteco era comunista. Corrían los años cincuenta y la Guerra Fría se estaba enconando. A los doce años, Maya no sabía nada de este conflicto, pero por el tono de su madre intuyó que las cosas estaban a punto de ponerse feas.

El presidente Eisenhower escuchó a la empresa frutícola y envió a la CIA a fomentar en secreto una pequeña oposición en Guatemala. Estados Unidos entrenó a los opositores y les facilitó armas. Y, en 1954, esa oposición, con abundante ayuda de Estados Unidos, derrocó al presidente elegido democráticamente. En su lugar instalaron a un alto mando militar que no ponía obstáculos para que la empresa frutícola cultivara sus plátanos.

Las cosas se pusieron muy difíciles para el pueblo maya, especialmente para los campesinos y para todos los que les apoyaban: estudiantes, maestros, artistas, escritores y habitantes de la zona. Aunque ellos constituían la mayoría del país, eran los pocos situados en las más altas esferas quienes tenían todo el poder. Algunos se enfadaron tanto que huyeron a las montañas para luchar, reclutando a niños hambrientos. La guerra civil duró treinta y seis años y murieron doscientas mil personas, muchas de ellas torturadas, y hubo miles y miles de «desaparecidos», un término que Maya, a sus doce años, no había entendido.

«Significa que la policía los arrestaba en secreto», le dijo su madre, «y nadie volvía a verlos nunca más».

La Maya de doce años empezaba a arrepentirse de haber preguntado.

Desde que le alcanzaba la memoria, había insistido en que su madre le explicara por qué había muerto su padre. Y cómo. Y dónde. Y cuándo. Pero, cuando Brenda empezó a contárselo, Maya sintió un nudo en la garganta.

Su padre estudiaba literatura en la universidad. También era escritor, pero esa era otra historia, y Maya ya la conocía.

Aquel era el relato de su muerte. Por fin (pero, al mismo tiempo, demasiado pronto).

El padre formaba parte de una organización estudiantil que acudió a una pequeña aldea de montaña. Hacía poco, el ejército había perpetrado una masacre allí, y el padre de Maya, junto con otros estudiantes y algunos profesores, se manifestó junto a los supervivientes para exigir el fin de la presencia militar. Maya estaba henchida de orgullo cuando su madre le explicó que alguien había hecho una fotografía de su padre en la aldea.

En aquella época, solo hacía falta eso.

El mundo empezaba a tomar conciencia de lo que algún día daría en llamarse el Holocausto Silencioso, pero, en 1990, los militares seguían matando impunemente a quienes no opinaban como ellos.

Gente como el padre de Maya.

Ese era el porqué de lo que le ocurrió.

El cómo fue una bala en la cabeza.

El cuándo, dos meses después de la protesta. Jairo salía en una foto desfilando aquel día junto a un conocido profesor de historia que había desaparecido hacía poco, y no solo él, sino también tres amigos suyos. Un panadero. Un profesor. Un sacerdote. Estar asociado a ese profesor de historia era suficiente en aquellos días.

La identidad del asesino jamás saldría a la luz, y no sería llevado ante la justicia. Quizá pertenecía al ejército, o lo hacía por encargo, o tal vez era miembro de los famosos escuadrones de la muerte guatemaltecos. Fue a casa de Jairo un sábado por la mañana.

La madre de Jairo estaba en la parte de atrás, aclarando un mantel de flores rojas en la pila. El padre estaba leyendo el periódico en el sofá del salón.

La madre de Maya estaba en la cocina.

Brenda se estaba preparando una taza de café instantáneo: una cucharada de Nescafé, otra de azúcar y dos de leche en polvo. Llevaba poco más de un mes en Guatemala, estaba embarazada, aunque aún no lo sabía, y aquello formaba parte de su rutina: le gustaba tomarse el café fuera y subir las desvencijadas escaleras metálicas hasta la azotea en mañanas soleadas como aquella (pero eso también era otra historia).

Estaba removiendo el café instantáneo en una taza con agua humeante cuando oyó el disparo. Nunca lo olvidará.

Mira fijamente a su hija.

—Quiero ir al funeral —insiste Maya como si hubiera olvidado que su madre le contó todo eso cuando tenía doce años.

—Sabes que es demasiado peligroso.

Brenda había prometido llevarla cuando no corrieran ningún riesgo, pero ese momento aún no ha llegado.

—Tendré cuidado —dice Maya.

Su madre niega con la cabeza.

—Cumpliré dieciocho años en agosto.

Los ojos de su madre traslucen ira.

Maya nunca llegó a conocer a su abuela, y ahora ya no podrá hacerlo. Y lo único que conserva de su padre son unas cuantas fotos y un puñado de historias, todas ellas contadas por su madre, que lo conoció un mes antes de que lo mataran.

De repente, Maya siente el peso de todo lo que ignora sobre su propia familia.

—Pienso ir —afirma con un brillo en los ojos.

10

Brenda empezaba a trabajar a las cinco de la mañana horneando panes, pasteles y postres para dar respuesta a las diversas restricciones dietéticas de los pacientes del Lakeside Serenity Center. Al parecer, eran muy exigentes y, con lo que pagaban, creían merecer muchas opciones: macrobióticas, veganas, sin gluten... Podían elegir entre clases de arte y yoga, musicoterapia y baños de bosque. Nadaban en la piscina, se relajaban en la sauna y recibían acupuntura. El centro estaba a unos cuantos pueblos de distancia, enclavado en el tipo de paisaje que imaginan los turistas cuando piensan en los Berkshires: montañas cubiertas de árboles cuyo follaje se tiñe de rojo, naranja y dorado en otoño.

Brenda se levantaba todos los días a las cuatro de la mañana. Normalmente se acostaba a las ocho, y ya eran las ocho y media. Le costaba mantener la cabeza erguida, pero seguía luchando por mantenerse despierta, allí sentada con su hija en el pequeño y ordenado salón.

Maya esperaba en el otro extremo del sofá. En cuanto su madre se durmiera, cogería las llaves del coche y haría el trayecto de diez minutos hasta el restaurante Blue Moon, el que aparecía en el vídeo de YouTube. El artículo del *Berkshire Eagle* decía que Cristina había muerto un domingo, y hoy era domingo, una noche propicia para encontrar a la camarera trabajando.

El radiador emitía un sonido metálico que se imponía a la reemisión de *Los Simpson*. Maya cogió el mando a distancia, bajó el volumen del televisor y, al poco rato, su madre empezó a roncar suavemente. Salir a hurtadillas de casa, recorriendo el pasillo oscuro y la cocina, se le antojó ridículo. Fue como volver a la adolescencia (las paredes que dividían el entonces y el ahora cada vez más delgadas), a aquellas noches en que revolvía el desorganizado bolso de su madre para cogerle las llaves del coche y escabullirse. Fuera hacía frío y no había estrellas. Había caído una ligera nevada. Maya limpió el parabrisas con la manga del abrigo y se montó en el coche.

No sabía qué esperaba averiguar hablando con la camarera que estaba presente cuando Cristina murió, pero tal vez había algo más en la escena del vídeo de lo que había captado la cámara, algún matiz en el rostro inexpresivo de Cristina, algo tan sutil que solo se podía apreciar en persona.

O quizá la camarera había oído algo. Maya tenía que intentarlo. Steven Lang aún no le había respondido. Maya enfiló Lincoln Street, pasando por delante de otras casas como la de su madre, una antigua fábrica de seda y la biblioteca pública. De niña, la biblioteca era uno de sus lugares favoritos. Se pasaba el verano leyendo libros y disfrutando del aire acondicionado gratis del interior, o tomando el sol en la terraza. Pero ahora el viejo edificio de ladrillo le trajo una oleada de tristeza. La biblioteca era el lugar donde había conocido a Frank.

Atravesó el gélido río Housatonic y entró en el aparcamiento del restaurante Blue Moon. Maya recordaba haber ido allí de niña, pero en aquella época era un Friendly's. Entonces, igual que ahora, el aparcamiento estaba casi vacío. Maya respiró hondo al bajarse del coche y pensó en lo que le diría a la camarera.

Cuando entró en el restaurante, se encontró cara a cara con una estatua de Betty Boop. En una gramola con neones sonaba *Dream Lover*. El suelo era de baldosas blancas y negras y los asientos de vinilo rojo, pero la distribución no había cambiado desde que el local era un Friendly's. Maya recordaba haber compartido un helado con su madre en una mesa ahora ocupada por un hombre de mediana edad que miraba el teléfono mientras comía solo.

—Siéntate donde quieras —le dijo un camarero adolescente.

Maya levantó la vista, buscó la cámara de seguridad y la utilizó para orientarse. Luego se sentó a la misma mesa que en su día habían ocupado Cristina y Frank.

—¿Quieres tomar algo? —preguntó el camarero.

—Agua, por favor.

Maya abrió la carta, pero, en cuanto el camarero se alejó, se puso a escrutar la sala. Estaban ocupadas menos de la mitad de las mesas. Varios comensales se sentaban solos en la barra. Maya reconoció la decoración que aparecía en el vídeo: los taburetes cromados y el reloj antiguo de imitación. No había nada que llamara la atención. Estaba a punto de levantarse y dar una vuelta cuando el camarero volvió con el agua.

—¿Qué te apetece?

—Té, por favor.

—¿Algo más?

En ese momento se abrieron las puertas de la cocina y salió la camarera pelirroja del vídeo. Se quedó detrás del mostrador y se puso a servir unos cuantos cafés. Al parecer, aquella noche no le tocaba atender mesas.

—La verdad es que creo que mejor me sentaré en la barra —dijo Maya.

El camarero pareció molestarse.

Al acercarse al mostrador, Maya se preguntó si, en efecto, se trataba de la misma camarera: la del vídeo parecía de su edad, mientras que la mujer que tenía delante rondaba los cincuenta años. Se le veían patas de gallo en los ojos, de párpados gruesos, y arrugas alrededor de los labios pintados, pero era posible que la cámara no captara esas cosas. Y tenía, como la del vídeo, el pelo corto y pelirrojo. En la chapa identificativa ponía BARB.

Le ofreció una carta a Maya.

—¿Sabes lo que quieres?

—Té, por favor. Y alitas de pollo —Maya estaba demasiado cansada para comer, pero pedir algo le pareció un buen paso para ganarse su confianza.

—¿«Balada» o «Mover el esqueleto»?

—Disculpa, ¿cómo has dicho?

—Que si quieres las alitas suaves o picantes.

—Ah, picantes.

La camarera fue a preparar el té y vertió agua caliente mientras Maya se armaba de valor. Se secó la cara con una servilleta. Había otras tres personas sentadas en la barra: dos ancianos leyendo el periódico y una mujer con ropa de hospital.

—Aquí tienes —dijo la camarera, que dejó la taza sobre el mostrador—. ¿Quieres miel? ¿Leche?

Su voz era amigable pero cautelosa, como si intuyera que había algo extraño en Maya.

—En realidad me gustaría preguntarte una cosa. Me llamo Erica. Soy amiga de Cristina Lewis.

—Has visto el vídeo. Está por todas partes. —Barb casi parecía orgullosa. Miró hacia la cámara de seguridad—. Aún no tengo ni idea de quién lo colgó en internet... ¿Cómo dices que te llamas?

—Erica —dijo Maya bajando el tono de voz. A pesar de las mentiras que había contado últimamente, se sentía avergonzada—. Cristina y yo fuimos juntas al colegio en Moab. Desde el jardín de infancia hasta el instituto.

Por el rabillo del ojo, Maya vio que todos los que estaban en la barra se habían callado.

—Lo siento mucho por tu amiga —dijo Barb—. ¿Han averiguado qué le pasó? —añadió con curiosidad.

—Que yo sepa no.

La camarera parecía decepcionada.

—Esperaba que me contaras lo que viste aquel día —dijo Maya—, o si oíste algo.

—¡Hamburguesa poco hecha! —dijo una voz desde la cocina, y la camarera se dio la vuelta para coger un plato.

—¡Necesito una ración de alitas! ¡Picantes! —dijo ella. Después de servirle la hamburguesa a la mujer con ropa de hospital, miró de nuevo a Maya—. No oí nada de lo que dijeron. Había música, igual que ahora, y lo que vi es más o menos lo que ha visto todo el mundo en el vídeo.

—¿Más o menos?

—Hubo algo que la cámara no captó. Se lo conté a la policía, por supuesto.

Los clientes de la barra estaban escuchando, y Maya intuyó que a la camarera no le importaba.

—¿De qué se trata?

—Los ojos de Cristina —respondió la camarera—. En el vídeo parece que estaba mirando a Frank, pero, si hubieras estado aquí ese día, habrías visto que en realidad estaba mirando algo que había en la esquina, justo detrás de él.

—¿Qué era?

—Nada, literalmente. Una mesa vacía. —Maya siguió la mirada de la camarera hasta los asientos de vinilo rojo—. Aquel día tampoco había nadie, pero ella miraba fijamente como si pudiera ver algo que los demás no veíamos. A veces mi gato hace lo mismo. Me pone los pelos de punta.

Maya sintió un pavor gélido en el pecho.

—¿Parecía… normal?

—Bueno, si a eso le llamas normal, sí. —La camarera se acercó a Maya como si fuera a contarle un secreto, pero luego habló lo bastante alto como para que la oyera toda la barra—. Entre tú y yo: siempre he pensado que este lugar está encantado. Percibo esas cosas, y creo que pudo haber algo allí aquel día.

El temor de Maya se trocó en escepticismo.

—¿El qué? ¿Un fantasma?

La camarera asintió, y uno de los ancianos se inclinó hacia Maya.

—No le des carrete.

La camarera frunció el ceño.

—Ya basta, Doug —dijo, y procedió a rellenarle el café.

—Entonces ¿crees que Cristina vio una especie de fantasma y que… la mató? —preguntó Maya a la camarera.

—Yo solo digo que vio algo justo antes de morir. Algo que solo ella podía ver.

—¡Alitas picantes! —gritó alguien desde la cocina.

—¿Estás haciendo un pódcast o algo así? —preguntó la camarera al dejar el plato humeante delante de Maya.

—No exactamente —repuso Maya, que le preguntó si podía ponerle las alitas para llevar.

El fuerte olor a salsa inundó el coche. La calefacción estaba alta, pero Maya no entraba en calor.

La conversación sobre fantasmas le recordó lo que había dicho el doctor Barry sobre la relación entre la muerte súbita inexplicable y lo que él llamaba pensamiento mágico: «Algunas culturas lo atribuyen a espíritus malignos». La idea era que la mente busca explicaciones. El dolor puede hacer que la imaginación sea más creativa. Maya entendía todo aquello. El doctor Barry habría dicho que la camarera desvariaba, y Maya quizá habría tenido que darle la razón.

Ver aquel comportamiento en otra persona era aleccionador. Sintió empatía al imaginarse a Barb explicándole a la policía su hipótesis sobre la cafetería encantada, pero en esta ocasión estaba de parte del doctor Barry. Al final quizá todo fuese un problema de Maya. A lo mejor su mente era incapaz de ver su propia enfermedad.

11

Cuatro días después de la muerte de su abuela, en el Cementerio General de Ciudad de Guatemala, Maya camina lentamente junto a su madre y varias decenas de personas detrás del ataúd de Emilia Ek Basurto. El cementerio es enorme y laberíntico, y ocupa varias manzanas, pero parece abarrotado. Unos muros altos y gruesos bordean el recorrido del cortejo fúnebre, cada uno de ellos con hileras sucesivas de lo que a Maya le parecen archivadores, pero que en realidad son tumbas. Cada archivador contiene un cuerpo, sellado con una capa de hormigón, y en la mayoría de los casos, una placa con el nombre de la persona y los años de su nacimiento y muerte.

Flores en varias fases de descomposición adornan las tumbas. Sus colores vivos destacan sobre el cemento gris y el musgo verde oscuro que todo lo cubre. Es la estación lluviosa y acechan los habituales chaparrones vespertinos. El aire es denso, y la procesión tan lenta que parece que caminen bajo el agua. Maya tiene el largo vestido negro empapado en sudor y se le pega a la espalda. Respira por la boca, intentando que no se note lo mucho que le afectan los olores que le inundan las fosas nasales. Primero le llega el aroma de los lirios, rosas, margaritas y gladiolos que desbordan los cubos de los vendedores a las puertas del cementerio; luego, el de las flores esparcidas por las tumbas y el de los pétalos caídos que doran todas las superficies. Sin embargo, no logran ocultar el que intuye que solo puede ser olor a muerte, como si los cuerpos estuvieran vueltos del revés.

Más arriba vuelan los buitres. Su número aumenta a medida que el funeral se adentra en el cementerio, y Brenda le explica a su hija con toda la calma posible que allí las tumbas se alquilan como si fueran apartamentos. Las familias deben pagar cuotas periódicas para mantener enterrados a sus seres queridos. Y, si no se satisfacen, el cuerpo, cual inquilino, es desahuciado y arrojado a una fosa común al borde del cementerio.

Las hileras de tumbas dan paso a un campo de mausoleos en ruinas. La parcela de la abuela se halla en lo más profundo del cementerio, junto a la de su hijo. El mausoleo familiar es del tamaño de una cabina telefónica, con una puerta de metal oxidado y una cruz de piedra encima. En una rama baja de un árbol cercano hay un buitre atusándose las destartaladas alas negras. El olor es aún peor aquí, al borde del cementerio, un olor químico, a neumáticos quemados mezclados con muerte y flores, y en el aire flota una especie de neblina.

Maya coge a su madre de la mano.

—Es el vertedero de la ciudad —susurra Brenda—. Empieza justo ahí, al final del cementerio. Miles de personas viven en él, rebuscando entre la basura algo que puedan vender.

Al acabar la universidad, Brenda llegó a Guatemala con un grupo de misioneros, aunque no creía en Dios, y sigue sin hacerlo, y discrepa de la premisa de la obra misionera. Simplemente pensó que podría sacarle partido al certificado de cuidados respiratorios que había obtenido en el Berkshire Community College, por no mencionar que nunca había salido de Estados Unidos.

Pasaba los días trabajando de voluntaria en un orfanato situado cerca del vertedero de la ciudad. Por las tardes se dedicaba a conocer a la familia que se había ofrecido a acogerla durante tres meses. Brenda no había imaginado que se enamoraría durante su estancia en Guatemala, pero lo que siguió es la historia favorita de Maya: la historia de su madre y su padre. La historia que intenta recordar mientras está aquí, y no la de la muerte de su padre.

Brenda se ha mostrado inquieta desde que llegaron a Ciudad de Guatemala, perdiendo cosas en el aeropuerto y riendo nerviosamente por nada. Por primera vez, Maya se da cuenta de lo difícil que le resultaría a Brenda establecer una relación entre su hija y los Basurto: todas las cartas y llamadas telefónicas y, más tarde, los correos electrónicos, que con los años se volvieron cada vez más infrecuentes. Brenda conoció a Jairo y a su familia justo un mes antes de que lo mataran, e inmediatamente después huyó del país. Es la primera vez que vuelve.

Ella es quien enseñó a Maya casi todo lo que esta sabe de Guatemala. Colgaba tapices mayas en las paredes y ponía CD de música de marimba mientras cocinaban juntas. Aprendió a hacer tamales envueltos en hojas de plátano y los preparaba todas las Navidades. Animó a Maya a aprender español en el colegio.

Sin embargo, para convencerla de que hiciera el viaje, Maya había recurrido a las amenazas. Dijo —y no era un farol— que compraría un billete de avión con lo que había ganado dando clases particulares a alumnos de secundaria, un dinero que había estado ahorrando para la universidad. Le aseguró que, si no podía asistir al funeral de su abuela, viajaría sola a Guatemala el día de su decimoctavo cumpleaños.

Así que Brenda cedió y allí están, rodeadas de muerte y de flores, aferrándose la una a la otra. A su alrededor, todos van vestidos de negro, con un velo de lágrimas, caminando a cámara lenta. Maya está emparentada con muchos miembros del cortejo fúnebre, pero para ella son desconocidos. Sin embargo, jamás se ha encontrado con tanto afecto. Lleva aquí menos de veinticuatro horas, pero su familia las trata a ella y a su madre como si las conocieran de toda la vida. La oferta de Brenda de alojarse en un hotel ni siquiera fue tomada en consideración. Por el contrario, el abuelo de Maya cedió la cama que había compartido durante décadas con su mujer para que Brenda y Maya durmieran allí mientras él descansaba en el sofá.

—Mija —dice una voz desde atrás—, toma estas flores.

Al darse la vuelta, ve a Carolina, la hermana de su padre. Carolina se parece a como será Maya dentro de unas décadas. Son exactamente de la misma estatura. Carolina tiene la piel más oscura, pero comparte con su sobrina los pómulos altos y los ojos color caoba. Cuando la vio por primera vez, a Maya le resultó tan familiar como si de repente se hubiera visto reflejada en un espejo cuya existencia ignoraba. Carolina le tiende un ramillete de rosas amarillentas, y con un gesto le indica que se las lleve a la nariz para bloquear el olor.

—Gracias —dice Maya.

Hunde la cara en las flores y cierra los ojos mientras los portadores del féretro empiezan a bajarse el ataúd de la abuela de los hombros. Cuando el sacerdote comienza a hablar, el buitre despliega las alas con un chasquido.

Un coro de oraciones susurradas llena el pequeño salón de la casa del abuelo de Maya: «Santa María, madre de Dios, ruega por nosotros pecadores, ahora y en la hora de nuestra muerte. Amén…». Hermanas, hermanos, sobrinas, sobrinos, primos y vecinos se amontonan en los sofás y se apoyan en las paredes. Sostienen rosarios que hacen girar lentamente, cada cuenta una plegaria.

Sentada en el sofá entre su madre y tía Carolina, Maya se descubre rezando al unísono, y la repetición se apodera de ella, lo mismo que la lengua en que oran. Carolina sirve Nescafé, frijoles negros, tortillas y plátanos fritos después de la novena. Esta es la primera de las nueve noches de oración que siguen al funeral.

El año anterior, Carolina y su marido, Toño, se mudaron a la habitación extra para cuidar de la abuela, que llevaba tiempo enferma.

Maya nunca sabrá por qué nadie le dijo nada.

Su abuelo, Mario Hernández Basurto, es hombre de pocas palabras. Tiene el pelo espeso y ondulado, y unas cejas como orugas. Su mujer era la habladora, y le pasaba el teléfono para que felicitara a su nieta por su cumpleaños o por haber sacado buenas notas. La muerte de Emilia lo ha dejado mudo de tristeza. En esta casa pequeña, con familiares, amigos y vecinos acudiendo a presentarle sus respetos, Mario, sentado en la butaca reclinable del salón, nunca está solo, pero casi no habla con nadie.

Durante los cinco días que dura su viaje, Maya pasa la mayor parte del tiempo entre esas paredes, una casa de unos cien metros cuadrados rodeada por un muro demasiado alto para ver por encima. Creía que vería más cosas de Guatemala, o al menos de la ciudad. A pesar de las tristes circunstancias, imaginó que ella y su madre visitarían algunos monumentos, harían unas cuantas fotos y probarían algunos restaurantes. En cambio, se pasan todo el viaje, aparte del funeral, dentro del muro de bloques de hormigón que rodea la casa por todos los flancos.

Entre esas cuatro paredes es difícil calibrar si Ciudad de Guatemala realmente es tan peligrosa, pero su madre le asegura que sí. La guerra civil terminó en 1996, pero su espíritu sangriento sigue vivo en las bandas donde se cobijaron algunos de los huérfanos que huyeron a Estados Unidos. Al negarles la administración de Reagan el estatus de refugiados, las bandas de Los Ángeles acogieron con los brazos abiertos a esos niños traumatizados. Cuando Estados Unidos empezó a deportarlos, la MS-13 y otras maras, como se las conoce, echaron raíces en las grietas del sistema guatemalteco, maltrecho por la guerra, y crecieron hasta convertirse en los tentáculos que hoy sofocan el país.

Carolina asiente. Ella tampoco sale casi nunca más que para trabajar. No habla mucho inglés, pero parece entenderlo perfectamente, como mucha gente de allí. Enciende un cigarrillo y se sienta frente a Maya y su madre a la mesa de cristal que hay en el patio. Tiene la cabeza solo unos centímetros por debajo de la planta de heliconia de un llameante rojo y amarillo que hay detrás. La pared es de un naranja cálido, salpicada de azulejos decorativos y macetas de cerámica rebosantes de helechos y buganvillas. La noche es fresca, despejada por la lluvia del día, y las oraciones de la novena han terminado, lo cual significa que es hora del cigarrillo nocturno de Carolina.

Maya lo descubre en su última noche en el país: su tía fuma exactamente un pitillo cada noche, y suele guiñar un ojo a quien ande cerca mientras lo enciende, como si estuviera bromeando sobre su condición de fumadora. Carolina, profesora de segundo de primaria, no tiene hijos, pero mima como si fueran bebés a sus plantas, a muchas de las cuales ha puesto nombre. La víspera les presentó un ficus llamado Úrsula y les puso la música de Mano Negra, que ahora es el grupo favorito de Maya. Carolina bien podría ser la adulta más guay que haya conocido nunca.

Y se crio con su padre. En los últimos días, Carolina le ha contado a Maya lo mucho que admiraba a su hermano mayor. La hacía reír como nadie, era inteligente y siempre estaba leyendo algo: cómics, novelas y, más tarde, periódicos y poesía. Le había confesado a su hermana que soñaba con ser escritor algún día.

Estudiaba historia y literatura en la Universidad de San Carlos, con especial interés, según Carolina, en los cultivadores del realismo mágico; había algo interesante en la forma en que entretejían la magia en la vida de la gente corriente, como si se negaran a acatar el estilo literario obsesivamente realista de los colonizadores.

—Jairo lo habría explicado mejor que yo —había dicho Carolina en español.

Pero la capacidad de Maya para entenderla era limitada. El acento de Guatemala era diferente del que había aprendido en el colegio, así que, en muchas ocasiones, tuvo que pedirle a su tía que hablara más despacio, que repitiera lo que había dicho. Y, aun así, no siempre estaba segura de haberla entendido.

El cigarrillo de Carolina está a punto de consumirse. No tardará en irse a la cama, y Maya aún tiene muchas cosas que preguntarle, muchas cosas que decirle. Se le acaba el tiempo, y se decanta por una pregunta que lleva años haciéndose.

—El libro de mi papá… —dice en español.

Su padre había empezado a escribir un libro antes de morir, pero Brenda no sabía mucho de él. Solo acertó a decirle a Maya que era un misterio.

—¿Cuál era el…? —dice Maya, pero se le ha olvidado la palabra «título» en español. Intenta recordar y, al hacerlo, detecta un olor inusual en el patio, una nota floral etérea mezclada con el humo del cigarrillo de su tía. Al principio cree que son imaginaciones suyas—. ¿Cuál era el nombre del libro de mi papá? —aventura de nuevo, avergonzada de su pobre español.

—Ah, el título… —dice Carolina, que entrecierra los ojos e intenta recordar el título del libro inacabado de Jairo.

Luego menea la cabeza con un gesto de frustración y le explica que en ese momento no es capaz de recordarlo. Hace mucho tiempo que no piensa en los escritos de su hermano. Lo único que recuerda es que el título era largo, un verso completo de un poema muy antiguo que le encantaba.

El olor se intensifica mientras Carolina pronuncia aquellas palabras, un aroma embriagador y dulce.

El sentido del olfato de Maya es más agudo que el de la mayoría. En una ocasión detectó una fuga de gas en la cocina horas antes de que su madre notara que algo iba mal, y ahora está bastante segura de que no son imaginaciones suyas. Hay algo sobrenatural en ese olor que se mezcla con el humo del tabaco, como si viniera de otra esfera. De un paraíso. Un lugar atemporal en el que las flores se abren por la noche, un lugar que Maya no debería poder oler desde allí, pero sí puede, y es exactamente lo contrario al olor del cementerio e igual de real.

—Mamá —dice.

—¿Sí, cariño?

—¿Hueles eso?

La pregunta de Maya hace que Brenda y Carolina se pongan a olfatear.

Carolina apaga el cigarrillo en un cenicero, y en el rostro se le dibuja una expresión de asombro cuando el humo se disipa y el cautivador aroma le invade las fosas nasales.

—No puede ser…

Se levanta de la mesa y dobla la esquina de la casa, y Maya y su madre la siguen.

Entonces ven que de un cactus plantado en una simple maceta de plástico ha brotado una flor del tamaño de un plato. Los largos pétalos blancos se abren en la floración más espectacular que Maya haya visto jamás, como el ojo abierto de un dios o unos fuegos artificiales congelados en el tiempo. Desprende el olor más fuerte de todas las flores que ha olido en su vida.

—¿Qué es? —le pregunta a su tía.

—Una reina de la noche —responde Carolina.

—¿Qué? —dice Brenda.

Carolina les explica que cada capullo de ese tipo de cactus florece solo durante una noche. Esa planta en concreto llevaba años sin dar flores, y creía que estaba muerta.

—No me lo puedo creer —dice Carolina, meneando la cabeza mientras se le llenan los ojos de lágrimas—. La reina de la noche era la flor preferida de mi madre.

Maya está guardando su vestido negro en la maleta cuando oye un ligero golpeteo en la puerta, y al levantar la cabeza ve a su abuelo.

—¡Hola! —dice ella.

—Hola, mija.

La voz del abuelo es débil pero afectuosa. Han pasado cinco días entre las mismas cuatro paredes, pero sus conversaciones han sido breves.

—Pasa, por favor —dice Maya, que se da cuenta de que su abuelo está esperando a que lo invite a entrar en su propia habitación.

Aún no ha cumplido setenta años, pero con sus andares decrépitos y su cabello níveo parece mayor. Abre el armario de la esquina, coge una caja de cartón del tamaño de un estuche para botellas de vino y la deja sobre la cama, junto a la maleta de Maya. Después saca un álbum de fotos.

—Mira —dice en un inglés con mucho acento—, esto lo hizo tu abuela.

Al abrir el álbum, ven una foto de Maya cuando era bebé, sentada en el regazo de su madre. Mientras pasan las páginas, la pequeña Maya crece ante sus ojos. Allí está en su quinto cumpleaños. Ahí está saltando en una cama elástica con Kayla, su mejor amiga de segundo curso. Sonriendo a la cámara el día de la foto del colegio. Sonriendo en la cima del monte Greylock. Por lo visto, su madre le enviaba a la abuela fotos de la vida de Maya.

—Tu abuela te quería —dice el abuelo—. Y yo también te quiero.

—Oh… —responde Maya, momentáneamente sorprendida. Entonces empiezan a fluir las palabras—. Yo también te quiero, abuelo. Gracias por… por todo.

Él asiente, cierra el álbum de fotos y le da una palmada.

—Esto me lo quedo —dice—, pero tengo una cosa para ti.

El abuelo mete la mano en la caja de cartón y saca un grueso sobre de papel manila. Luego desata el fino cordel que lo mantiene cerrado, abre la solapa y extrae un montón de páginas amarillentas. Maya abre los ojos como platos. Sabe de qué se trata. El nombre de su padre aparece en la portada, escrito a máquina con tinta que ya amarillea. Y, encima de su nombre, el título del libro, el misterio, lo que estaba escribiendo antes de morir: *Olvidé que era hijo de reyes*.

12

Maya no siempre estaba segura de cuáles eran sus creencias, pero sabía que no creía en fantasmas ni en espíritus malignos. Había ido a buscar a la camarera pelirroja con la esperanza de averiguar algo sobre Frank, pero había acabado cuestionándose a sí misma. Otra vez. Estaba agotada. Se detuvo en un semáforo en rojo frente a una licorería y se planteó entrar. No le apetecían las alitas de pollo que estaban enfriándose en el asiento del acompañante, pero sí un poco de ginebra, la suficiente para poder dormir aquella noche.

El semáforo se puso en verde y emprendió la marcha, cruzando de nuevo el Housatonic. Aún le dolía la cabeza por el daiquiri y el vino de la noche anterior, y su madre la estaría vigilando. Había algo inquietante en el hecho de que, en sus últimos momentos de vida, Cristina pareciera mirar fijamente algo que nadie más veía. Maya entendía por qué Barb pensaba en algo sobrenatural, pero también era posible que Cristina hubiera actuado así porque iba colocada. A lo mejor Dan tenía razón. Una sobredosis era la respuesta más obvia, y también la más probable.

Quizá Cristina se había drogado justo antes de entrar en la cafetería. Eso explicaría por qué parecía estar bien al pasar por la puerta, perfectamente erguida, y que la droga le subiera cuando se sentó. Maya podía imaginárselo. Sabía lo fácil que era perder la cuenta de cuántas pastillas te habías tomado o de todo lo que habías añadido al cóctel. Se preguntaba si, en última instancia, eso era lo que compartía con la difunta, además del pelo y los ojos oscuros: la tendencia a colocarse mucho en ocasiones, como si intentara elevarse por encima del mundo en un lecho de nubes.

Tenía lógica que la persona que había pintado paisajes tan fríos e inhóspitos a veces quisiera huir de su propia mente. Cuanto más pensaba en ello, más se identificaba con Cristina y más se cuestionaba su propia experiencia. A lo mejor Frank solo era culpable de elegir a mujeres que en ocasiones querían escapar del mundo. Con las alitas de pollo en la mano, entró en la cocina tan silenciosamente como había salido.

Pero su madre ya estaba despierta, haciendo un sudoku en pijama. Tenía el teléfono encima de la mesa. El de Maya también estaba allí. Lo había dejado por una razón.

Levantó la caja de poliestireno.

—Tenía antojo de alitas.

—Podrías haberme pedido que te llevara.

—No quería despertarte.

—¿Y si te da un ataque conduciendo?

—No es tan grave, mamá. Tengo insomnio.

Maya sintió que retrocedía en el tiempo y que su voz adquiría el dramatismo de una adolescente. Ocurría cada vez que volvía a casa. Colgó el abrigo en una percha situada junto a la puerta y dejó las llaves del coche encima de la mesa.

—Te lo advierto —repuso su madre—. La abstinencia de las benzodiacepinas vuelve a la gente paranoica. Provoca confusión. Muchos clientes que las toman acaban con antipsicóticos.

—¿Te enteras de todo eso horneando pan?

Brenda frunció el ceño.

—Trabajo en la cocina. Lo oyes todo. El caso es que no creo que debas conducir.

Maya suspiró. No le apetecía comer, pero creía que debía intentarlo. Se había gastado más de lo debido en las alitas y le había dejado una buena propina a Barb. Las puso en un plato, las metió en el microondas y esperó a que se calentaran. Notaba la mirada de su madre, y se la imaginaba en plan médico de urgencias, con los ojos entrecerrados, anotando síntomas mentalmente.

Pero cuando sonó el microondas y se dio la vuelta, vio que Brenda no mostraba enfado o desconfianza. Solo quería que su hija estuviera bien. Eso era lo único que siempre había querido, lo que había hecho que los años transcurridos desde la muerte de Aubrey hubieran sido tan difíciles para ambas. La lámpara del techo resaltaba todas las arrugas de la cara de Brenda.

—¿Qué pasa, cariño?

A Maya le escocían los ojos.

—¿Es por Dan?

Eran muchas cosas. Las lágrimas le nublaban la vista.

A Brenda le había gustado Dan cuando lo conoció porque era evidente que hacía feliz a su hija. El problema era que no había vuelto a verlo desde entonces, algo que había recriminado en ocasiones a Maya.

—Me preocupa haberla cagado de verdad —dijo Maya.

De pequeña se lo contaba todo a su madre, pero gran parte de su comportamiento de los últimos años —el consumo de alcohol y de drogas— había requerido secretismo. El cambio fue tan lento que le había pasado desapercibido. Al contarle en ese momento a su madre que había mentido a Dan y que había vomitado delante de sus padres, se desahogó como no lo había hecho en mucho tiempo.

Brenda estaba decepcionada, pero lo entendía. Al fin y al cabo, el clonazepam había sido idea del doctor Barry. Las alitas volvieron a enfriarse en el plato mientras hablaban.

—¿Qué hago? —preguntó Maya.

Brenda sopesó sus palabras, agarró la mano de su hija y le dio un apretón.

—Creo que tienes que contárselo.

Maya suspiró, consciente de que tenía razón.

—Me da miedo que no vuelva a confiar nunca más en mí.

—Estoy segura de que lo hará, aunque necesite un poco de tiempo.

Pero su madre no conocía tanto a Dan.

—Es literalmente la persona más sincera que he conocido —respondió Maya—. No sé si podrá pasar esto por alto.

—Lo hará —dijo Brenda.

Maya había salido con muchos chicos, pero nunca se había sentido lo bastante unida a ninguno como para enamorarse. Después de Frank, le daba miedo dejar entrar a alguien. Para bajar la guardia, necesitaba estar borracha o colocada, o ambas cosas, y esos estados mentales habían sido su armadura. Pero entonces conoció a Dan, y en él no había cautela alguna. Era transparente y hablaba sin filtros, y lo amaba por ello. Había tardado un año en darse cuenta de lo mucho que se había enamorado de él y, más que un flechazo, lo que sentía era el deseo de que estuviera allí cuando despertara, todas las mañanas, para siempre, aunque eso significara que él también la vería a ella allí tumbada, mirándolo. Tal vez, el hecho de que Dan fuera la primera persona de la que se había enamorado hacía que Maya estuviera tan decidida a que también fuera la última.

—No lo sé —le dijo a su madre—. Eso espero, la verdad.

La oscuridad era más agradable para sus ojos, así que se tumbó en la cama, aunque sabía que no dormiría. Se había tapado con mantas, ya que su madre bajaba la calefacción por la noche. El colchón nuevo se amoldaba a su cuerpo. Se puso de lado, se apoyó en un codo y miró el teléfono para ver si Dan le había enviado algún mensaje.

No lo había hecho.

Se recordó que estaba estudiando para los exámenes finales. «¡Buena suerte mañana!», le escribió, seguido de tres corazones.

Esperó. En la oscuridad, la habitación volvía a parecerle suya. Los muebles eran nuevos, pero el olor de la casa en la que había crecido era el mismo, un olor como de máquina del tiempo. A humedad, café y detergente, un toque de canela y otras cosas que no podía nombrar. Le resultaba tan familiar que solo tardó un momento en darse cuenta de que algo no iba bien.

Olía a fuego.

Un fuego acogedor, contenido. El suave crepitar de la leña. Un olor agradable en casi cualquier circunstancia, pero en casa de su madre no había chimenea.

Abrió los ojos de repente. Seguía de costado con la cara vuelta hacia la pared, situada a medio metro de distancia. Pero la pared había cambiado. Parecía hecha de troncos. Casi podía ver las espirales de la madera a la luz parpadeante del fuego que notaba a su espalda. Quería levantarse, correr, pero no podía moverse. Estaba paralizada. Sintió una presencia en la habitación. No podía ver a la persona, pero sentía el peso de sus ojos en el cuello, en la parte que las mantas no cubrían.

Entonces oyó pasos acercándose, haciendo crujir el suelo, avanzando tan lentamente como una procesión funeraria. Notó que la cama se hundía cuando alguien se tumbó a su lado. Un grito se le heló en la garganta y un aliento ligero le rozó el cuello.

13

El día que Maya conoce a Frank, está releyendo un pasaje especialmente enigmático de la novela incompleta de su padre en la soleada terraza de la biblioteca pública, donde ha ido a calentarse los brazos y las piernas tras varias horas de maravilloso aire acondicionado en el interior. En verano va allí a menudo, cuando su madre trabaja y Aubrey está ocupada, como hoy. Maya no tiene más amigos. Hay gente con la que se lleva bien, gente que la invitaría a una fiesta, pero pocos con los que vaya a mantener el contacto ahora que ha terminado el instituto.

Y, de todos modos, prefiere sentarse sola en el banco de madera a estudiar las cuarenta y siete páginas del libro inacabado. Ha vuelto de Guatemala hace dos semanas y, con la ayuda de un diccionario, ya ha traducido todo el documento al inglés. Le ha ido bien que las páginas estén a doble espacio y que las frases de su padre sean claras y directas: ahora sabe lo que significa cada palabra de manera literal. Pero, a otro nivel, la lengua sigue estando codificada, como si la historia que cuenta fuera simbólica de otra más profunda que hubiera bajo la superficie.

Es un misterio, tal como le dijo su madre, tanto en cuanto al género como en la práctica, ya que lo único que posee Maya es el inicio de la novela y una escena que parece suponer un salto en la trama, como si Jairo hubiera planeado retomarla más tarde, después de completar los capítulos intermedios. Así pues, solo tiene una idea muy aproximada de cuál sería la trama.

La historia comienza en un pueblo sin nombre ubicado en un punto tan alto de las montañas que sus habitantes pasan todo el tiempo en las nubes. Apenas hay descripciones del pueblo, ya que, en todo momento, el protagonista solo puede ver poco más de un metro por delante de la cara, sin nunca tropezarse con nada. Una luz cálida impregna la niebla. Hay un toque de magia en esa parte de la historia. El protagonista es un niño llamado Pixán, que vive con sus padres, que lo quieren mucho, en una pequeña cabaña con techo de hierba y chimenea de piedra.

Un día, la madre de Pixán le cuenta que ha muerto una pariente lejana, una tía abuela, y que le ha dejado una herencia. No es dinero, sino otra cosa. ¡Una sorpresa! Pixán debe bajar la montaña y viajar a la ciudad para recibir su herencia del marido cascarrabias de la tía abuela, a quien no le apetece nada renunciar al premio.

La madre de Pixán le explica que el marido es un egoísta y quiere quedarse con la herencia, pero la tía abuela redactó su testamento con tinta, y el nombre de Pixán aparece claramente en él.

Así pues, sus padres le dan una mochila que aseguran que contiene todo lo que necesita, amén de una brújula, y le dicen que se dirija al oeste. Parece demasiado joven para viajar solo, piensa Maya, pero no se especifica su edad, así que tal vez se equivoque. Las nubes se disipan cuando desciende de la montaña, y es ahí donde el tono cambia y empieza a ser menos mágico. La Ciudad de Guatemala aparece a lo lejos, plasmada con gran realismo.

Pixán tiene miedo: la ciudad es ruidosa y centelleante. Y, en cuanto pisa sus calles frenéticas, lo atropella un coche y cae de cabeza contra el pavimento. Por un momento parece que va a morir, pero sobrevive, aunque ahora padece una amnesia total. No se le ocurre buscar su mochila, ya que ha olvidado que la tenía, y también a los padres que se la dieron. Ha olvidado su casa, su propio nombre.

Una pareja sin hijos lo acoge y lo llaman Héctor. Y, por razones que no quedan del todo claras, esos jóvenes inexpertos se hacen pasar por sus verdaderos padres. No lo hacen por malicia, sino por la vaga sensación de que es lo correcto. Pixán se convierte en Héctor. A Maya le duele por sus verdaderos padres (y no puede evitar pensar en Brenda y en cómo se sentirá cuando se vaya).

La narración avanza varias décadas hasta un día a orillas del lago de Atitlán. No se ofrece explicación alguna para ese salto temporal.

En esta breve escena final ocurren muy pocas cosas y apenas se da contexto. Héctor, ahora un hombre, está sentado descalzo a orillas de un lago profundo y extenso, contemplando el imponente volcán que se eleva al otro lado. La cima está envuelta en niebla, y hay algo en aquella imagen que le toca la fibra sensible. De repente, lo embarga el deseo de escalar el volcán, de echarse las nubes a los hombros. No puede explicar por qué la belleza de ese lugar le da ganas de llorar, por qué le hace anhelar algo que no puede nombrar.

—¿Has estado alguna vez ahí?

Maya vuelve a la realidad. Está en la terraza de la biblioteca, y probablemente se haya quemado con el sol. Cuando aparta la vista del libro de su padre, entrecierra los ojos y mira al chico que acaba de interrumpir su lectura.

Lo ha visto antes en algún sitio, pero no lo conoce. Es mayor que ella; probablemente tenga al menos veinte años. Es de complexión media y aspecto poco destacable. Tiene la piel pálida y el pelo oscuro y ligeramente despeinado, y fuma un cigarrillo, desafiando despreocupadamente la señal que lo prohíbe. A Maya le llega el olor a tabaco.

—Perdona, ¿qué? —dice.

—El lago de Atitlán.

El desconocido desvía la mirada hacia el libro de fotografía que Maya tiene a su lado, en el banco. Lo ha sacado antes de la biblioteca. Es una colección de fotos del lago que menciona la novela de su padre, y de los pueblos y volcanes que lo rodean.

—¿Has estado ahí? —insiste él.

Maya niega con la cabeza, molesta por que le haya interrumpido la lectura.

—Deberías ir —añade—. Es precioso.

—Genial —responde ella con desgana—. Gracias. —Entonces cae en la cuenta—. Trabajas aquí —dice.

Lo ha visto sentado frente a un ordenador en el mostrador de información.

—A tiempo parcial —precisa él—, y solo en verano. No suelo quedarme mucho tiempo en ningún sitio.

Maya no sabe muy bien qué contestar, así que le dedica una sonrisa forzada y vuelve a mirar el libro con la esperanza de que el desconocido capte el mensaje.

—El año pasado viajé por toda Centroamérica de mochilero. Estuve un tiempo en Guatemala y visité ese lago. Es uno de los sitios más hermosos que he visto.

Maya coincide con él. Nunca ha estado allí, por supuesto, pero el lago de las fotografías es tan bello como lo describe su padre en la escena que transcurre en su orilla. Los ojos de Maya se desvían de la página que sostiene en la mano a la portada del libro que hay encima del banco.

—Fui a cada uno de los pueblecitos que lo rodean —continúa él—. La mayoría de la gente es maya, y todo el mundo lleva las ropas más coloridas que hayas visto jamás. Las mujeres hacen telas con diseños y símbolos que transmiten información a quien sepa interpretarlos.

Maya levanta la vista. Ya sabe lo de los tejidos mayas porque recientemente ha leído otro libro de la biblioteca sobre Guatemala, pero ahora tiene frente a ella a una persona que ha estado allí.

El chico sonríe, con el sol brillando a su espalda, y Maya se da cuenta de que le gusta su sonrisa. La hace sentir como si ambos supieran algo que los demás ignoran.

—En fin —dice él—. Te dejo con tu lectura. Ha sido un placer hablar contigo —añade antes de darse la vuelta.

—¿Qué más viste en Guatemala?

—¿De verdad quieres saberlo?

Maya le devuelve la sonrisa. No sabe si está coqueteando con ella ni si le gustaría que lo hiciese, pero ha despertado su interés, y hablar con él le resulta fácil. Aparta el libro de fotografía y el cuaderno jaspeado con su traducción para que el chico pueda sentarse a su lado.

—¿No has estado nunca allí? —pregunta él.

—Sí que he estado, pero… —¿Cómo podía explicárselo?—. No salí mucho. Fui a visitar a la familia.

El bibliotecario parece interesado, como si quisiera saber más, pero parece intuir algo y respeta su vaga respuesta.

—Mi mejor recuerdo de Guatemala —dice al sentarse en el banco— es la mañana que me levanté antes del amanecer y fui en bicicleta desde el hostal donde me alojaba hasta una antigua pirámide maya. Se llama Templo del Jaguar. Aún estaba oscuro cuando llegué, y la selva daba un poco de miedo, pero estaba solo. Sabía que, si quería escalar aquella pirámide, era mi oportunidad.

—Uah —dice Maya, cuya voz ya no suena desganada.

—Imagínate un templo tan alto como un edificio de veinte plantas —prosigue el joven—, con una escalera empinada que asciende por el lateral. No está permitido subir por ella; es muy peligroso, pero yo lo hice. Subí hasta arriba y llegué justo cuando empezaba a salir el sol. Me sentía como un rey allí arriba. Vi a toda la selva despertar: los monos, los pájaros. Fue increíble.

—Uah —repite Maya, tanto por la historia como por la medida en que difiere de su experiencia en Guatemala.

Pensar en toda esa libertad le da vértigo, pero en el buen sentido. También la lleva a preguntarse si fue el miedo de su madre lo que le impidió ver más del país.

—El Templo del Jaguar —dice—. Iré a visitarlo la próxima vez.

El bibliotecario posa la mirada en las páginas amarillentas que Maya tiene en el regazo.

—¿Qué estás leyendo?

—Ah, es... —Por alguna razón, su instinto es guardárselo para sí. El libro no es ningún secreto, pero por un momento tiene la sensación de que es algo que debe proteger—. Lo escribió mi padre —dice.

—¿En serio? ¿Tu padre es escritor? —Parece impresionado—. ¿Es posible que conozca alguna obra suya?

—No. Está... está muerto.

Los ojos amables y expresivos del bibliotecario se llenan de compasión.

—Siento mucho oír eso.

Maya se encoge de hombros. Nunca sabe qué responder a ese tipo de frases. ¿Debe decir que no pasa nada, que no hay problema?

—Es genial que conserves parte de su trabajo —comenta el chico, que sonríe afectuosamente.

Maya no puede evitar darse cuenta de que, en realidad, no está nada mal. Es atractivo de una manera que te atrapa. Tiene arrugas alrededor de los ojos, pero hay algo juvenil en su aspecto. Su pequeña barbilla es suave, y su mirada aterciopelada.

—Supongo que debería volver a la mesa —dice él—. Mi descanso ya debe de haber terminado. Ha sido un placer hablar contigo.

—Igualmente —responde Maya mientras él se levanta—. Por cierto, me llamo Maya.

—Encantado de conocerte, Maya. Yo soy Frank.

14

Un teléfono despertó a Maya de su sueño.

Cogió el móvil, que tenía a su lado en la cama, pero no era el que sonaba. Se incorporó, parpadeando en la oscuridad. El reloj digital marcaba las 2.57, y estaba empapada en sudor. Respiró hondo mientras en otra parte de la casa seguía sonando el teléfono.

¿Por qué no contestaba su madre?

Maya se levantó con el miedo de la pesadilla aún pegado a la piel y, tras recorrer lentamente el oscuro pasillo, se detuvo ante la puerta de su madre. El sonido no provenía de allí.

Encendió las luces del salón, que casi la cegaron, y volvió a apagarlas. El sonido venía de la cocina, y no era el habitual. Había algo diferente en aquel timbre, pero también familiar.

El viejo teléfono fijo. Un teléfono colgado en la pared detrás de la mesa de la cocina. Maya había olvidado que estaba allí, y no recordaba la última vez que lo había utilizado. Le sorprendió que aún funcionara, y se acercó mientras seguía sonando.

La invadió un mal presentimiento. Frank debía de ser la última persona que la había llamado al teléfono fijo de su madre. ¿Quién conservaba uno a esas alturas? Tenía la sensación de estar soñando todavía cuando cogió el auricular y se lo acercó a la oreja.

Silencio.

Contuvo la respiración. Estaba segura de que era él. Quizá intuía que Maya había visto el vídeo, como miles de personas más. Podía estar llamando al teléfono de su madre para ver si Maya había vuelto a la ciudad, para ver si lo estaba buscando. Se quedó paralizada mientras los pensamientos revoloteaban por su cabeza. ¿Se percibía una respiración al otro lado? Le costaba oír otra cosa que no fuera el latido de su corazón, y le faltaba el aire.

Estaba a punto de colgar cuando la cocina se inundó de luz.

—¿Maya? —dijo su madre.

Maya la miró fijamente.

Al otro lado del teléfono se oyó un clic.

—¿Con quién hablas? —preguntó Brenda, que reparó en la expresión temerosa y la palidez de su hija, y también en su camiseta oscurecida por el sudor. Se oía el tono de llamada por el auricular que tenía en la mano—. ¿Estás bien?

—Estaba sonando el teléfono. ¿No lo has oído?

Su madre frunció el ceño mostrando preocupación.

—Quien fuera ha llamado como tres veces seguidas. Lo he cogido, pero...

Brenda negó con la cabeza.

—No he oído nada.

Maya notó la ira subiéndole por la garganta.

—¿Qué pasa? ¿Piensas que tengo alucinaciones?

—No, no, claro que no —dijo Brenda, pero era obvio que solo intentaba calmar los ánimos, y apoyó el dorso de la mano en la frente de su hija—. Estás un poco caliente. ¿Cómo te encuentras?

Maya tenía ganas de gritar, de arrancar el teléfono de la pared y tirarlo al suelo. Su madre no la creía. Una vez más.

—Debes de estar perdiendo el oído —le espetó Maya con frialdad cuando volvió a colocar el auricular en su soporte.

Luego pasó junto a su madre y se dirigió a la habitación.

—Espera —dijo Brenda siguiendo a su hija por el pasillo—. Solo intento ayudar, cariño. Lo sabes, ¿verdad?

A Maya casi se le escapó la risa. Como si su madre pudiera ayudarla. Si era Frank quien había llamado, sabía dónde estaba. A fin de cuentas, ¿por qué otra razón iba a volver a Pittsfield? ¿No había querido escapar siempre de allí?

—No necesito tu ayuda —le dijo a su madre antes de cerrarle la puerta en las narices.

15

—Toma —le dice Aubrey—, pruébate esta.

Se da la vuelta y le tiende a Maya una camiseta blanca de tirantes con pequeños broches plateados en la parte delantera.

Maya está delante del espejo con unos vaqueros cortados. Cuando se pone la camiseta, sabe que es una de las favoritas de Aubrey.

—Te queda bien —le dice Aubrey, y el espejo así lo confirma. El blanco resalta el dorado veraniego que ha adquirido su piel, aunque no le sienta tan bien el escote como a Aubrey, que tiene más pecho que ella.

—No sé —responde Maya—. No quiero dar la impresión de que creo que esto es una cita.

—Pero lo es, ¿no? ¿No queremos que sea una cita?

Maya sonríe.

—Sí, queremos.

—¿Entonces?

—Solo vamos a dar una vuelta en coche.

—Pueden pasar muchas cosas en una vuelta en coche.

—Ni siquiera sé si le gusto a Frank.

—Pues claro que le gustas. De todos los sitios posibles, te eligió en la biblioteca.

Ambas se echan a reír, aunque Maya no está segura de por qué le hace gracia. Está nerviosa y aturdida: ha quedado con Frank dentro de veinte minutos y aún no sabe por qué. Se marcha a la Universidad de Boston dentro de tres semanas, y lo único que han compartido hasta ahora son dos conversaciones en la biblioteca: la primera cuando se conocieron y la segunda cuando Maya volvió con la esperanza de encontrárselo otra vez.

«¿Quieres que quedemos algún día?». Fue ella quien se lo propuso. Ha tenido muchos enamoramientos, pero este podría ser el más fuerte, el más repentino. No puede dejar de pensar en aquella mirada que le dedicó Frank, brillante y pícara, como si fueran cómplices en alguna broma. A lo mejor se está exponiendo a que la hieran, pero sintió el impulso de volver a verlo. Y no le incomodó invitarlo a salir, lo cual es una novedad para ella. Se ha enrollado con chicos —tres, para ser exactos—, pero nunca ha tenido novio.

—¿Rímel? —pregunta Aubrey.

Se acerca con el rímel en la mano y Maya cierra los ojos. Siente las cerdas arrastrándose por sus pestañas, y en el aliento de Aubrey percibe caramelo mezclado con tabaco. Maya vuelve a abrir los ojos y allí están, frente al espejo: Maya y Aubrey, sus nombres unidos desde noveno curso. Una camarilla de dos. Es difícil saber cómo habría sido el instituto si no se hubieran sentado una al lado de la otra en clase literatura inglesa.

Los ojos verdes de Aubrey contrastan con el tinte negro azabache de su cabello y, como de costumbre, su atuendo es más estiloso que el de Maya: un chaleco de hombre por encima de un *bralette* y pantalones ciclistas cortos de color negro. Maya lleva la camiseta prestada de broches plateados y unos pantalones cortos deshilachados. Y, detrás de ellas, el habitual desorden de Aubrey. Montones de ropa en el suelo, cuadernos, novelas, latas de refresco de naranja y cajas de CD. Fotografías Polaroid en las paredes, en más de la mitad de las cuales aparece Maya, y ristras de luces navideñas. Maya conoce la habitación como si fuera suya. Sabe que no solo se le agota el tiempo con Frank. Cree que Aubrey y ella siempre serán amigas, pero nunca recuperarán esos momentos.

El reloj digital que hay junto a la cama de Aubrey marca las 18.48.

—Será mejor que me vaya —dice Maya.

—Diviértete. No olvides lo del viernes.

—¿Lo del viernes?

Aubrey frunce el ceño.

—Ah, sí… Tender Wallpaper, claro.

Es el grupo favorito de Aubrey. A Maya también le gustan, pero no tanto; le gusta la música que la hace bailar. Conoce los pasos de cada baile nuevo que sale, aunque solo los pone en práctica en su habitación.

—Estoy impaciente —dice al salir.

A las siete está esperando a Frank delante de la biblioteca. Durante todo el día ha hecho mucho calor y ha estado muy húmedo, pero ese no es el motivo por el que le sudan las manos. Cuando se abren las puertas, hace todo lo posible por mostrarse despreocupada, pero no es él. Espera. Le resulta extraño pensar cuántas veces debió de pasar por su lado sin fijarse en él. Cuando le preguntó cuánto tiempo llevaba trabajando allí, Frank le dijo que seis semanas. ¿Cuántas veces pasaría junto a él sin prestarle atención?

Maya le ha dicho a Aubrey que está bueno, pero en realidad no es así. Es otra cosa, otra cualidad suya. Cierto magnetismo. Frank sale sonriente unos minutos después de las siete, pero su abrazo es neutro, un gesto rápido.

—Siento llegar tarde.

—No pasa nada.

El coche es un sedán de líneas cuadradas con asientos de cuero agrietados, y en realidad no es suyo, sino de su padre. Cuando salen del aparcamiento, Frank le explica a Maya que, aunque es de Pittsfield, hace años que no vive allí. Sus padres se divorciaron cuando él tenía doce años y su madre se lo llevó a Hood River, Oregón, que era donde vivía antes del verano. La razón por la que ha vuelto —la única razón por la que ha aceptado un trabajo a tiempo parcial en la biblioteca— es que su padre se está muriendo.

—Vaya —dice ella—, lo... —Se imagina lo que debe de sentirse al tener un padre y perderlo. Hace ademán de cogerle la mano a Frank, pero se detiene—. Lo siento.

Él le dedica una sonrisa triste y cambia de tema. Bordean el lago Onota, cuya brillante superficie azul centellea entre los árboles. Maya se pregunta si Frank tiene intención de parar allí, pero el coche sigue avanzando y el lago se aleja por el retrovisor. El viento fresco le alborota el pelo. Frank le pregunta cuál es su libro favorito y ella responde que tiene más de uno. Dice que *Como agua para chocolate* es el mejor que ha leído en todo el año, que *Una arruga en el tiempo* era su favorito de niña y que, a su juicio, no hay nada comparable a los mitos griegos. La atención que le presta Frank es deliciosa, una absorción total, como si Maya fuera la persona más interesante del mundo.

—¿Y el libro de tu padre?

—¿El libro de mi padre?

No sabe por qué le sorprende la pregunta, pero así es, y entonces se da cuenta de que no tiene ni idea de dónde están. Estaba tan absorta en la conversación que no se ha percatado de que enfilaban una estrecha y solitaria carretera que atraviesa el bosque. Un ramalazo de desorientación y luego un miedo demasiado repentino como para expresarlo; miedo a los desconocidos, a la noche, al bosque. Muy pronto oscurecerá.

—¿Adónde vamos? —pregunta.

—¿Has estado alguna vez en Balance Rock?

Ahora que lo ha dicho, Maya reconoce el lugar; ha estado allí, pero hace años. En una ocasión con la clase de segundo de primaria, y otras veces para recorrer los senderos con su madre. Cuando divisa el pequeño aparcamiento y Frank saca una bolsa de hierba de la guantera, el miedo de Maya se disipa tan rápido como ha aparecido. Espera que Frank no se lo haya detectado en la voz.

Solo han ido allí a colocarse. Lo observa liar un porro, y sus ágiles dedos le recuerdan a los de los magos que tanto le gustan a Aubrey.

Fuman en el aparcamiento, cerca de los árboles, y Maya vigila por si aparece alguien. A Frank, en cambio, no parece preocuparle. Fuma con tanta tranquilidad como lo hizo en la biblioteca, con descaro y confianza en sí mismo, y, sin embargo, tiene la consideración de procurar exhalar el humo hacia arriba para que no le vaya a Maya a la cara. Ella guarda silencio mientras fuman, y él también, pero no es un silencio incómodo; se llena con el canto de las cigarras y el susurro del viento entre las hojas. Es un silencio mucho más cómodo de lo que cabría esperar entre dos personas que apenas se conocen.

—Entonces —dice Frank— ¿echamos un vistazo a la roca?

A Maya se le escapa la risa cuando empieza a subirle la marihuana.

—¿No la has visto nunca?

—Sí, pero sigue pareciéndome increíble.

Maya se siente deliciosamente ligera cuando recorren el corto sendero que va desde el aparcamiento hasta Balance Rock. Es curioso cómo el pedrusco, que tiene el tamaño de una furgoneta, se balancea precariamente sobre una piedra mucho más pequeña. Su aspecto escultórico hace pensar en una intervención humana —como si fuera un altar ancestral del tipo de Stonehenge—, pero el origen es natural. Se trata de un peñasco que dejó un glaciar en retirada durante la última Edad de Hielo. Hay rutas de senderismo que serpentean por los bosques circundantes, pero, por ahora, Maya y Frank tienen el lugar para ellos solos. A ella le apetece sentarse, así que busca un sitio en una piedra lisa y ancha, y Frank se acomoda a su lado.

—¿Y tú qué me cuentas? —dice él.

La pregunta es capciosa (en el buen sentido), y hace que Maya lamente lo que va a contarle.

—Me voy a vivir a Boston dentro de unas semanas.

Frank parece decepcionado.

—Me imaginé que estabas en la universidad —dice.

—Este será mi primer año. ¿Y tú?

—Iba a empezar en la Universidad de Portland cuando me enteré de que mi padre estaba enfermo.

—Vaya —dice Maya meneando la cabeza—. Has hecho bien en quedarte.

—Sabía que me arrepentiría si no lo hacía.

Esta vez, Maya no se lo piensa y le pone una mano en el brazo.

Frank se vuelve hacia ella. Su mirada es franca y delicada. Está segura de que va a besarla. Le sube toda la sangre a la cara, un momento de terror y excitación. Pero entonces, justo cuando se inclina para ir a su encuentro, Frank dice:

—De todos modos, me gusta estar aquí. Es donde te he conocido, ¿no?

Maya se queda paralizada y sonríe para disimular su humillación.

—Me gusta trabajar en la biblioteca —añade Frank—. Es agradable estar rodeado de libros.

—Me lo imagino —dice ella con poco entusiasmo.

—Y hay algo más, algo en lo que he estado trabajando. —Le brillan los ojos—. Eres una de las primeras personas a las que se lo cuento.

Maya se siente un poco más segura de sí misma. La emoción de Frank por lo que va a explicarle es contagiosa.

—Estoy construyendo una cabaña —dice.

—¿Una cabaña? ¿Dónde?

—En el bosque, detrás de la casa de mi padre, cerca del parque nacional.

Le cuenta que siempre ha querido ser arquitecto. Ya de niño dibujaba casas con lápices de colores y se imaginaba viviendo en ellas, casas con barras de bomberos en lugar de escaleras y pasillos deslizantes.

Maya sonríe.

Frank le explica que, cuando se hizo más mayor, le encantaba leer sobre arquitectos famosos como Buckminster Fuller. Al igual que Maya, ha pasado mucho tiempo leyendo. «Es increíble lo parecidos que somos», piensa ella. Se da cuenta de que están sentados de la misma manera, con las piernas estiradas sobre la roca y el tobillo derecho cruzado sobre el izquierdo. Al reparar en ello, Maya cambia de postura, avergonzada, como si le hubiera imitado, aunque no es así. Al menos no a propósito. Empieza a notar de veras el efecto de la hierba y ha perdido el hilo de lo que está diciendo Frank, algo sobre su padre.

No se sabe cuánto tiempo le queda (puede ser una semana, un mes o un año), así que Frank ha decidido no marcharse. En lugar de irse a estudiar arquitectura, se quedará aquí, cuidará de su padre y construirá una cabaña. Dice que ya ha empezado. Ha puesto los cimientos y vertido el hormigón. Porque ¿qué mejor manera de aprender a construir casas que hacer una con tus propias manos?

—Qué genial —dice Maya en pleno colocón.

Hace todo lo posible por seguir el hilo cuando Frank le habla de la cabaña, pero no le funciona la memoria a corto plazo y se le olvida todo el rato lo que él acaba de decir. Aun así, capta lo esencial, y las palabras de Frank evocan imágenes vívidas, aunque inconexas: una pequeña cabaña en un claro del bosque. El cristal curvado de la claraboya. Una chimenea de piedra. Incluso le enseña la llave, sosteniéndola a la luz de la luna, que ha salido mientras hablaban. La llave de la cabaña parece más pesada que las demás del llavero, y los dientes se ven como más afilados. A lo mejor es porque va colocada, pero Maya puede ver el lugar a través de la detallada narración de Frank, el intenso color miel del suelo de pino, el bosque al otro lado de las amplias ventanas. Puede oír el riachuelo que pasa por detrás.

Al entrar en casa, Maya piensa que le habría ido bien tener un caramelo de menta. Espera a que se vaya Frank, que acaba de dejarla en la entrada. No quiere que su madre le haga preguntas. Luego abre la puerta sin hacer ruido.

El salón está vacío y oscuro. Maya cierra la puerta tras de sí, se quita las chanclas y camina de puntillas por el pasillo. Ya casi ha llegado a su habitación cuando se da cuenta de lo silenciosa que está la casa.

—¿Mamá?

En la cocina encuentra una nota de su madre, garabateada con su letra grande y desordenada.

«Llámame cuando llegues».

Maya abre el móvil. Lleva horas sin mirarlo, y tiene cuatro llamadas perdidas de su madre.

—¿Dónde estás? —le dice Brenda nada más cogerlo.

Su tono es bajo y contenido, y Maya puede oír a los otros técnicos de emergencias sentados en la parte trasera de una ambulancia.

—En casa —responde Maya.

—Sabías que trabajaba esta noche. Esperaba verte antes de irme.

Maya recuerda que su madre lo mencionó, aunque no ve dónde está el problema.

—Pero tu turno empieza a las once, ¿no?

Su madre está a punto de hablar cuando de fondo se oye el ruido de una ambulancia.

—Mierda —dice Brenda—. Ya hablaremos de esto más tarde, ¿vale?

—Pero…

Al otro lado de la línea empieza a sonar una sirena.

—Te quiero —dice su madre—. No te acuestes tarde.

—Yo también te quiero.

Brenda cuelga, y Maya se fija en el reloj del teléfono: las 00.02. No tiene sentido. Ha quedado con Frank a las siete. ¿Realmente ha pasado cinco horas con él en Balance Rock?

16

Maya avanzaba por North Street con el viento gélido en contra. Bajo las capas de maquillaje, notaba la cara entumecida. No había vuelto a dormir después de la llamada, fuera de quien fuese, y ya eran las diez de la mañana, pero no estaba cansada. Si acaso, se sentía demasiado despierta, como si tuviera que seguir avanzando. Estaba falta de sueño y alterada, pero, por alguna razón, también más lúcida de lo que se había sentido en años, y la insinuación de su madre de que lo de la noche anterior eran imaginaciones suyas no hacía sino aumentar la certeza de que alguien (Frank) había llamado.

Dejando atrás la iglesia de St. Joseph, se adentró en el centro urbano y vio que ya estaba decorado para las festividades. En los escaparates de las tiendas y los restaurantes había guirnaldas, y en Park Square se alzaba el gigantesco árbol navideño cubierto de luces. La calle estaba casi vacía y soplaba un viento frío. Maya se levantó el cuello del abrigo.

Al principio no le contó a nadie las horas que había pasado aquella tarde en Balance Rock. En su momento lo atribuyó a la marihuana; Frank le había dicho que era la reserva especial de su padre. Entre eso y la profunda conexión que había sentido, le parecía razonable que hubiera perdido la noción del tiempo. ¿Acaso no era lo que decían todas las canciones de amor? ¿Acaso no te perdías por completo? Bueno, ella no se había enamorado nunca. Dos de los tres chicos con los que se había enrollado eran amigos de pretendientes de Aubrey, chicos que por circunstancias estaban allí.

Le gustaría dar marcha atrás unos años y regañarse a sí misma. ¿Por qué había confiado tanto en Frank? Y ¿qué le había hecho? Había perdido el conocimiento muchas veces en los últimos años, normalmente por el alcohol, y a veces por el clonazepam, pero nunca por la hierba. Cabía la posibilidad de que Frank le hubiera echado algo en el porro, pero eso no explicaba la segunda noche que perdió la noción del tiempo estando con él.

Ni la tercera.

Cuando se lo contó a un adulto, Aubrey ya estaba muerta, y las horas perdidas en Balance Rock eran solo otra cosa más que Maya no podía demostrar. Tampoco era capaz de explicar por qué, si Frank realmente le había hecho algo, no había acudido inmediatamente a la policía, ni por qué había seguido viéndose con él.

Una parte de ella prefería no llegar a saber qué había sucedido durante aquellas horas, pero, si Frank sabía que había visto el vídeo, no podía permitirse el lujo de no averiguarlo.

Al acercarse al museo, Maya vio en la acera lo que parecía una anciana encorvada, con el pelo gris encrespado y un abrigo excesivamente grande. Hasta que estuvo a unos pocos metros de distancia, no se dio cuenta de que era la madre de Aubrey.

Elaine West no era tan mayor —tenía varios años menos que Brenda—, pero la muerte de su hija la había envejecido. Maya y ella solo habían coincidido una vez desde el funeral, en la zona de congelados del supermercado Big Y, y a Elaine pareció dolerle aquel encuentro.

O tal vez fue Maya quien provocó una situación incómoda por la culpa que sentía, la secreta certeza de que Aubrey seguiría viva si ella no hubiera metido a Frank a sus vidas.

El encuentro, una conversación de no más de dos minutos, se le hizo interminable.

Maya se preparó cuando Elaine levantó la vista y se encontró con sus ojos, y, por un momento, pareció que iban a saludarse, pero no fue así. Ambas agacharon la cabeza al cruzarse y no mediaron palabra.

¿Qué podían decir?

El Museo de Berkshire se encontraba en un edificio de ladrillo descolorido con una pasarela de piedra y la estatua de un dinosaurio delante. Maya no había estado allí desde secundaria. Iba a ver a Steven Lang, que aún no le había contestado.

El vestíbulo parecía más pequeño, y los suelos de mármol menos amplios.

—Bienvenida —dijo un recepcionista que no era Steven Lang.

Aquel hombre era delgado y llevaba rastas recogidas en un moño alto.

—Hola —respondió ella—. ¿Steven trabaja hoy?

—¿El guardia de seguridad?

Maya asintió.

—¿Te está esperando?

—Solo quería hablar un minuto con él.

El hombre la miró con desconfianza, o tal vez estaba siendo paranoica.

—Sí, está aquí. Ha pasado no hace mucho. Diría que está en el acuario.

—Ah. Entonces ¿puedo…?

—Tendrás que pagar entrada.

Pensó en su trabajo mientras le tendía la tarjeta de crédito, y se recordó que debía llamar otra vez para decir que estaba enferma. No podía pifiarla. Cogió la entrada y bajó las amplias escaleras que conducían al acuario. De pequeña, era su parte favorita del museo, una sala cavernosa con docenas de peceras de cristal empotradas en paredes de un azul intenso. Entre los tentáculos morados de las anémonas asomaban peces payaso naranjas, y frente a Maya se balanceaban caballitos de mar de aspecto barroco. Si Steven estaba allí, debía de haberse marchado. Probablemente era el único vigilante del museo.

En el piso de arriba estaba la exposición anual de árboles de Navidad decorados por escuelas y empresas locales. Maya recorrió las tres salas de la exposición, un bosque interior de pinos cargados de adornos. Las guirnaldas cosidas a mano y los ornamentos pintados eran, en su mayoría, obra de niños.

Encontró a Steven apoyado en la pared de la sala de aves disecadas, pero, cuando la vio, se irguió rápidamente. Estaba más gordo que en su foto de perfil, pero Maya reconoció la calva y la cara redonda y angelical. Tenía los ojos tristes, hinchados por haber llorado recientemente o por falta de sueño, pero llevaba el uniforme impecablemente planchado.

—Hola —dijo Maya dirigiéndose hacia él.

—Hola. —Parecía tímido, como si no le entusiasmara que se le acercasen—. ¿Buscas el baño?

—No. —Maya le dedicó su sonrisa más amigable—. Te estaba buscando a ti. Me llamo Maya. Te mandé un mensaje ayer, no sé si lo viste…

Steven se ruborizó.

—Quería hacerte unas preguntas.

—¿Sabes que eres la quinta persona que se pone en contacto conmigo por ese vídeo? Parece que soy el único amigo de Cristina al que se puede encontrar en internet.

Maya se desanimó. Por supuesto, la gente tenía teorías sobre la muerte de Cristina. Pensó en la camarera.

—Pero tú eres la única que ha venido a verme en persona.

—Lo siento mucho. —Maya agachó la cabeza—. Entiendo que debe de ser molesto.

Steven esperó a que se fuera, pero ella no lo hizo.

—Yo también perdí a una amiga hace tiempo —dijo—. Lo que le pasó se parece mucho a lo de Cristina. Por eso he venido. Solo quiero entenderlo.

Steven suspiró.

—Mira —dijo—, entiendo que cada uno se enfrenta al dolor a su manera. A lo mejor, tú necesitas encontrar un culpable, pero yo quiero recordar a Cristina tal como era cuando estaba viva. Dejaré su muerte en manos de la policía y el forense, no de detectives aficionados que han visto el vídeo en internet.

Maya se disponía a decir algo, pero se contuvo. Acusar a un hombre de asesinato no era poca cosa.

—Creo que Frank tuvo algo que ver con lo que le pasó —dijo—. Con lo que les pasó a las dos.

—¿Como qué?

—Para ser sincera, no estoy segura.

Steven asintió lentamente.

—Ya. A mí tampoco me caía bien Frank, pero Cristina era adulta. Yo también. Vi el camino que estaba siguiendo con él y no hice nada al respecto. —Le brillaban los ojos de emoción—. ¿Yo también soy culpable?

En ese momento entró una mujer con dos niños pequeños. Steven adoptó una pose profesional y Maya se puso a observar una lechuza, cuya cara blanca y fantasmagórica le devolvió la mirada. Esperó a que la mujer y sus hijos vieran la exposición.

En el reflejo de una vitrina, Maya sorprendió a Steven mirándola y se preguntó qué estaría viendo en ella. Se había duchado y lavado el pelo, y se había aplicado un antiojeras de su madre que no debía de disimular sus ojos desorbitados, la desesperación y la posible paranoia.

—Chingolo arbóreo —dijo la niña más pequeña, que pronunció las palabras lentamente, como si estuviera aprendiendo a leer—. Cuervo.

Cuando la mujer y sus hijos fueron a la sala contigua, Steven salió detrás de ellos. Lejos de Maya.

Ella los siguió.

Caminando al lado de Steven, pasó por delante de una pared llena de muestras de cuarzo resplandeciente en la galería de rocas y minerales.

—Te pareces a ella —dijo el guardia.

—A Frank le gusta un tipo específico de mujer.

Él asintió, como si estuviera atando cabos.

—Salimos cuando yo tenía diecisiete años.

Steven dejó de andar; Maya lo tenía acorralado junto a un meteorito. Cruzó los brazos sobre el pecho y se la quedó mirando. La doblaba en estatura, pero parecía frágil, incapaz de mantener contacto visual.

—A ti tampoco te gustaba —dijo Maya—. ¿Por qué?

—Porque era malo para ella. Creo que, en parte, lo que le atraía de Cristina era que no tenía vínculos. Sus padres no le hablaban desde que dejó de ir a la iglesia, y sus únicos amigos eran una panda de yonquis de Utah. Y yo.

—Estabais unidos.

A Steven le temblaban los labios, y dejó caer los brazos a los lados.

—Todo era fantástico antes de que llegara Frank. Cuando Cristina empezó a trabajar aquí, acababa de terminar su residencia en el MASS MoCA. Fue algo muy importante para ella. Era totalmente autodidacta. Llevaba dos años limpia.

—He visto su trabajo en internet —dijo Maya—. Tenía talento.

—Podría haber sido famosa. Cuando la conocí, vivía en un pequeño estudio alquilado. Pintaba a diario. Entonces conoció a Frank y se convirtió en su nueva droga. Estaba obsesionada. Me dejaba tirado constantemente.

A Maya se le hizo un nudo en el estómago. Parecía que Steven estuviera hablando de ella siete años atrás.

—¿Los viste juntos alguna vez?

—Siempre salían solos, y estoy seguro de que era idea de Frank. Creo que me consideraba una amenaza. La quería toda para él. Solo lo veía las pocas veces que pasaba a buscar a Cristina por el trabajo, y siempre de lejos. Nunca se bajaba del coche.

—¿Cristina te parecía... distinta?

Steven miró alrededor como si buscara a algún visitante que pudiera necesitar su ayuda, pero él y Maya estaban solos en la silenciosa galería de minerales. Sintió una punzada de culpabilidad por haberlo incomodado tanto, pero, cuando Steven habló de nuevo, las palabras brotaron como si hubieran estado reprimidas. Parecía una confesión.

—Sí, cambió —dijo—. Fui testigo de ello y era horrible, pero no hice nada. Tenía tanto miedo de que se alejara que cuando por fin quise hablarlo con ella... —Respiró hondo—. Hace dos semanas faltó un día al trabajo. No llamó ni nada, lo cual era impropio de ella. A Cristina le encantaba trabajar en un museo. Aquella noche pasé por delante de su estudio y su coche estaba allí, pero ella no, y deduje que estaba con Frank. Al día siguiente no volvió, y al otro tampoco, pero el lunes llegué a trabajar y allí estaba, como si nunca se hubiera ido, y no mencionó los mensajes de voz frenéticos que le dejé.

—¿Dónde había estado?

Steven meneó la cabeza.

—Solo me dijo que Frank y ella se habían ido de fin de semana. Conservó el puesto de trabajo, así que debía de tener una excusa más decente para el jefe. A día de hoy sigo sin saber dónde estuvo, pero, fuera donde fuese, se hizo un tatuaje en la parte interior del brazo.

Steven se pasó el dedo desde el hueco del codo hasta la muñeca.

—¿Qué era?

—Una llave.

A Maya se le heló la sangre.

—¿Una llave?

—De un coche o algo así —dijo él—, pero con los bordes afilados. No sé qué significaba, pero ojalá le hubiera preguntado. Debería haber hecho más preguntas… —Su tono de voz era intenso—. Pero me enfadé. La acusé de volver a tomar drogas. Cuando me lo negó, la llamé mentirosa.

—¿Crees que estaba consumiendo?

—Cristina estuvo a punto de morir hace dos años, y había sufrido daños permanentes en el corazón. Por eso no tomaba nada. Sabía que, si volvía a hacerlo, moriría. Jamás habría recaído de no ser por él. —Steven cerró los puños y le palpitaba una vena en el cuello. Maya se dio cuenta de lo mucho que le importaba Cristina—. Creo que eso es lo que ocurrió —dijo—. Culpo a Frank de que volviera al *speed* y de que sometiera su corazón a demasiada tensión.

Maya comparó aquella teoría con la suya y comprendió que la de Steven parecía tener más sentido.

—Yo sabía que tenía un problema —dijo él. Los grandes ojos marrones se le habían llenado de lágrimas—. Y Cristina también lo sabía. Creo que era consciente de que iba a morir.

Oyeron voces unas salas más allá, y Steven empezó a hablar más rápido, como si necesitara desahogarse.

—El día antes de morir me dijo que sentía cómo se había comportado últimamente. Me regaló su cuadro más reciente. Era muy bonito, distinto de su trabajo habitual. Le pregunté por qué me lo daba y dijo que estaba deshaciéndose de algunas cosas. Despejando su casa. Al oír eso, tuve una sensación terrible.

Las voces ya casi estaban en la sala con ellos, pero Steven continuó. Necesitaba sincerarse.

—Ella sabía lo que pasaría si volvía a consumir. Lo sabía, y estoy seguro de que Frank también.

Una pareja de ancianos entró en la sala de minerales.

—Y yo también —añadió Steven con voz entrecortada—. Podría haber evitado su muerte, pero no lo hice. Así que sí, lo culpo a él, y la culpo a ella por enamorarse de él, pero sobre todo me culpo a mí mismo.

17

Frank nunca le dice a Maya adónde la llevará, y eso le gusta. Prefiere que sea una sorpresa. Hoy han ido en el coche de su padre a Thomas Island, que en realidad es una península que se adentra en el lago Onota. La mayoría de las dos docenas de casas que hay en la península bordean la orilla occidental, cada una con su playa y su muelle flotante, y muchas con barcos amarrados. Las casas tienen terraza. Durante el trayecto, Maya se da cuenta de que nunca ha estado allí, a pesar de que vive a menos de cinco kilómetros.

Se echa hacia atrás y saborea la brisa del lago mientras recorren Shore Drive con *Sweet Jane* sonando en los altavoces. Tiene los pies apoyados en el salpicadero. Se siente como si estuviera en una bañera y el sol que atraviesa el parabrisas fuera el agua. El aire está vivo. No sabe adónde van y no le importa. Hoy es el día en que Frank la besará. Está convencida. Y si no lo hace, lo hará ella.

Al llegar al final de la península dan media vuelta, como si fueran a marcharse, pero, en lugar de cruzar el istmo, Frank se desvía por una carretera estrecha y boscosa señalizada con un cartel que indica que no hay salida. Un sauce llorón arrastra sus hojas por encima del coche. Se dirigen a la orilla este de la península. La zona está repleta de árboles. Las pocas casas que hay son grandes y de aspecto caro, con jardines muy cuidados que las apartan de la carretera. Frank toma un camino de entrada a una de ellas. Es un acceso sin asfaltar que desaparece entre los árboles. Reduce la marcha y detiene el coche.

—¿Qué estamos haciendo aquí?

Su sonrisa es misteriosa.

—Ya lo verás.

Se baja del coche y ella lo sigue. Avanzan por el camino arbolado hasta llegar a una casa más grande que las demás, con columnatas blancas y un porche que la rodea enteramente. Maya mira a Frank mientras atraviesan el amplio césped y se dirigen a unos árboles que se alzan entre la casa y el lago.

—¿De quién es? —pregunta Maya.

—De un amigo de mi padre.

Frank enfila un sendero y continúa hasta un muelle.

Maya se ha bañado en el lago Onota desde que le alcanza la memoria, pero nunca lo había visto desde allí. Parece un océano. A sus pies, el agua refleja el cielo, azul sobre azul, con nubes flotando como nenúfares.

Frank levanta la tapa de una caja grande que hay cerca del final del muelle y contiene chalecos salvavidas, tablas de bodyboard y unos cuantos churros de natación. Mete la mano y recorre con los dedos el borde hasta encontrar lo que busca: una llave. Luego la hace girar en su llavero de plástico mientras se acerca a la lancha motora revestida de madera que cabecea en el muelle. Los tablones se mueven cuando Frank salta al interior de la embarcación por encima del agua.

Maya se pone tensa.

Frank se da la vuelta y le ofrece la mano.

—¿El amigo de tu padre te dio permiso para usarla?

—Siempre que quiera.

Más calmada, Maya se acerca al borde y le coge la mano. Tocarlo la llena de emoción. Frank la ayuda a subirse a la barca y, por un instante demasiado fugaz, se agarran el uno al otro para mantener el equilibrio. El olor de Frank es almizclado, huele como si hubiera estado al sol. Tiene el cuello a solo unos centímetros de los labios de Maya, que se sonroja cuando él se da la vuelta para desatar la lancha. Maya se acomoda en el asiento de cuero rojo.

Él se sienta a su lado, gira la llave y le dedica la sonrisa más sexy que Maya haya visto jamás. Luego acelera y el motor empieza a rugir. Maya se acuerda de los chalecos salvavidas, pero ya es demasiado tarde para decir nada: la barca está ganando velocidad, y siente las gotitas de agua que se van levantando, el viento en el pelo.

—¿Has conducido una de estas alguna vez? —pregunta Frank, gritando para hacerse oír por encima del ruido del motor.

—¡No! —responde ella.

Frank suelta el acelerador, el barco aminora la marcha y el motor se apaga. Maya ve gente a lo lejos, bañándose en una de las playas públicas a las que ella misma habría ido cualquier otro día.

—Cambiemos de asiento —propone Frank, pero ella niega con la cabeza.

—Nunca he conducido una barca.

—Sabes conducir un coche, ¿no?

—Sí, pero…

—Pues entonces puedes hacerlo.

La barca, que ahora se desliza lentamente, se ladea cuando Frank procede a ocupar el asiento de Maya. Esta se va al lado del conductor, sobre todo para equilibrar el peso, pero luego se sienta al volante, grande y reluciente. El lago se extiende ante ella como una carretera despejada.

—Ahí tienes el acelerador. Empújalo para ir hacia delante.

Maya empuja demasiado y salen despedidos con una sacudida, formando olas. Grita y suelta el acelerador. La barca se balancea hacia delante y luego hacia atrás, como una versión real del movimiento de un barco en una feria. Presa del pánico, Maya se agarra al borde.

Oye reír a Frank y se vuelve hacia él con el corazón en un puño mientras el barco recupera la calma. Él sigue riéndose, pero no de un modo cruel, sino con una voz desbordante de alegría. Maya respira entrecortadamente. Su miedo da paso al júbilo y, cuando quiere darse cuenta, ella también se está riendo, no porque sea divertido, sino porque está a gusto y embriagada por el peligro.

Frank se acerca y le coge la mano, y esta vez está segura de que la besará. Cierra los ojos, pero, en lugar de besarla, le levanta la mano y vuelve a ponerla encima del acelerador.

—Tienes que hacerlo con suavidad —dice.

Mantiene su mano sobre la de ella y empuja para poner la barca en marcha. A Maya le late el corazón a toda prisa y no pierde de vista el agua. Ya están en medio del lago. Entonces Frank retira la mano y se acomoda en su asiento.

—¿Cuándo te vas a Boston? —pregunta.

La pregunta es como un jarro de agua fría.

—Dentro de dos semanas. He intentado no pensar en ello.

Frank no dice nada. Se acercan al final del lago, más largo que ancho. La orilla está bordeada de bosques. Hay hojas flotando en el agua. Creía que él también estaba enamorado de ella. ¿Se equivocaba? ¿O es porque se va?

—¿Tienes planes para esta noche? —pregunta Frank.

—Voy a casa de Aubrey —responde Maya—. Pero mañana…

—¡Eh, Gary! —grita alguien.

Al darse la vuelta, Maya y Frank ven a una mujer en kayak unos veinticinco metros más atrás. Sus rasgos se van perfilando a medida que se aproxima: pelo gris y brazos enjutos. Rema con estilo. Al ver que no es Gary, deja de sonreír.

Frank saluda a la mujer con la mano.

—¿Lista para cambiar de asiento? —le pregunta a Maya.

Sin darle tiempo para reaccionar, Frank se pone en pie y le indica que vuelva a su sitio. La barca se balancea cuando intercambian posiciones. Entonces Frank empuja la palanca y salen a toda velocidad. Maya vuelve la cabeza para ver a la mujer, que se hace cada vez más pequeña. Sin mover los remos, la mujer los sigue con la mirada.

—¿Y eso?

—Debe de ser amiga de Gary —dice él, encogiéndose de hombros.

Frank reduce la velocidad al virar hacia el muelle. La lancha se acerca a la orilla y dejan a la piragüista a gran distancia.

Maya se queda mirando a Frank, que parece tranquilo, incluso relajado, con la cabeza echada hacia atrás como si estuviera disfrutando del agua y el sol. Sin embargo, de repente, le parece verosímil que haya cogido la barca sin permiso. Recuerda el día que se conocieron, el cigarrillo que estaba fumando a plena vista a pesar del cartel de prohibición, como si no le importaran las consecuencias o lo que pensaran los demás. Y no puede evitar preguntarse qué se siente al gozar de semejante libertad, de semejante confianza en uno mismo. Frank no le ha hecho daño a nadie, así que, si es cierto, si están utilizando la elegante lancha de un desconocido sin autorización, tampoco pasa nada.

Siguen navegando, más rápido que antes, y Maya se siente rebosante de emoción, pero también de miedo. ¿Y si los descubren? Cuando llegan al muelle está nerviosa. Frank desembarca ágil y rápido, pero sin prisa, y sonríe mientras la ayuda a bajar, pero la calidez de antes ha desaparecido. Maya piensa en la última media hora e intenta comprender qué ha hecho mal. Frank ata la barca al muelle y vuelve a guardar la llave en la caja.

—¿Puedo preguntarte una cosa? —dice ella cuando vuelven al coche, aparcado entre los árboles como si estuviera escondido.

Habla con prudencia, sin intención de ofender—. ¿El dueño de la barca es Gary?

—Sí.

—¿De verdad te dijo que podías cogerla cuando quisieras?

—¡Ja! —exclama Frank—. No estarás hablando en serio. —Se montan en el coche—. Gary y mi padre se conocen desde los años ochenta —añade—. Mi padre lo ayudó una vez.

Sus palabras encierran algo más, algo que no quiere decir.

Maya lo deja correr. Por ningún motivo en particular, instintivamente, le cree.

—Hablando de mi padre, tengo que volver con él.

—Claro —dice ella.

Cuando la lleva a casa, Frank está callado y su humor es distinto. Va mirando al frente con sus ojos oscuros, y Maya cree que debe de ser por su padre. Frank casi nunca habla de él —Maya aún no sabe qué le pasa ni cuánto le queda de vida—, y deduce que le resulta demasiado doloroso. Quiere preguntarle si está bien, pero ahora irradia dureza, la barbilla hacia dentro, la mandíbula tensa. El silencio se extiende a su alrededor y a Maya empieza a preocuparle haberlo disgustado.

—Me lo he pasado muy bien —dice.

—Sí, yo también. Oye, ¿por qué no pones un CD?

Maya está dolida. Solo lo conoce desde hace dos semanas, pero le parece que ha pasado mucho más tiempo, y nunca lo había visto comportarse así. Coge el estuche de CD que hay en el suelo.

—¿Alguna petición?

Frank se encoge de hombros.

—Sorpréndeme.

Maya abre la cremallera del estuche negro y empieza a hojear las fundas de plástico. Ve *The Downward Spiral*, de Nine Inch Nails, y *There Is Nothing Left to Lose*, de Foo Fighters, dos grupos que hace mucho que no escucha. Green Day y Rage Against the Machine; parece que a Frank le gusta la música de hace diez años. Se detiene al ver una recopilación casera y se le encoge el estómago al leer las palabras escritas con rotulador negro en la brillante superficie del CD: «Canciones para cuando no podamos estar juntos. Te quiero para siempre, Ruby».

¿Quién demonios es Ruby?

Maya finge no haber visto el mensaje y elige el siguiente álbum que ve, *Mama Said*, de Lenny Kravitz. Frank sube el volumen. Al cabo de unos minutos están delante de casa de Maya, que se demora bajando del coche.

—Gracias por el paseo en barca —dice—. Ha sido muy divertido. —No se atreve a preguntarle si tiene novia—. Oye, ¿qué haces mañana?

—Espero trabajar un poco en la cabaña.

—Genial —responde ella como si no le importara—. Nos vemos, supongo.

—Nos vemos. Pásalo bien esta noche con tu amiga.

Frank no arranca inmediatamente y, por un momento, Maya cree que ha cambiado de idea sobre lo del día siguiente, pero la esperanza se desvanece al ver que no le dice nada. Al parecer, es un gesto de caballerosidad y está esperando a que entre en casa. La puerta se abre, y Brenda asoma la cabeza y saluda a su hija con una sonrisa.

—Aquí estás —dice mirando por encima del hombro de Maya justo a tiempo de ver las luces traseras del coche de Frank alejándose.

18

Maya iba y venía por la cocina. Le dolía el cuerpo de tanto como había caminado, pero movía los pies como si intentara huir de sus pensamientos, con cada neurona y cada terminación nerviosa en vilo. La tetera empezó a silbar. Estaba preparando una infusión de manzanilla, cuando lo que realmente deseaba era la ginebra que había comprado en la tienda al volver del museo, aunque se había dicho a sí misma que no bebería antes de las cinco de la tarde. La cucharilla metálica traqueteó ruidosamente dentro de la taza al remover la miel.

Casi había olvidado la extraña llave que le había enseñado Frank, la llave de su cabaña, pero oír hablar del tatuaje de Cristina había avivado el recuerdo de Balance Rock y, aunque no podía estar segura, intuía que no había sido la única vez que la había visto.

Oyó que había recibido un mensaje de texto, y se derramó manzanilla caliente en los dedos mientras corría a su habitación para responder. «Por favor, que sea Dan. Por favor, que sea Dan». Aún no había contestado a su mensaje de la noche anterior, pero intentaba no preocuparse.

Era su madre: «¿Chili con carne para cenar?».

Era obvio que Brenda quería arreglar las cosas —el chili era el plato favorito de Maya—, pero eso no compensaría lo de la noche anterior.

«Claro», respondió Maya. No esperaba que su madre se disculpara, pero ella tampoco estaba dispuesta a hacerlo. Sabía que tenía razón. La llave. La cabaña. Las llamadas nocturnas al teléfono fijo. Todo apuntaba a la misma verdad que acechaba más allá de los puntos oscuros de su memoria.

El fallo de la teoría de Steven sobre los problemas cardiacos de Cristina era que no explicaba lo que le había sucedido a Aubrey. Steven no conocía personalmente a Frank. Él no lo entendía. Lo que necesitaba Maya era hablar con alguien que lo conociera como Cristina y ella.

Pensó en Ruby.

Lo único que sabía de ella era que, en una ocasión, había profesado su amor por Frank con rotulador en un CD. En aquel momento, Maya se había puesto celosa, pero nunca llegó a averiguar quién era Ruby y, cuatro días después, Aubrey estaba muerta. Maya se había olvidado por completo de Ruby, pero le vino a la mente el CD de recopilación —«Canciones para cuando no podamos estar juntos»—, y se preguntó si Ruby amaba lo suficiente a Frank como para conocer su secreto.

El teléfono de Maya se estaba quedando sin batería, así que se arrodilló para enchufar el cargador y, al hacerlo, vio su reflejo en la ventana. No se había dado cuenta de que estaba apretando los dientes. Tenía los labios pálidos y las cuencas de los ojos oscuras como cuevas, y el jardín atravesaba su reflejo de tal forma que el césped se extendía sobre su pecho y los árboles se elevaban a través de su cabeza.

19

Imaginarse a Frank con otra le quita el hambre.

No saborea la albahaca que plantó con su madre en el huerto cuando era pequeña ni tampoco la limonada. No siente la brisa que entra por la puerta de la cocina ni oye el carrillón de viento de la entrada porque se pasa la cena pensando en Ruby. No ha pensado en otra cosa desde que vio el CD hace unas horas. Ahora cree saber por qué Frank no la besó.

—Sheila me ha preguntado si necesitas algo para la residencia de estudiantes —le dice su madre.

Sheila es una amiga suya que vive en la misma calle.

—Que yo sepa no.

—¿En serio? ¿Quieres un organizador para la ducha?

Maya niega con la cabeza y su madre frunce el ceño.

—Yo pensaba que estarías más entusiasmada. Vivir en la residencia, asistir a talleres de escritura… ¿No es lo que siempre has querido?

—Sí… —dice Maya, que come un poco de espaguetis al pesto.

Su madre la mira fijamente desde el otro lado de la mesa.

—Estaba pensando que Frank podría venir a cenar. Me gustaría conocerlo —dice.

—No sé…

Maya enrolla los espaguetis y los deja de nuevo en el plato.

—¿Va todo bien?

—La verdad es que no.

Brenda espera a que siga hablando.

—Creo que tiene novia en Hood River.

—¿Novia?

—O eso o… no le gusto.

—Entonces ¿sois solo amigos?

Maya asiente, y la confusión de su madre se ve reemplazada por una sensación de alivio. No le gusta la idea de que su hija pase tanto tiempo con un desconocido, pero ve lo afligida que está.

—Ay, cariño —le dice—. De todos modos, es mejor que seáis amigos. Las amistades nunca tienen por qué terminar.

Maya suspira.

—Piensa que faltan menos de dos semanas para que estés en la universidad. Te has esforzado mucho para que ocurra.

Maya sabe que su madre intenta ayudar, pero no quiere pensar en el traslado. Lleva mucho tiempo deseándolo, soñando con su futuro en la universidad, pero últimamente ha empezado a darle miedo.

—Conocerás a mucha gente nueva —dice su madre—. Te olvidarás de él.

«¿Cuándo conoceré a ese hombre misterioso?», le había preguntado Aubrey por teléfono ayer por la noche. Se suponía que Aubrey y ella iban a salir, pero Maya había cancelado la cita, algo poco habitual en ella. Normalmente era una persona de fiar, pero Frank la había sorprendido con unas entradas para el cine y no podía rechazarlo.

Entonces ¿cuándo iba a conocerlo Aubrey? La pregunta hizo reflexionar a Maya. Tenía la impresión de que Frank prefería pasar tiempo a solas con ella, aunque nunca se lo había dicho. Fue entonces, mientras Aubrey esperaba a que dijera algo, cuando Maya detectó su reticencia a presentarlos. Odiaba reconocer, incluso ante sí misma, que era porque, cuando Aubrey entraba en un lugar, las cabezas se volvían hacia ella como las flores hacia el sol, y se dio cuenta de que quizá era ella —y no Frank— quien prefería que pasaran tiempo a solas.

«¿Hola?», había dicho Aubrey.

Ahora Maya se dice que no puede llegar tarde esta noche. Últimamente no ha sido buena amiga. Se siente mal por ello, pero no tanto como por lo de Ruby. Le vendrá bien hablar con Aubrey: es buena calando a la gente. Si alguien es capaz de interpretar las señales contradictorias de Frank —los regalos, las salidas románticas pero extrañamente platónicas, el CD—, es ella.

A las ocho, la madre de Maya sale para cubrir el turno de noche. Tiene una agenda complicada y trabaja varios días seguidos para luego descansar otros tantos. Normalmente acaba haciendo un turno de noche por semana, y ese día Maya duerme en casa de Aubrey. No lo hace porque le dé miedo estar sola —que no le da— o porque su madre se quede más tranquila —que sí se queda—, sino porque le encanta pasar el rato con Aubrey en su habitación, charlando y escuchando música o viendo películas, fumando hierba cuando tienen o robándole cervezas a su padrastro. Mientras Maya guarda el cepillo de dientes, una camiseta para dormir y ropa interior limpia, cae en la cuenta de que esa noche podría ser la última que pasen juntas antes de irse a Boston.

Le ha dicho a Aubrey que estaría en su casa a las nueve, pero su madre ha salido un poco antes, así que Maya decide ir en bici a las ocho. Se pone el casco y está a punto de salir cuando llaman a la puerta. Es de noche, así que se pone de puntillas y mira por la mirilla. Una sonrisa la atraviesa. Una descarga de electricidad. Es él.

Frank le devuelve la sonrisa como si pudiera verla, mirando directamente al ojo de pez.

Maya abre la puerta con expresión radiante.

—Tenía que comprarle a mi padre unas pastillas para la tos, y como estaba por la zona… —Observa el casco de bicicleta que Maya había olvidado que llevaba—. ¿Salías?

—Iba a casa de Aubrey…

—¡Es verdad! Se me había olvidado por completo.

—No tengo que irme hasta dentro de cuarenta minutos. ¿Quieres entrar? —pregunta Maya, abriendo más la puerta.

—No quiero que llegues tarde.

—No pasa nada.

Frank mira la bolsa que lleva en la mano.

—Vale —dice.

Es la primera vez que entra en casa de Maya, que lo acompaña al sofá. Cuando Frank ya ha pisado la alfombra, Maya se da cuenta de que lleva tierra en las botas. Tendrá que limpiarla antes de que vuelva su madre, pero no le reprocha nada: debería haberle advertido de la norma de quitarse los zapatos en casa. Frank no se ha cambiado la camiseta blanca y los vaqueros oscuros que llevaba antes, y, cuando Maya se sienta a su lado, percibe un olor a sol, a tierra y al sudor propio del trabajo duro. Debe de haber estado haciendo cosas en la cabaña.

Él pasa un brazo por encima del respaldo del sofá, de modo que casi la rodea, pero no del todo, y ella quiere apoyarse en él, pero la idea de Ruby se lo impide.

—Bueno —dice Frank despreocupadamente—, ¿qué pasa?

El mal humor de antes ha desaparecido. Ahora sonríe.

—No mucho… —responde Maya sin mirarlo.

Frank arquea las cejas al oír su tono de voz.

Maya sopesa preguntarle por el CD, pero decide no hacerlo.

—Eh —dice Frank suavemente—, ¿estás bien?

Maya debería decirle lo que siente. Se ruboriza.

Frank le coge las manos y la hace volverse lentamente hacia él. La mira a los ojos.

—Cuéntamelo —le dice.

—Me gusta mucho estar contigo, Frank. Me gustas... como algo más que un amigo.

—Me alegra oírte decir eso.

—¿De verdad?

Parece que Frank vaya a reírse, pero su mirada es cálida.

—Ahora me dirás que no lo sabías...

—¿Saber qué?

—A ver... Paso todo este tiempo contigo porque no hay nadie con quien me guste estar más.

Maya abre más los ojos, y también el corazón. Se derrite. Sería capaz de dar una voltereta.

—Yo siento lo mismo.

Frank sonríe, pero es una sonrisa triste, y Maya se prepara para volver a la Tierra.

—Ojalá no te fueras —dice Frank—. Tengo que recordármelo una y otra vez, decirme que no debería acercarme demasiado a ti, que solo conseguiré hacerme daño. Pero cada vez que estamos juntos...

Maya le da un beso.

Sorprendido, Frank se queda con los labios entreabiertos en mitad de la frase, pero luego le devuelve el beso, un beso largo y profundo que responde, de una vez por todas, a lo que siente por ella. Ella tampoco quiere salir lastimada, pero ¿por qué iba a ocurrir? Volvería encantada en autobús cada fin de semana. Le rodea el cuello con los brazos, y entonces se acuerda de Aubrey.

Maya se aparta, pero se queda cerca. Sus frentes se tocan.

—Ojalá no tuviera que irme —le dice.

Frank hace un mohín.

—A lo mejor podrías quedar con Aubrey otra noche.

Maya niega con la cabeza.

—¿Por qué no?

—Es mi mejor amiga y últimamente he pasado de ella.

—Estoy seguro de que lo entendería.

Maya se siente halagada por su insistencia, y también por el atisbo de resentimiento que percibe.

—Lo siento mucho —dice—. No puedo.

—Lo entiendo. Supongo que debería irme.

Maya mira el reloj. Todavía tiene diez minutos.

—Quería decirte una cosa —añade Frank.

Por su tono de voz, no sabe si es una buena o una mala noticia, pero sus palabras tienen un peso que evoca la misma mezcla de alegría y temor que Maya sintió en la barca.

—He terminado la cabaña —anuncia él.

Maya lo mira sorprendida.

—Eso es genial.

—Todavía no hay nada dentro, por supuesto. Y, como te decía, no es nada del otro mundo, pero he trabajado un poco cada día y ya está acabada.

—¿Ya?

Frank esboza una sonrisa y asiente.

—Me encantaría verla.

—¿En serio? —dice él, mirándola pensativo.

—¡Pues claro! No sabía que te faltara tan poco.

Maya se pregunta de dónde ha sacado tiempo entre cuidar a su padre y quedar con ella.

—Me gustaría —dice Frank—. Serías la primera persona que la ve.

—Sería un honor.

—¿Qué tal mañana?

—Me va perfecto.

—Será mejor que lleves zapatillas de deporte. Solo se puede acceder por una carretera abandonada que descubrí al final de la propiedad de mi padre cuando era pequeño.

—Vaya, suena genial.

—Bueno, en aquel momento no lo fue tanto.

Frank suspira como lo haría una persona de mucha más edad.

Maya quiere saber más, pero pregunta solo con los ojos, y Frank la mira como si estuviera intentando decidir si debe contárselo. Y entonces lo hace. Mientras habla, juega distraídamente con algo que lleva en la mano. Es la llave de la cabaña, que Maya reconoce por los bordes afilados. Esa llave parece reconfortarlo. A Maya le sorprende su vulnerabilidad al confiarle algo que le ocurrió cuando tenía diez años.

Dice que estaba en el bosque, detrás de casa de sus padres, y que iba allí siempre que ellos se peleaban, y en aquella época lo hacían muy a menudo. Aquellos bosques se extendían kilómetros y kilómetros. Un día llegó a una carretera abandonada. Se estaba haciendo tarde, pero sintió curiosidad y decidió seguirla. Estaba cubierta de maleza y desaparecía a lo largo de varios metros bajo las hojas muertas, los helechos y el musgo. Al final, estaba tan enterrada que no pudo seguirla ni un paso más. Pero, cuando se dio la vuelta, tampoco estaba detrás de él. Se había perdido. Solo tenía diez años, estaba oscureciendo y a su alrededor había un mar interminable de árboles, como en esos sueños en los que estás bajo el agua y no sabes cómo subir a la superficie.

No sabe cuánto tiempo pasó hasta que se puso a gritar y llorar. Solo sabe que estaba oscuro y que se iba guiando por los tramos que iluminaba la luz de la luna al colarse entre las ramas. Por fin se quedó lo bastante callado para oír la corriente. El murmullo tranquilizador y salvador del agua le pareció un milagro, y no solo lo llevó hasta el arroyo, sino también hasta la carretera, la cual siguió expectante.

Vio un viejo puente y un claro al otro lado, y decidió cruzarlo, pensando que allí encontraría algo. Una cabaña. Ayuda. Entró en el claro, pero solo encontró los restos de una casa: unos cimientos de hormigón que el bosque estaba invadiendo. Frank se sentó sobre ellos y se acercó las rodillas al pecho. Rezó para que sus padres lo encontraran, pero no lo hicieron. Esperó toda la noche, temblando de frío y de miedo.

Entonces, cuando estaba a punto de amanecer, cerró los ojos e imaginó que había paredes a su alrededor y un techo sobre su cabeza. Un fuego acogedor. Comida caliente en los fogones. Se lo imaginó hasta que pudo oler la carne y la madera ardiendo. Luego debió de quedarse dormido, porque soñó que aquel lugar era real y, por primera vez en varios meses, se sintió a salvo, más a salvo de lo que se había sentido nunca en casa. Y por la mañana ya no tenía miedo. Había sobrevivido una noche a solas en el bosque y había soñado una casa para él. La casa que prometió que construiría algún día allí, en el claro del otro lado del puente.

Al conocer la historia de la cabaña y lo que significa para él, Maya tiene aún más ganas de verla. Dice que sería un honor ser la primera. Siente compasión por el niño perdido en el bosque, aferrado al consuelo de un hogar imaginario, así como por el hombre profundo y cariñoso que tiene a su lado, temeroso de que le hagan daño. Lo admira por haber convertido su sueño en realidad y por haberlo hecho sin ir a la universidad.

—¿Izquierda o derecha? —pregunta él.

La pregunta la pilla desprevenida. Mira por la ventanilla hacia la calle oscura que va pasando a su lado. No estaba prestando atención y ahora están en Grove Street, esquina con la avenida Stoddard.

—Izquierda —dice Maya.

Ya casi han llegado a casa de Aubrey, un destino tan habitual que Maya se avergüenza al percatarse de que ha dejado que Frank se pase de largo varias manzanas. Ahora tendrán que dar media vuelta, pero a él no parece importarle. Conduce como si no tuviera otro sitio adonde ir.

Pero Maya sí. Se olvidó de estar pendiente de la hora. El reloj del coche de Frank marca las 12.00, pero los números están parpadeando, así que coge su mochila para ver la hora en el móvil y ve que se lo ha olvidado. No solo el teléfono, sino también la bolsa con el pijama y el cepillo de dientes. No puede creerse semejante despiste. Intenta recordar si ha cerrado la puerta con llave, pero, ahora que lo piensa, no se acuerda ni de haber salido de casa ni de haberse montado en el coche de Frank.

—¿Sabes qué hora es? —pregunta.

—Lo siento —responde Frank, negando con la cabeza.

—Gira aquí. Es la cuarta casa a la derecha.

Casi todas las ventanas de la calle están oscuras. Maya siente desazón. Sabe que, cuando Frank la deje delante del dúplex de Aubrey, lo educado sería presentarlos, pero está segura de que llega tarde. Tendrá que disculparse y, si Frank está allí, le resultará incómodo.

—Me alegro de que hayas venido esta noche —dice.

Él se inclina sobre el salpicadero para besarla. Es solo un pico, pero le devuelve el calor de su aliento y le provoca un escalofrío.

20

La última vez que Maya había buscado a Ruby —antes de que el doctor Barry la convenciera de que dejara de hacerlo—, lo único que encontró fueron un par de páginas de MySpace. Pero ahora, Maya había localizado en las redes sociales a más de una docena de Rubys que vivían en Hood River, Oregón. Descartó a las muy mayores y a las muy jóvenes, y se quedó con siete mujeres llamadas Ruby, cualquiera de las cuales pudo haber hecho el CD para Frank.

Casi todas eran hispanas, y dos se ajustaban a su tipo: pómulos altos, pelo negro y liso y ojos oscuros. Como Maya. O quizá se lo estaba imaginando. Dormía mal y sentía los sueños muy cerca. Envió un mensaje a las siete Rubys, pidiéndoles que contactaran con ella si conocían a Frank Bellamy.

Esperó.

Solo faltaban dos horas para que pudiera abrir la ginebra. Sentía como si una luz estroboscópica estuviera latiéndole dentro del cráneo, atrapando todos sus pensamientos en formas extrañas. La llave de dientes afilados. Un joven Frank perdido en el bosque, buscando ayuda, buscando una puerta a la que llamar.

Oyó a su madre volver del trabajo, pero no fue a saludarla.

Le dolían los ojos de mirar el teléfono.

«Ruby» y «Hood River» habían arrojado muchos resultados en Google: vídeos de mascotas, una agente inmobiliaria, la ganadora de un concurso de ortografía o un artículo de 1901 sobre una chica que había sido lanzada desde una calesa. Maya no podía acotar la búsqueda. Lo único que tenía era un nombre y la ciudad en la que Frank había vivido con su madre tras divorciarse de su padre.

Cuando encontró la esquela de una mujer octogenaria, le vino a la mente un pensamiento siniestro y añadió «muerte» a su búsqueda. El resultado fueron más esquelas y varios artículos. La población de Hood River no llegaba a los ocho mil habitantes, así que no tardó en encontrar un artículo sobre una mujer llamada Ruby Garza que había muerto en un incendio hacía diez años. Tenía diecinueve años, estudiaba primer curso en el Columbia Gorge Community College y hacía poco se había mudado a un apartamento situado cerca del centro. Ruby se durmió sin apagar la vela que había junto a su cama y nunca despertó. Estaba sola. Tenía el pelo negro y los ojos oscuros, y su rostro seguía pareciendo infantil en la foto en blanco y negro. Murió menos de dos meses antes de que Maya conociera a Frank en la biblioteca, justo por la época en que abandonó Hood River y se mudó a Pittsfield.

21

Aubrey sale a la puerta con la camiseta enorme de Piolín que utiliza de pijama, pero no parece que haya estado durmiendo.

—Eh, lo siento.

Aubrey observa a Frank alejarse en coche y solo ve un atisbo de su cara.

—No te preocupes —responde, pero su voz es gélida, su mirada fría—. Deduzco que no quería conocerme.

—Ah, es que... —Tal vez debería haberlos presentado después de todo—. No parecía buen momento.

Aubrey la invita a entrar. Las luces están apagadas y el salón a oscuras, salvo por el resplandor azul de la reemisión de *Ley y orden* en la tele. Pasan calladas junto al padrastro de Aubrey, que está dormido en el sillón con una cerveza en el portavasos. A Maya le sorprende que esté durmiendo; que Eric, el hermano de Aubrey, que tiene diez años, no esté tirado en el suelo jugando a la Game Boy; que no se oiga a la madre de Aubrey hablando por teléfono o siguiendo un vídeo de gimnasia en el sótano. Normalmente, aquella casa es mucho más ruidosa que la de Maya. Se siente fatal por haber llegado tarde.

Aubrey no dice nada cuando entran en su habitación. En los

auriculares que hay encima de la cama suena una canción de Tender Wallpaper; Maya reconoce el ritmo pausado de la batería. Hay una lata de refresco de naranja en la mesita de noche, y en el aire flota el humo de un cigarrillo reciente, pero toda la casa huele a tabaco, así que nadie se enterará. Unas luces de Navidad enmarcan la ventana, que está abierta. Maya se queda boquiabierta cuando ve la hora en el despertador: las 23.42. Llega tres horas tarde.

—Vaya, lo siento mucho —dice—. Estaba a punto de salir hacia aquí en bici cuando se presentó Frank en mi casa. Solo tenía pensado quedarse unos minutos, pero nos pusimos a hablar y…

Aubrey se la queda mirando.

—¿Qué has tomado?

—¿Qué? Nada.

Aubrey entrecierra los ojos, se sienta en la cama y para el CD que tiene puesto en el discman.

—¿Qué ha pasado?

Maya se sienta a su lado con las piernas cruzadas. Por la ventana se cuela un viento suave y frío. Su incomodidad se atenúa cuando le habla a Aubrey del beso y de la conversación que lo ha propiciado. Maya llevaba mucho tiempo deseándolo, pero Aubrey parece poco impresionada, desinteresada incluso.

—¿Por eso has llegado tarde? —pregunta—. ¿Porque te estabas enrollando con Frank?

—No, también hemos hablado. Me ha contado más cosas sobre su cabaña.

Aubrey esboza una sonrisita.

—¿La que está construyendo en el jardín de su padre?

—En el jardín no —responde Maya con cierto resentimiento—. Su padre tiene una propiedad cerca del parque natural. La cabaña está en el bosque, y Frank la ha terminado. Me llevará a verla mañana a la una.

—¿Te va a llevar a una cabaña en el bosque? ¿Qué es esto? ¿Una película de terror?

—No dirías eso si lo conocieras.

—¿De verdad?

—Oye, te he dicho que lo sentía, y es cierto. Tendría que haber estado aquí a las nueve.

Aubrey se ablanda, pero tiene una mirada inquisitiva. Maya se pregunta si está celosa. Nunca lo había pensado, pero sus sospechas se acrecientan cuando Aubrey parece perder interés en el tema de Frank y propone que vean una película de terror gore de los años ochenta, en la que un hombre enmascarado se dedica a cazar adolescentes.

La ven en un viejo televisor con reproductor de vídeo incorporado que Aubrey compró en una venta de garaje. La película también la encontró en un mercadillo, y la compró con el dinero que ganó empaquetando en Big Y. Es sangrienta y terrible. Normalmente se pasan todo el metraje haciendo bromas, pero esta noche, después de unas cuantas ocurrencias de Maya, se limitan a verla y, con cada asesinato, la elección de película de Aubrey resulta cada vez más pasivo-agresiva. Está tan callada cuando termina que Maya cree que se ha dormido, así que apaga la tele y se tumba junto a ella en la cama. Ha sido un día caluroso, pero el aire nocturno es frío. Se tapa con la manta y cierra los ojos.

—¿Qué pasará cuando te vayas a la universidad? —pregunta Aubrey.

—¿Eh?

—Contigo y con Frank. ¿Qué pasará cuando te vayas?

—No lo sé —responde Maya—. Puede que lo aplace.

Hasta que las palabras salen de su boca no se da cuenta de que se lo está planteando seriamente, pero, ahora que lo ha dicho, sabe que es cierto.

—¿Estás de coña?

—Mucha gente se toma un año sabático —dice Maya, sorprendida de no haberlo pensado antes.

¿Qué más da si empieza en la universidad el año que viene en lugar de la semana que viene?

—¿Qué coño te pasa? —pregunta Aubrey.

Maya no sabe qué contestar. No le pasa nada. ¿Y quién es Aubrey para criticarla por quedarse? Ella también estará aquí, trabajando en Big Y mientras asiste al Berkshire Community College. Siempre ha dicho que no merece la pena pedir un préstamo para ir a otro sitio, que el centro formativo superior está bien y que es más de lo que ha hecho cualquier otro miembro de su familia.

—Yo pensaba que te alegrarías de que a lo mejor me quede en la ciudad —dice Maya.

—Vaya —responde Aubrey con sarcasmo. Luego hace una pausa y parece que vaya a añadir algo más, pero se limita a decir—: Buenas noches.

Cuando llaman a la puerta, Maya está peinándose delante del espejo tras probarse varias camisetas y decantarse por una de tirantes, de rayas azules y blancas. Aún no es la una y su madre está durmiendo porque ha tenido turno de noche, así que Maya va corriendo a abrir la puerta antes de que Frank vuelva a llamar y la despierte. Llega con unos minutos de antelación. Maya sonríe al abrir, pero no es Frank.

Es Aubrey. Está increíble, y lleva el mismo vestido que se puso la noche que se enrolló con el batería de Screaming Mimis. Maya había visto cómo la miraba toda la noche mientras bailaba cerca del escenario, con el vestido resbalándosele de vez en cuando por los hombros y marcando sus caderas ondulantes. Aubrey también sabía que el batería la estaba observando. De eso se trataba. El vestido es rojo, rojo sangre.

—Hola —dice Aubrey.

¿Cómo se atreve?

Ahora toda la culpa que sentía Maya, toda su lástima, se esfuma como gotas de agua en una sartén caliente. Sale y cierra la puerta para no tener que hablar susurrando.

—Sabes que vendrá a la una.

Aubrey sonríe y se encoge de hombros como si nada.

—Dijiste que querías presentarnos, y aquí estoy.

—Mira, tenemos planes, ¿vale? No puedes…

—No te preocupes, no pienso quedarme. Mi madre ha organizado una de sus reuniones de Avon, así que tenía que salir de casa. Y se me ocurrió venir a conocer a Frank.

Maya menea la cabeza. Está a punto de pedirle que se vaya cuando Frank aparca el coche y se acerca sonriente.

—Hola —dice Aubrey, tendiéndole la mano—. Soy…

—Aubrey.

Frank le estrecha la mano afectuosamente.

—Tú debes de ser Frank. —Habla con ligereza, pero lo mira a los ojos como si intentara ver algo más—. He oído hablar mucho de ti —añade.

—Lo mismo digo. Y solo cosas buenas.

Parece sentirse cómodo, y Maya se pregunta si se equivocó al dar por hecho que prefería pasar tiempo a solas con ella.

Casi se muere cuando los ojos de Frank recorren el cuerpo de Aubrey.

—Bueno —dice Maya con excesiva contundencia—, me alegro de verte, Aubrey. Pero, como te decía, Frank y yo tenemos planes para hoy…

Aubrey se lo queda mirando y espera a que la invite.

Para inmenso alivio de Maya, Frank se mantiene al margen de la conversación. No sonríe del todo, no le hace gracia, pero casi. Y ella se pregunta qué le parecerá todo aquello, la evidente tensión que se respira en el ambiente. El tono que ella ha empleado. Por un momento, está segura de que ha captado toda la situación.

—Vale… Pues ya nos veremos entonces —le dice Aubrey a Maya, y casi parece triste, pero Maya no siente compasión por ella. Nunca se habían hecho daño de esta manera. No así, con esta crueldad.

—Encantada de conocerte, Frank —dice Aubrey—. Y felicidades.

Frank se queda inmóvil.

—¿Felicidades?

—Por la cabaña. Maya me ha dicho que la habías terminado.

El atisbo de diversión desaparece del rostro de Frank, que se vuelve hacia Maya.

—Le has contado lo de la cabaña.

—Le… le dije que la construiste tú mismo. ¿Se suponía que no debía hacerlo?

Frank la fulmina con la mirada. Parece un desconocido.

—Siento haber sacado el tema —tercia Aubrey—. Ya… me voy.

—No pasa nada —dice Frank mientras ella se aleja—. De verdad. Me alegro de que lo sepas, Aubrey. —Una sonrisa chispea en sus ojos y se extiende por su rostro, iluminándolo tan rápido como se había oscurecido—. Tú también puedes venir a verla.

Maya está a punto de gritar «¡No!».

—Pero ya será otro día —dice él—. Lo cierto es que tengo que volver con mi padre. Ha pasado una mañana complicada. Eso venía a decirte, Maya. Tendremos que cancelar lo de hoy. Lo siento.

Maya no se lo cree. Iban a ir a la cabaña, y ella pensaba contarle que estaba planteándose postergar su marcha a la universidad, pero Aubrey ha dado al traste con todo.

—Lo siento —dice ella.

—¿El qué? —Frank le da un abrazo de despedida, pero es rígido, sin alma, aunque su rostro finge que no ha cambiado nada—. Encantado de conocerte —le dice a Aubrey. Luego vuelve a mirarla de arriba abajo, y Maya nota una punzada en el estómago—. ¿Has venido a pie? —pregunta Frank.

Aubrey asiente.

—¿Quieres que te acerque?

Aubrey mira a Maya y después a Frank. Se lo piensa.

—Claro —dice.

Maya se queda sin respiración mientras observa a Frank abrirle la puerta del coche. Aubrey entra y evita el contacto visual con Maya a través del parabrisas.

22

Maya llevaba bebiendo desde las cinco de la tarde, mezclando en una taza de las de té el zumo de naranja y la ginebra barata de la botella de medio litro que había comprado al volver del museo. Cuatro horas después, la botella estaba casi vacía, y se notaba más tranquila, pero no borracha, como habría sido lo normal. En cualquier otro momento ya estaría actuando descuidadamente, pero era como si su cuerpo no se lo permitiera, como si cada una de sus células quisiera permanecer alerta.

El olor a chili impregnaba las paredes. Comino y ajo asados, deliciosa ternera. Era uno de los mejores platos de Brenda, pero Maya no había probado bocado. Entendía que estaba siendo cruel, pero su madre había vuelto a cuestionar su cordura.

No le habría molestado tanto si no hubiera sentido la tentación de sucumbir a los temores de su madre. Si aceptaba que estaba loca, le darían medicamentos que la harían dormir doce horas seguidas. Vertió más ginebra en la taza. Estaba sentada en la oscuridad encima de la cama, con las piernas cruzadas y el teléfono en la mano. Varias horas de indagaciones sobre Ruby Garza no habían aportado nada nuevo. Y, aunque así hubiera sido, aunque Maya hubiera podido relacionar a una tercera mujer muerta con Frank, habría seguido sin saber cómo lo había hecho.

Y, mientras tanto, Dan no le había contestado.

Alguien con el nombre de nina_borealis lo había etiquetado en Instagram. Estaba en una mesa del Silhouette Lounge, bebiendo lo que probablemente era un ron con Coca-Cola, acompañado de Sean, su amigo de la facultad de Derecho, y Ellie, la novia de este. Los tres estaban sentados muy juntos, probablemente con Nina, que habría hecho la foto. Una búsqueda rápida había desvelado que Nina era una hermosa arquitecta filipina aficionada a los viajes.

Maya nunca se había sentido insegura en su relación con Dan, pero él jamás había ignorado sus mensajes. ¿Nina era soltera? ¿Estaría coqueteando?

Maya se recordó que no tenía motivos para desconfiar de Dan, mientras que él sí los tenía todos para desconfiar de ella. Debía de saber que le ocultaba algo, debía de haberlo intuido, y probablemente era la razón por la que no había contestado. A Dan le importaba la verdad. Ser reservada era mucho peor que si le hubiera contado lo del clonazepam, algo por lo que no la habría juzgado de todos modos. La mitad de la gente a la que conocían tomaba medicación para la ansiedad, la depresión u otras cosas. A medida que avanzaba la noche y Dan no respondía, la posibilidad de perderlo empezó a parecerle real.

La idea le provocaba un nudo en el estómago. Cuando se conocieron estaba muy mal, vagando sin rumbo, bebiendo hasta perder el sentido la mayoría de las noches, y fue Dan quien se abrió paso a través de esa niebla. Era su Orfeo, que no miró atrás y la ayudó a regresar a la tierra de los vivos; que convirtió la tierra de los vivos en un lugar en el que Maya quería estar. Dan era la clase de persona que se negaba a comprar salsa de tomate envasada porque la casera era mucho mejor, y disfrutaba preparándola. Cocinaban juntos casi todas las noches desde que Maya se fue a vivir con él. Lo único que quería era estar a su lado troceando hierbas, escuchando música y probándolo todo más de lo que era necesario porque estaba muy bueno.

Ojalá pudiera retroceder hasta una semana antes de ver el vídeo, poner una lista de reguetón y bailar en la cocina mientras se cocinaba a fuego lento una olla de minestrone. A Dan le gustaba bailar casi tanto como a ella.

Ahora se imaginaba cocinando sola.

Ninguno de los pisos que había tenido desde que se fue de casa de su madre le había parecido un hogar porque no había intentado que lo parecieran. Pero vivir con Dan era distinto. Le habría gustado tenerlo a su lado en la cama, pero se alegraba de que no pudiera verla bebiendo ginebra a solas.

En ese momento llegó un mensaje. Era de Steven.

Maya le había preguntado si tenía una foto del último cuadro de Cristina, el que decía que era diferente de sus otras obras. A lo mejor el cuadro ofrecía una mirada a la mente de una mujer que había decidido tatuarse la llave de Frank en el brazo.

Steven había accedido a hacerle una foto cuando volviera a casa, y allí estaba. En efecto, era distinto del que aparecía en la página web de Cristina. *Salinas de Bonneville* llamaba la atención por su peculiar belleza, el extenso vacío de la tierra y el cielo, la luz fría y cristalina. Sin embargo, el cuadro nuevo era cálido.

Representaba la habitación principal de la cabaña de Frank, una estancia diáfana con la cocina a un lado y el salón al otro, con su sofá acolchado, su alfombra peluda y su gran chimenea de piedra. Todo estaba pintado con detalle fotorrealista, excepto el fuego, que tenía algo especial en su resplandor, una luz más acentuada, traspasada de naranja, rosa y dorado, más hermosa que la luz natural. Más hermosa, pensó Maya, que la luz del cuadro de las salinas, y con el efecto opuesto. Aquel cuadro rezumaba algo de lo que carecían sus trabajos anteriores. Satisfacción. Bienestar. La calidez del fuego en la cara. Así debió de sentirse allí.

Al igual que el pueblo neblinoso del libro del padre de Maya, el verdadero hogar de Pixán, la cabaña del cuadro de Cristina parecía a la vez real y mágica.

El doctor Barry habría calificado sus pensamientos de apofenia, la falsa creencia en que varias cosas sin relación alguna están conectadas entre sí. Era el delirio que subyacía en muchas teorías de la conspiración, según le había explicado.

«Si observas algo con suficiente atención, aparecerán patrones».

Pero el doctor Barry siempre hablaba más de lo que escuchaba. ¿Qué sabía él? El cuadro le recordó a la novela de su padre porque él y Cristina estaban describiendo el mismo lugar: el hogar perfecto.

Maya dejó el teléfono boca abajo sobre la cama. El cuadro la inquietaba. Apoyó la cabeza sobre las manos. Había un motivo por el que llevaba años sin tener en sus manos el libro de su padre, una razón por la que raras veces pensaba en él y no se lo había mencionado a Dan, pero nunca se había expresado esa razón a sí misma. En lugar de eso, tomaba pastillas y bebía demasiado para olvidar. Descubrió que la única manera de vivir con lo sucedido era actuar como si no hubiera pasado, pero aquello requería esfuerzo: tenía que evitar a conciencia cualquier cosa que le recordara la muerte de Aubrey.

Y eso incluía el libro de su padre. No había sido una decisión consciente, sino una de las muchas creencias subyacentes que guiaban su comportamiento. El libro era demasiado perturbador. Al marcharse a la universidad lo había dejado en casa, guardado en su sobre de papel manila en un rincón de la estantería. Pero ahora que hacía años que no pensaba en él y que habían transcurrido muchos días desde el último clonazepam, era evidente que la historia de su padre le recordaba demasiado la mentira que se había estado contando a sí misma.

Se había dado cuenta más o menos un año después de la muerte de Aubrey. Llevaba unos días en casa, muy medicada e intentando seguir adelante con su vida, cuando decidió coger el libro de la estantería. En cuanto empezó a leer su traducción manuscrita, la invadió el pánico. Sintió que se ahogaba. Y algo le decía que, si seguía adelante, si volvía a visitar aquella historia con significado oculto, desentrañaría verdades que no podría soportar.

Así que lo había devuelto a la estantería.

Pero el cuadro de Cristina se lo había recordado. Al igual que el libro de su padre, estaba segura de que contenía la llave del secreto de Frank.

Y la llave conducía a una puerta dentro de su cabeza. Cuanto más buscaba a Frank, cuanto más interrogaba a la gente, más obvio era que jamás encontraría la respuesta fuera de sí misma. Estaba encerrada en su interior, oculta en aquellas horas en que había perdido la noción del tiempo. El doctor Barry habría dicho que se hallaba al borde mismo de la psicosis, pero, por primera vez desde que vio el vídeo, Maya tuvo la sensación de estar llegando a algún sitio. Se levantó de la cama y fue a la estantería a coger el viejo sobre, pero no estaba allí.

Recordó que aquella ya no era su habitación. Debió de olvidarlo en la oscuridad. Encendió las luces y se dio cuenta de que no tenía ni idea de dónde estaba el libro. Buscó en el armario, en el escritorio y en los cajones vacíos de su antigua mesita de noche. Antes se había quitado la ropa porque estaba sudada, pero volvió a enfundarse las mallas húmedas y la camiseta de manga larga. Revisó todas las estanterías del salón. Sabía que Brenda no se habría deshecho del libro de su padre.

A menos… que lo hubiera donado accidentalmente a Goodwill…

Brenda le había pedido que pasara por casa a llevarse lo que quisiera antes de ofrecer su antigua habitación en alquiler por Airbnb, pero Maya no había ido. Lo había pospuesto durante semanas, después meses. Un día su madre anunció que lo llevaría todo a Goodwill. Y a Maya, tan alegremente medicada en aquel momento, no le importó.

—No —susurró—. No, no, no...

Recordó la cara de su abuelo cuando le regaló el libro. La preciosa tinta. Las palabras de su padre. Caminó de un lado a otro varias veces, pasándose las manos por el pelo.

Luego pensó en el sótano. A lo mejor su madre se había tirado un farol con lo de Goodwill; a lo mejor solo quería que su hija volviera a casa. Maya bajó las escaleras a toda prisa, procurando no hacer ruido para no despertar a Brenda.

El sótano le daba miedo de niña. Hacía más frío que en el resto de la casa, y había humedad. Era una habitación larga que se iba oscureciendo a medida que se avanzaba hacia la pared del fondo. Primero estaban la lavadora, la secadora y una cómoda que hacía las veces de mesa para doblar la ropa. Luego una estantería con utensilios de cocina y restos de proyectos de bricolaje. Un frasco con canicas. Botes de pintura y una máquina de helados. Más allá, cajas de libros, pero no el que ella buscaba. Siguió adentrándose en el sótano. Hurgó en los cubos de ropa. «Por favor, que esté aquí. Por favor, que esté aquí». Gateando, abrió una caja y encontró un juego de té cubierto de polvo. Otra caja contenía juegos de cuando era niña. Estaba todo allí; su madre lo había guardado. Maya sintió en el pecho una oleada de gratitud. Encontró el libro de su padre en una caja con otros relatos que le encantaban, los de su vieja estantería.

Lo llevó arriba y empezó a leer.

23

Olvidé que era hijo de reyes.

Ese era el título del libro de su padre. Maya lo había escrito en inglés en la primera página del cuaderno jaspeado que contenía su traducción. El cuaderno estaba metido en el sobre de papel manila junto con las cuarenta y siete páginas.

Se alegraba de haberlas traducido, porque no se veía con ánimo de leer en español en aquel momento. A los diecisiete años, traducirlo le había supuesto un gran esfuerzo; difícil al principio y no tanto a medida que le cogía el truco, o tal vez estaba tan inmersa en la historia que se desarrollaba entre sus manos que las horas parecían minutos. Trabajó en la biblioteca a diario durante casi dos semanas, y estaba traduciendo la última página el día que conoció a Frank.

Había sido meticulosa, buscando pistas de hacia dónde se dirigía la trama. En aquel momento era el mayor misterio de su vida, y seguía siéndolo. Sostener el cuaderno en sus manos reavivó las viejas preguntas. ¿Recuerda Héctor que en realidad es Pixán? ¿Recibe Pixán su herencia? ¿Regresa a su hogar algún día? ¿Se reúne con sus padres?

Olvidé que era hijo de reyes.

Algo encajó al releer el título.

¡El título!

Tal vez había sido necesario alejarse del libro durante siete años para ver la pista más obvia, la que aparecía en la primera página. Se había concentrado tanto en la historia, en la trama incompleta y en lo que significaba, que había olvidado la poesía del título. Su tía le había dicho que era un verso de un poema muy antiguo que a Jairo le encantaba. ¿Por qué no se le había ocurrido antes? A su padre le encantaba la poesía, así que el poema que citaba seguramente le daría alguna pista sobre el argumento de la novela. Qué significaba. Qué intentaba decir.

Su cama se había convertido en un nido, con mantas, almohadas y páginas amontonadas por todas partes. Buscó el teléfono, y lo encontró embutido entre el cabecero y el colchón. Después tecleó el título entrecomillado en la barra de búsqueda.

El poema apareció de inmediato, y tenía página de Wikipedia propia. Y resultó que no era exactamente un poema, al menos no como Maya lo entendía, sino un himno. «El himno de la perla». Carolina no bromeaba cuando dijo que era antiguo. Era ancestral, de autor desconocido. Según Wikipedia, aparecía en los *Hechos de Tomás*, unos textos apócrifos que, por lo visto, guardaban relación con la Biblia.

Leyó que los *Hechos de Tomás* databan del siglo III, pero resultaba que el himno era aún más antiguo. Aparecía en los *Hechos*, cantado por Tomás, supuestamente el personaje principal, mientras cumplía condena en prisión. El himno contaba una historia que ya existía al menos dos siglos antes de que se escribieran los *Hechos*, una historia dentro de otra historia. Nadie conocía su origen, aunque contenía vestigios de leyendas antiguas.

Maya se preguntaba de dónde habría sacado su padre ese himno tan antiguo y qué relación, de haberla, tenía con la novela que había empezado a escribir. Se desplazó hasta los extractos del texto y leyó:

Cuando era niño
vivía en mi reino en la casa de mi padre,
y en la opulencia y abundancia
de mis educadores me solazaba.
Entonces mis padres hicieron preparativos
y me enviaron desde el Oriente, nuestra patria.
[…]
Hicieron conmigo un pacto y
lo escribieron en mi corazón
para que no lo olvidara:
«Si desciendes a Egipto
y logras traer la perla única,
la que está en el fondo del mar,
rodeada por la serpiente sibilante,
vestirás de nuevo tu gloriosa túnica
y, sobre ella, la toga,
y con tu hermano, el segundo en poder,
serás el heredero de nuestro reino».
[…]
Fui directo a la serpiente,
y acampé cerca de su morada,
esperando que el sueño la venciera
y así arrebatarle mi perla
mientras dormía.
Estaba absolutamente solo,
era un extraño para aquellos
con quienes compartía morada.
[…]
De una manera u otra,
se dieron cuenta de que era forastero

y, con engaños,
me hicieron comer de sus alimentos.
Olvidé que era hijo de reyes,
y serví a su rey.
Olvidé la perla
por la que mis padres me habían enviado,
y me pesaron tanto sus exhortaciones
que caí en un profundo sueño.

Maya dejó el teléfono, cogió el cuaderno y leyó las palabras tan cuidadosamente traducidas al inglés siete años atrás con su letra voluminosa. Leyó boquiabierta la historia que nunca había olvidado y empezó a ver los paralelismos: sin duda, Pixán era el «niño» del himno. Y la «perla» era la herencia que sus padres lo habían enviado a recoger, mientras que la «serpiente sibilante» era el marido difícil que rehusaba entregarla. Y, de ese modo, Maya comprendió lo que estaba haciendo su padre. No era tan distinto de lo que había hecho Tomás, o quienquiera que escribiese los *Hechos*, cuando incluyó el himno ancestral en su libro.

Sin embargo, mientras que Tomás dejaba claro que estaba recitando un himno, su padre había optado por ocultarlo en la trama. Había tratado la vieja historia como una reliquia de familia y la había traído al presente, retardando el ritmo de la acción y coloreándola con momentos de la vida de un niño criado en Ciudad de Guatemala. Lo había entretejido como un secreto. Había alargado el himno de modo que, de haber vivido para terminarla, su novela habría sido una extensa oración. Maya soltó una súbita carcajada. Se tapó la boca con la mano y se le anegaron los ojos de lágrimas. Había resuelto el misterio, o al menos uno de ellos (aunque intuía que, si observaba con más detenimiento, incluso ese misterio sería un símbolo de otro aún más profundo, una verdad oculta bajo la superficie). Buscó el «Himno de la perla» completo y lo leyó de principio a fin en el teléfono. A medida que leía, se revelaban los contornos de la historia de su padre, y por fin comprendió cómo acababa.

24

Maya no quiere hablar con Aubrey, pero necesita saber qué pasó ayer cuando Frank la llevó a casa. Un trayecto de cinco minutos, tiempo suficiente para que hablaran, rieran y coquetearan. Maya nunca ha desconfiado de Aubrey, pero ha visto los ojos de Frank recorriendo su cuerpo. Ese vestido de mierda. Fue solo una mirada, menos de un segundo, pero se ha extendido hasta llenar horas de su vida.

Maya casi no ha pensado en otra cosa desde entonces. Ni mientras cenaba anoche con su madre, ni mientras veía la tele, ni mientras intentaba dormir. Hace dos semanas no habría creído que pudiera estar tan alterada por un chico en el que no se había fijado en la biblioteca.

Nunca habría imaginado que alguien podría interponerse entre ella y Aubrey. ¿A quién tienen si no es la una a la otra? Maya al menos tiene a su madre, pero Aubrey no se lleva bien con la suya desde hace años y no soporta estar en la misma habitación que su padrastro. Podría salir con chicos que probablemente harían lo que ella quisiera, pero solo tiene una amiga íntima, una persona que la conoce a la perfección. Es absurdo que quiera echar a Maya de su vida.

Y, sin embargo, cuanto más piensa en ello... ¿Acaso Aubrey no lleva semanas dando señales de lo que ocurriría? Maya piensa en la frialdad que ha detectado, en la ira mal disimulada de Aubrey cuando llegó tres horas tarde a su casa, en la bufanda que estaba tejiendo para alguien cuya identidad se negaba a desvelar, en el hecho mismo de que la tejiera. Hasta ahora, Maya estaba segura de saberlo todo acerca de su amiga, pero es obvio que se equivocaba.

Aubrey no le ha devuelto la llamada y ya ha pasado un día entero, lo cual podría significar varias cosas, y Maya ha pensado en todas ellas. Aubrey podría estar ocupada o enfadada, o tal vez no haya visto la llamada.

O quizá la evita... porque ocurrió algo en el trayecto en coche. La idea le resulta tan extraña y paranoica que podría ser de otra persona, pero va cobrando intensidad. ¿Y si Aubrey y Frank decidieron pasar un rato juntos después de llevarla a casa? ¿Y si Aubrey lo invitó a entrar?

Que Maya no haya podido contactar con Frank tampoco ayuda. Ha llamado al número que le dio hace tiempo, pero no contestó nadie, lo cual no es de extrañar. Al parecer, es el fijo de la casa de su padre, donde este vive sus últimos días. Frank dijo también que solía estar desconectado y que el padre no tiene móvil.

Por lo visto, es bastante difícil contactar con Frank. Maya no se ha dado cuenta hasta ahora, ya que nunca ha tenido que buscarlo. Frank siempre ha acudido a ella o la ha llamado desde la biblioteca o desde casa de su padre para hacer planes, o simplemente se ha presentado en su puerta. Pero no lo ha visto desde que se marchó con Aubrey, y no tiene sentido. Hace solo dos noches que se besaron, que se dijeron el uno al otro qué sentían. Aubrey lo ha estropeado todo.

Maya va camino de la biblioteca; recorre First Street y pasa por delante de otra iglesia. Llegará justo cuando Frank salga del trabajo. Sabe que presentarse allí puede parecer desesperado, pero

¿de qué otra forma puede hablar con él? Aún no entiende por qué le molestó tanto que le contara a Aubrey lo de la cabaña. Sin embargo, sea cual sea el motivo, Maya quiere arreglar las cosas.

Al fin y al cabo, ya ha solicitado a la Universidad de Boston la documentación para el aplazamiento. Su madre no lo sabe, por supuesto, y no se lo dirá hasta que esté todo hecho.

Camina con premura. El sol está bajo, pero la humedad mantiene el calor y nota el sudor en la nuca. Sabe que probablemente está exagerando las cosas. Seguramente Frank ha estado ocupado y Aubrey está comportándose como una imbécil y una desconsiderada. Probablemente no haya nada de qué preocuparse y, sin embargo, no puede dejar de pensar en la imagen de ambos alejándose en el coche.

Ese debe de ser el motivo por el que ahora cree verlos sentados dentro del Dunkin' Donuts, junto a la ventana. Lleva todo el día obsesionada con ellos y probablemente ha proyectado sus rostros en dos extraños. Ralentiza el paso.

¿Es posible que sean ellos dos charlando mientras toman un café con hielo? Maya solo alcanza a ver la espalda de la chica, pero reconoce el cabello oscuro y los hombros pálidos.

No cabe duda de que son Aubrey y Frank.

Él está dibujando la misma sonrisa que enamoró a Maya, cálida pero pícara y extrañamente íntima.

Maya se nota el corazón en la garganta mientras se dirige a la entrada. Lo sabía; tenía razón. Si Frank la ha visto acercarse a las puertas de cristal del Dunkin' Donuts, no reacciona.

Aubrey no la ve hasta que está a solo unos metros. Separa los labios y abre los ojos como platos.

Solo entonces, Frank parece darse cuenta de lo que está sucediendo y, al igual que Aubrey, se muestra sorprendido, pero no parece sentirse culpable.

—¡Ey! —dice.

Aubrey tiene la tez pálida.

Frank se levanta del asiento de plástico para saludar a Maya. Sonríe y se acerca a darle un abrazo, pero ella no se lo permite.

Da un paso atrás, evitando todo contacto, lo cual sorprende a Frank. Parece dolido. Intenta mirarla a los ojos, pero ella se vuelve hacia su supuesta mejor amiga.

—Solo he ido a buscar un libro —dice Aubrey—. Me lo recomendó ayer y me dijo que fuera a recogerlo.

Sostiene el libro en alto, una edición de tapa dura en cuya portada se aprecia un daguerrotipo de lo que parece un mago con frac negro.

—Así es —interviene Frank—. Le hablé de un libro que pensé que le gustaría y se lo he prestado. Trabajo en una biblioteca. Me dedico a eso. Y, como ya salía, hemos venido a tomar un café.

—No pasa nada —replica Maya, pero sus palabras suenan amargas y Aubrey aparta la mirada.

El Dunkin' Donuts está tranquilo. Los únicos clientes son una enfermera que ha ido a recoger un voluminoso pedido y un anciano que dormita en una mesa situada junto a la puerta.

Frank suspira.

—Lo siento si te ha molestado, Maya. Solo intentaba ser amable con tu amiga.

—No estoy molesta —dice ella, pero su voz es demasiado estridente y su postura demasiado rígida.

Aubrey se queda mirando la mesa. Nadie habla y Maya se pregunta si no habrá reaccionado desproporcionadamente.

¿Está siendo poco razonable?

Cuando Frank habla de nuevo, parece cansado. Decepcionado.

—Sabes que apenas conozco a nadie en Pittsfield —le dice a Maya—. Paso todo el tiempo contigo o con mi padre: un hombre que se está muriendo y una chica que se va de la ciudad. ¿Preferirías que no hiciese amigos?

Frank señala a Aubrey, que sigue con cara de querer desaparecer.

—Claro que no —responde Maya. ¿Es posible que la mala aquí sea ella?—. Pero… ¿mi mejor amiga?

—A los dos nos gusta la magia —dice él—. Ilusiones, mentalismo, ese tipo de cosas. Está bien tener a alguien con quien hablar del tema.

Sus ojos se desvían hacia Aubrey en busca de confirmación, pero ella no aparta la mirada del suelo.

Maya tiene la sensación de que debería disculparse, pero ni lo hace ni lo hará.

—En fin —dice Frank—. Tengo que pasar a buscar a mi padre por el grupo de apoyo. Nos vemos, Maya. —Después, a Aubrey—: Espero que te guste el libro.

Se lleva el café, que deja un círculo de agua sobre la mesa.

A Maya le arde la cara cuando Frank se aleja. En cuanto desaparece, se vuelve hacia Aubrey.

—Lo has hecho adrede.

Aubrey niega con la cabeza, y en su expresión se adivina cierto bochorno.

—Sé lo que parece —responde—, pero entre Frank y yo no hay nada.

—¿De quién fue la idea de venir aquí?

—Suya. Totalmente suya.

Maya se estremece, pero intenta que no se le note.

—Ayer, nada más montarme en su coche, empezó a hacerme preguntas sobre mí —asegura Aubrey—. Y en cuanto le conté que me gustaba la magia, me dijo que tenía que leer un libro. —Dirige los ojos al libro, cuya encuadernación está peligrosamente cerca del charco que ha formado la taza de Frank—. Dijo que fuera a recogerlo en la biblioteca a las siete.

—Ya, pero eso no significa que tuvieras que hacerlo.

—Me picaba la curiosidad. Pensé que solo iba a recoger un libro. Sé lo que ha dicho Frank hace un momento, como si me hubiera pasado por allí de casualidad cuando salía del trabajo, pero te está engañando, Maya. Lo preparó todo. El libro de la biblioteca era solo una excusa para volver a verme.

Maya aprieta la mandíbula y se da cuenta de que a Aubrey no le gusta contarle todo aquello. No lo dice para hacerle daño, y esa expresión —la que Maya había confundido con remordimiento— en realidad es de lástima. Aubrey se siente mal por ella, lo cual es mucho peor. A lo largo de los años han tenido sus discrepancias, pero hasta ahora ninguna había herido realmente a la otra.

—Venga, va —le espeta Maya—. Te presentaste en mi casa, a ver cómo lo digo, toda mona cuando sabías que estaría allí.

Aubrey no intenta defenderse.

—Quería saber cómo era —responde—. Estás muy rara desde que lo conociste, y ahora entiendo por qué. Es un tipo raro, Maya. Es controlador. Y, si tuviera que adivinar, diría que fue él quien te propuso que aplazaras la universidad.

Maya no contesta. ¿Por qué iba a hacerlo? Tiene claro que el aplazamiento fue idea suya. No sabe si Aubrey está disfrutando con la situación, si le gusta demostrarle lo fácil que ha sido despertar el interés de Frank.

—Oye —dice Aubrey—, la mala aquí no soy yo. No intento robarte a tu novio.

—¿Por qué no? ¿Acaso Frank no es mejor que cualquier pueblerino cutre con el que acabarás?

Aubrey se levanta, coge el libro y mira su Dunkaccino con hielo. La taza está casi llena, pero la bebida se ha derretido. La mira fijamente unos instantes y luego menea la cabeza y la tira. Al salir por la puerta, le dice a Maya:

—No lo entiendes, ¿verdad?

25

El amanecer entró por la ventana con la furia de un león. Brenda se había ido a trabajar a las cuatro y media, así que no había nadie a quien pudiera despertar, y Maya se puso a caminar arriba y abajo por el pasillo al que daba su antigua habitación, vestida con una camiseta y un pantalón de chándal morado que había encontrado en el sótano. Moverse la ayudaba a pensar. Ahora entendía la historia de su padre, pero no lo que significaba en relación con Frank. ¿Había olvidado algo importante, igual que Pixán?

¿O era otra cosa, algo más obvio?

Recordarse con diecisiete años casi le resultaba doloroso. Se había pasado los días sentada a solas en la biblioteca, tan absorta en el misterio del libro de su padre —traduciéndolo, tomando notas, pasando cuidadosamente sus páginas quebradizas— que no había reparado en el espeluznante bibliotecario que debía de estar observándola desde el mostrador.

Mientras ella leía el libro, Frank la estaba leyendo a ella. Debió de ser fácil. Cualquiera podía ver que aquellas páginas eran importantes para ella. Obviamente, Frank las había utilizado para conocerla. Como empleado de la biblioteca, también debía de tener acceso a su historial de préstamos y vio que le interesaba

Guatemala. El Frank al que conoció pudo haberse inventado fácilmente la historia de cuando ascendió por una pirámide maya al alba. Ahora dudaba que nada de eso hubiera ocurrido, o incluso que hubiera estado alguna vez en Guatemala. Debió de imaginar que la impresionaría contándole aquello, y estaba en lo cierto.

Pero no se había detenido ahí. Cuando se enteró de que el libro lo había escrito su difunto padre, el interés de Frank aumentó. Maya se preguntaba si en parte la había elegido por eso. Al igual que Cristina, distanciada de sus padres, Maya tenía un vacío en su vida, y Frank lo había interpretado como una oportunidad.

Quería ocupar un lugar en su vida, ser la persona más importante para ella, y lo quería inmediatamente. Si no estaba disponible cuando él quisiera —por ejemplo, si tenía planes con Aubrey—, la haría llegar tarde, la castigaría de alguna manera.

La primera vez que le pidió que le hablara de su padre fue un día caluroso y apacible, y estaban sentados en la hierba de la plaza pública mientras tomaban un granizado de cereza.

—¿Qué quieres saber? —le había preguntado ella.

—Su historia.

Y él debía de saber que lo único que tenía Maya eran historias.

La que compartió con él era su favorita, una que le contaba su madre a menudo antes de acostarse, cuando era pequeña, y, como tantas otras historias hilvanadas de ese modo, de padres a hijos, con los años había adquirido la cualidad de cuento de hadas, pulida a lo largo de innumerables narraciones. Algunos detalles se disipaban, mientras que otros se exageraban, pero su esencia era siempre la misma.

Según la historia, la madre de Maya apenas sabía nada de Guatemala antes de ir allí, y en parte fue lo que la atrajo. Tenía veintidós años y nunca había salido de Estados Unidos. Sus tres hermanos se habían trasladado a otros estados y la habían dejado sola cuidando de sus padres, que seguían llorando la muerte de su hija mayor. Una parte de Brenda siempre había sabido que nunca abandonaría Pittsfield y, quizá por eso, otra parte de ella menos obediente estaba desesperada por marcharse. Y Guatemala le parecía el lugar más alejado de Pittsfield que pudiera existir.

El viaje lo había organizado un grupo afiliado a la iglesia del que se desvinculó en cuanto fue una opción viable. No es que no fuera una persona espiritual; es que no compraba lo que la iglesia le vendía. No fue a Guatemala a predicar el mensaje de Cristo, sino a ver qué podía aprender, a ver si la experiencia podía cambiarla. Fue, en otras palabras, a hacer exactamente lo opuesto al trabajo misionero, lo cual era típico de Brenda. A su manera, siempre había sido una rebelde.

Supuestamente, Brenda debía pasar un mes allí. Se alojó con una familia de Ciudad de Guatemala, una pareja de mediana edad con dos hijos: una hija que se había ido ya del hogar y un hijo que estudiaba en la universidad y vivía en casa.

La pareja de mediana edad eran los abuelos de Maya.

El hijo era Jairo.

Brenda se sintió cohibida por él desde el principio. A él le ocurría lo mismo, por lo que apenas hablaron durante la primera semana que pasó allí, aunque a menudo estaban juntos en el salón. Se fueron conociendo poco a poco, con miradas robadas, un español chapurreado y silencios cada vez más cómodos. Pronto se hizo evidente que sentían algo el uno por el otro, pero no parecía que fuese a llevar a ninguna parte. Provenían de mundos distintos y nunca se quedaban solos.

Una noche, Brenda se despertó al oír un ruido extraño al otro lado de la ventana. Un picoteo rápido, como de pájaro carpintero, seguido de momentos de silencio; aunque había algo poco natural en él, como si fuera mecánico. Era lo bastante fuerte como para despertarla, pero no tanto como para impedirle dormir. Aunque sentía curiosidad, no tardó en volver a conciliar el sueño.

Se olvidó del tema hasta la noche siguiente, cuando volvió a suceder. Esta vez, Brenda se levantó de la cama y fue a la ventana. Asomó la cabeza —no había mosquiteras— y escuchó. El sonido venía de la azotea. Miró hacia arriba, pero no vio nada, así que volvió a la cama y se durmió escuchando el sonido. Soñó con un pájaro mecánico de plumas de cobre y engranajes en lugar de corazón. En el sueño, el pájaro picoteaba una rama, intentando decirle algo en su extraño código sincopado. Unas bisagras chirriaron cuando extendió las alas para echar a volar.

Por la mañana intentó explicar el sonido a sus anfitriones, pero su español era rudimentario y nadie pudo ayudarla. La tercera noche, en cuanto oyó el picoteo, Brenda salió de puntillas y subió las escaleras herrumbrosas que llevaban a la azotea.

Allí arriba el aire era distinto, más libre que al nivel del suelo, donde una pared de bloques de hormigón rodeaba la casa por todos los flancos. Brenda miró en derredor asustada, pues no tenía ni idea de lo que se encontraría, pero el miedo desapareció al ver que era él.

Jairo estaba sentado en el borde de la azotea, de espaldas a ella y con las piernas colgando. Tenía algo en el regazo: el origen del sonido. Cuando Brenda se acercó, vio que lo que emitía aquel ruido no era un pájaro mecánico, sino una vieja máquina de escribir. Los dedos de Jairo volaban sobre las teclas.

Jairo esperaba a que todos durmieran para llevarse la máquina de escribir a la azotea, donde el ruido no despertaría a nadie. O eso creía.

Se disculpó con Brenda, pero a ella no le importaba. Se quedó hablando con él hasta que se apagaron las estrellas y salió el sol. Y, a partir de entonces, lo acompañaba varias noches por semana allí arriba. Así fue como se enamoraron, en la azotea de una casa de Ciudad de Guatemala con vistas a un muro cubierto de alambre de espino. Hablaban de todo, y la gente felicitaba a Brenda por lo mucho que había mejorado su español.

Nadie sabía lo que había entre ellos, pero tenían pensado anunciárselo pronto a la familia de Jairo. Querían estar juntos, y se habrían prometido si Jairo no hubiera muerto tres semanas después de que Brenda lo encontrara escribiendo en el tejado.

Brenda no sabía que estaba embarazada cuando hizo las maletas y se despidió de sus anfitriones entre lágrimas. Lo descubrió tres semanas después, cuando empezó a vomitar cada mañana.

Siempre había querido tener hijos, pero aquello no era lo que había imaginado. Sabía que sería difícil criar a un niño ella sola, por no hablar de que sus padres católicos tardarían años en perdonarla, pero nunca dudó en tenerlo. La historia culminaba con lo que su madre describía como el día más feliz de su vida: el del nacimiento de Maya.

«Ahora entiendo por qué ese libro es tan importante para ti», le había dicho Frank.

Maya pensó en aquel entonces que a Frank se le daba bien escuchar. Pero no era eso, era que sabía el valor que tienen las historias de las personas, las que nos dicen quiénes somos y de dónde venimos. Nuestros mitos personales de creación, aquellos por los que soplamos velas cada año. Maya bien podría haberle entregado a Frank la llave de su cabeza y de su corazón el día que le contó la historia de su difunto padre.

Cayó en la cuenta de ello esa mañana de luz clara, cuando hizo un descanso de tanto andar por la casa para beber agua en el fregadero de la cocina. Se dijo que tenía que concentrarse. Había esperado que la lectura del libro avivara algo, algún recuerdo, y así fue, pero era tenue. Dejó el vaso, cerró los ojos y se presionó las cuencas con las palmas de las manos. Podía evocar el olor de un fuego acogedor y el sonido de un arroyo, pero cuando intentó recordar lo que había visto aquella noche —lo que había sucedido después de salir en busca de la cabaña—, la única imagen que le vino a la mente fue la llave de Frank.

26

«No lo entiendes, ¿verdad?».

Las palabras de Aubrey retumban en la cabeza de Maya mientras vuelve a casa. Va tan distraída que casi la atropella un coche que sale de una gasolinera. El conductor toca el claxon. El aire huele a gasolina. Su plan era arreglar las cosas con Frank, pero había ocurrido justo lo contrario. Se marchó enfadado del Dunkin' Donuts, cuando fue él quien hizo lo posible por volver a ver a Aubrey.

¿Por qué?

Su madre levanta la vista cuando entra por la puerta. Está en el sofá, con los pies sobre la mesita, pintándose las uñas de amarillo. En la televisión dan un documental de naturaleza.

—¿Qué te pasa? —pregunta.

—Nada.

Maya no quiere volver a oír que Frank dejará de importarle cuando llegue a la universidad, así que va a su habitación.

Su madre llama suavemente a la puerta.

—Ey —dice asomando la cabeza—. ¿Es por Frank?

Maya rompe a llorar. Nunca se le ha dado bien guardarse las cosas, y le cuenta a su madre que ha pillado a Aubrey con Frank en el Dunkin' Donuts.

—¿Estás hablando de Aubrey? —dice su madre—. ¿Desde cuándo os peleáis por un chico?

Esas palabras duelen porque Maya sabe que son ciertas.

—¿Cuánto hace que lo conoces? ¿Dos semanas?

—¿Y? —pregunta Maya, aunque sabe que su madre tiene razón—. ¿Y qué?

—¿Es posible que te guste demasiado? ¿Cuándo fue la última vez que miraste el libro de tu padre?

No tiene argumentos para rebatir, así que no dice nada, y su madre se da por vencida y vuelve al salón con su documental de naturaleza.

Maya cree que es bueno que no sepa nada del posible aplazamiento de la universidad, porque no le gustaría que Brenda compartiera su terrible incertidumbre sobre el futuro. Nunca ha sido de esas adolescentes que no ven la hora de alejarse de su familia. Tal vez sea porque la suya parece muy pequeña: su madre discute a menudo con sus padres, que siempre encuentran motivos para sentirse decepcionados con ella, incluso después de haberla perdonado por tener a Maya. Siempre han sido ella y su madre contra el mundo. Estas últimas noches que está pasando en casa habrían sido emotivas en cualquier circunstancia, pero, en lugar de intentar disfrutar del tiempo que pasa cocinando y cenando con su madre, Maya no hace más que pensar en Frank. Apenas saborea la albahaca fresca en el salteado de berenjenas o la leche de coco en el arroz.

En cambio, reproduce una y otra vez la sonrisa que Frank le estaba dedicando a Aubrey, como si fuera el cómplice que espera en el coche para salir corriendo juntos durante un robo romántico. Maya creía que aquella sonrisa era solo para ella; ahora ya no sabe qué pensar. Hace dos noches, Frank se mostró muy vulnerable al contarle cosas dolorosas sobre su infancia, y parecía sincero cuando le confesó los sentimientos que tenía hacia ella. «Paso todo este tiempo contigo porque no hay nadie con quien me guste estar más». Había memorizado las palabras en cuanto salieron de los labios de Frank. Pero ¿lo decía en serio?

«No lo entiendes, ¿verdad?», le había dicho Aubrey, y estaba en lo cierto. Maya no tiene ni idea. Sin embargo, después de meditarlo mientras su madre y ella cenan en el jardín al anochecer, llega a la conclusión de que necesita una respuesta. Porque si Frank cree que puede besarla y luego rechazarla por su amiga (más guapa que ella), tendrá que decírselo a la cara. Maya no se irá de la ciudad sin saberlo. Si la biblioteca estuviera abierta mañana, esperaría hasta entonces, pero, como está cerrada, tendrá que ir a casa de Frank y preguntarle.

Sabe más o menos dónde está (al borde del bosque), y probablemente encuentre la dirección exacta en la guía telefónica. El único problema es cómo llegar. Está demasiado lejos para ir en bici y tendrá que utilizar el coche de su madre. Pero ¿se lo prestará, conociendo sus planes?

—¿Has notado eso? —pregunta su madre.

—¿Notar qué?

Una gota de lluvia en la mejilla. Maya mira al cielo, que está un poco nublado.

—¿Entramos?

Deciden esperar. No caen más gotas. Han sacado una mesa plegable y una jarra con zumo de lima y vasos.

—Creo que no hará falta —responde su madre.

A Maya se le ocurre una idea.

—Oye, ¿puedo llevarte al trabajo esta noche y me prestas el coche?

Su madre la mira.

—Como parece que va a llover… —dice Maya—. Estaba pensando en ir a casa de Aubrey.

—Claro —dice su madre sin sospechar nada.

En ese momento, a Maya le cae otra gota en el hombro, y nota que se está ruborizando.

El tiempo se mantiene estable cuando Maya deja atrás el lago Onota, donde las casas están más separadas y los árboles más juntos. Apenas hay luces en estas carreteras estrechas. Encontró la dirección del padre de Frank en la guía telefónica y la cotejó con el número que le dio Frank, el teléfono fijo que nadie coge.

Casi se salta el desvío hacia Cascade Street, que discurre por la linde del parque natural y parece más un camino asfaltado que una calle. Los árboles que se elevan a ambos lados son frondosos. Maya está nerviosa. Frank nunca le ha dicho qué le pasa a su padre. Ha utilizado palabras como «maligno» y «terminal», pero nunca ha verbalizado el nombre de la enfermedad, y ella nunca lo ha presionado para que lo haga. Porque ¿quién es ella para obligarlo a hablar de algo doloroso?

Ahora desearía saber más sobre lo que le espera. Aquí, en esta carretera oscura y boscosa, se siente menos envalentonada que en casa. Vuelve a pensar en los problemas a los que hizo alusión Frank, en las discusiones que lo llevaron al bosque cuando era niño. Hay muchas cosas que Maya desconoce, muchas cosas de las que Frank apenas ha hablado.

Se está planteando dar media vuelta cuando a su derecha aparece el buzón de correos y ve el número. No se divisa la casa desde la carretera, pues se encuentra al final de un largo camino de acceso. Quien decide vivir en un lugar como este debe de valorar su privacidad, y presentarse de este modo podría interpretarse como una intrusión.

Y, sin embargo, ya está aquí, y Frank siempre se ha tomado la libertad de aparecer por su casa sin previo aviso.

Se dice que llamará suavemente a la puerta para no despertar al padre de Frank en caso de que esté durmiendo. Si no responde nadie, dará media vuelta y se irá.

La casa es más grande e impresionante de lo que esperaba. La ropa desgastada de Frank y su trabajo a tiempo parcial en una biblioteca le parecieron la prueba de que él, y por extensión su padre, no eran ricos. Pero ahora ve que viven en una casa colonial majestuosa, con ventanas altas y tejado con gablete. El coche de Frank está aparcado delante, y todas las luces de la planta baja están encendidas.

Maya aparca a un lado del camino y se guarda el móvil en el bolsillo trasero antes de bajar del coche. Ahora que está aquí, no puede creerse lo que está haciendo. Aunque han discutido, le gustaría que Aubrey la hubiera acompañado.

La hierba alta le roza las pantorrillas al cruzar el césped. Hace tiempo que nadie lo corta. Oye grillos y el viento entre las hojas. Hay luna llena, pero las nubes la tapan casi por completo, y el aire es pesado. Respira hondo antes de llamar a la puerta.

Al instante se oyen pasos que acuden presurosos, y entonces se detienen. «Por favor, que sea Frank. Por favor, que sea Frank».

Abre la puerta su padre, una versión de más edad, achaparrada y pálida de Frank. Tiene el cabello gris y una barriga pronunciada, pero la misma barbilla pequeña y los mismos labios delgados. Entrecierra los ojos intentando ubicarla, aunque sin éxito.

—¿Quién eres?

—Hola, soy Maya. Quería saber si…

—¿Qué haces aquí?

El hombre habla en voz baja, pero con apremio.

—Estoy buscando a Frank.

—¿A Frank? —pregunta él, desconcertado—. ¿Estás aquí por Frank?

—Sí, pero… Si es mal momento…

No entiende qué le ocurre. Está inquieto y es extraño, pero no parece enfermo.

—No está. Le diré que has venido.

Pero el coche de Frank está en el camino.

—¿Puedo preguntarle dónde ha ido?

Con aire desdeñoso, el hombre agita la mano hacia el bosque.

—Al bosque.

¿Al bosque?

—¿Está en su cabaña?

La pregunta parece cogerlo desprevenido, pero luego la sorpresa da paso a una sonrisa que recuerda inquietantemente a la de su hijo, pero sin su calidez, y es como la diferencia entre reírse con alguien y reírse de alguien.

—Sí —responde—, supongo que sí.

—¿Por dónde se va?

Maya intenta mostrar confianza en sí misma, pero el padre de Frank la pone nerviosa.

—¿A la cabaña? Tendrás que ir caminando, y está oscuro.

—Ya lo sé —dice ella.

Aunque las nubes la tapan casi por completo, la luna llena es brillante, y en el llavero de su madre hay una pequeña linterna.

—El camino empieza ahí atrás —dice el hombre con una extraña alegría que a Maya no le gusta. Después señala el lateral de la casa—. Síguelo hasta llegar a un arroyo y crúzalo. Encontrarás a mi hijo al otro lado. No está lejos, pero necesitarás luz. ¿Tienes?

Maya sostiene en alto la linterna del llavero.

—Con eso no tendrás suficiente. Espera aquí.

En su ausencia, Maya mira a través de la puerta entreabierta hacia el desordenado vestíbulo. Un pequeño escritorio se agazapa en la base de unas escaleras anchas y oscuras; está lleno de correo sin abrir. En la pared hay montones de periódicos y lo que parecen revistas. Tiene un mal presentimiento. Sabe que debería irse, pero se siente empujada por algo más siniestro que la curiosidad, por otro impulso que no intenta nombrar.

Entonces surge una luz —un intenso haz blanco— que le da directamente en los ojos. Cegada, Maya se tambalea hacia atrás y levanta las manos para cubrirse la cara.

—Lo siento —dice el padre de Frank, que ahora se encuentra frente a ella—. Quería asegurarme de que funcionaba.

La luz se apaga, pero Maya solo puede ver su imagen residual. El hombre le pone la pesada linterna en la mano. Maya está desorientada mientras él la sigue hasta el exterior y le indica el camino abandonado que hay detrás. Es una vieja carretera de una explotación forestal. Está invadida por la vegetación, pero aún conserva su forma. En el aire flota el olor de la lluvia, intenso y terroso. Nadie ha circulado por ella en mucho tiempo, y el viejo asfalto está cubierto de hojas muertas y brotes de plantas, helechos y musgo. Agradece tener la linterna a medida que los árboles se tornan más densos a su alrededor. Enfoca hacia delante al caminar. Un conejo se cruza en su camino y Maya se sobresalta. Además de perderse, hay otros peligros ahí fuera y, sin embargo, es como si le fuera imposible dar media vuelta.

Intenta adivinar cómo reaccionará Frank cuando aparezca sin previo aviso. ¿Por qué es tan reservado sobre ese lugar?

«No lo entiendes, ¿verdad?».

Maya aprieta el paso. Oye el arroyo antes de verlo, un pequeño hilo de agua un poco más adelante, y le recuerda la historia de Frank de cómo ese sonido lo llevó de vuelta al camino cuando estaba perdido. Había descrito con tal claridad el rumor del agua que siente algo parecido al reconocimiento cuando empieza a avanzar hacia el puente.

Una nube tapa la luna y la linterna comienza a parpadear.

La puerta se cierra detrás de ella.

—Uah —dice.

Frank acaba de hacerla pasar y, aunque sabía lo que le esperaba, nada podría haberla preparado para aquello. La cantidad de trabajo y amor que ha debido de invertir en ese lugar. El nivel de destreza. Cuesta creer que sea la primera cabaña que construye. Echando la cabeza atrás, Maya mira hacia arriba y recuerda que Frank había utilizado el término «techo de catedral» y no supo entonces a qué se refería, pero ahora entiende que un techo puede lograr que un lugar parezca sagrado. La altura, las vigas imponentes. Todo está hecho de pino, que el fuego tiñe de oro rosado. Entre su resplandor, las numerosas velas votivas que brillan en los alféizares y las encimeras y la luz de la luna que se cuela por las ventanas, Maya puede verlo todo, y es precioso.

—¿Qué te parece?

—Es... —Se vuelve hacia él—. Es increíble.

No es su intención hablar tan despacio. Hace un momento estaba corriendo por el bosque, enfadada porque Frank y Aubrey estaban tomado un café. (Y ¿después qué ha pasado? ¿Por qué no recuerda haber cruzado el puente o haber llamado a la puerta, o a Frank abriéndole? Es como si se hubiera saltado los últimos minutos igual que se salta la pista de un CD). Sin embargo, ahora carece de importancia. Lo único que sabe es que allí se siente mejor. Segura. Está dispuesta a dejar atrás todo lo demás.

Se alegra tanto de estar allí con él...

—Ven —le dice Frank, extendiendo el brazo—. Déjame enseñarte la cabaña.

Por alguna razón, a Maya le cuesta levantar la mano, así que Frank se la coge y entrelaza sus dedos con los de ella. Sus pasos son inseguros al recorrer esta estancia amplia y diáfana. Se siente pesada, agradablemente somnolienta. Debe de ser el fuego.

La chimenea de piedra está empotrada en la pared. Las piedras grises llegan hasta el techo, lisas y redondas, algunas del tamaño de un puño y otras tan grandes como un melón. Maya y Frank se detienen, disfrutando del calor, y ella cierra los ojos y lo siente en la cara. Huele a leña.

Frank la guía por una escalera vertical de madera situada en el centro de la sala. Está hecha del mismo pino color miel que las paredes. Los pulidos peldaños relucen y parecen robustos al tacto, pero, como en el resto de la cabaña, se ha conservado la irregularidad natural de la madera y parecen ramas.

El desván es como la casita del árbol que habría deseado de niña. El techo desciende hasta encontrarse con el suelo a ambos lados de una cama enorme cubierta de almohadas y mantas, el lugar perfecto para tumbarse y mirar las estrellas a través de la claraboya redonda y curvada del techo. Frank también ha encendido velas allí, y Maya ve un jarrón de cristal con flores sobre la mesa de madera situada junto a la cama. Debía de saber que iría a visitarlo.

Cuando siente su mano en el hombro, piensa que la llevará a la cama. Y que ella irá. Pero en lugar de eso, Frank le indica que baje por la escalera, pues tiene algo en los fogones.

Está preparando la cena y, cuando retira la tapa de la olla, se escapa una fragante oleada de vapor. Huele a carne guisada, hierbas aromáticas, hortalizas recién arrancadas y especias balsámicas. Salvia. Ajo. Aunque ya ha cenado, a Maya se le hace la boca agua. Frank pone dos cuencos sobre la mesa. Es un estofado, pero Maya no sabe de qué clase. Carne y verduras de algún tipo.

—¿Recuerdas cuando te dije que nunca le había enseñado este sitio a nadie? —dice Frank antes de coger la cuchara.

Maya asiente. Le gustaría empezar a comer, pero cree que lo correcto es esperar.

—Pues es verdad —dice Frank. La mira desde el otro lado de la mesa, con la luz de las velas brillándole en los ojos—. Eres la única persona que ha estado aquí.

—Ah…, es un… honor.

—No invito a cualquiera —continúa—. Esta cabaña… significa mucho para mí. Es el único lugar en el que mi padre no puede encontrarme.

Maya piensa en el padre de Frank. Sus ojos ansiosos. Su salud. No puede explicar por qué, pero tiene un mal presentimiento sobre él.

Frank se inclina hacia delante y apoya los antebrazos en la mesa.

—Puse todo de mí en este lugar. Creía tener todo lo que necesitaba. Pero ¿sabes qué? Me sentía vacío, solo. Necesitaba traer a alguien, pero no cualquiera podría encontrarlo. En cambio tú, Maya… En cuanto te vi, supe que algún día te traería aquí.

—¿Por qué…? —pregunta ella. Tiene la mano apoyada en la cuchara, pero no la coge.

—¿Por qué? —dice él—. Por cómo te veía leer el libro de tu padre día tras día. Era como si no existiera nada más. Creo que ni siquiera sabías dónde estabas.

Maya ladea la cabeza.

—Y, por supuesto —añade Frank—, te elegí a ti porque… Bueno, mírate, Maya. Eres preciosa.

Maya se ruboriza. Alguna vez le habían dicho que era mona, e incluso guapa, pero solo su madre le había dicho alguna vez que era preciosa.

Parece que Frank vaya a decir algo más, algo importante como «te quiero». Se le ve vulnerable, lleno de esperanza.

—Creo que deberías quedarte —dice finalmente.

Maya lo mira sorprendida.

—¿Qué?

—Quédate.

Frank sonríe y se recuesta en la silla, relajado. Luego coge la cuchara y empieza a comer.

—¿Me estás pidiendo… que venga a vivir aquí?

—Ajá —dice él con la boca llena de estofado—. Te estoy pidiendo que te lo pienses. Imagina lo fáciles que serían las cosas sin tener que pagar alquiler ni aguantar a un compañero de piso al que no conoces. Sin tener que preocuparte de nada, intentar triunfar en una ciudad abarrotada o encontrar trabajo. Aquí… —Abre los brazos hacia ella como dándole la bienvenida—… tendrías todo esto.

—Frank, yo…

Definitivamente hay algo raro. No puede ser que se haya presentado a toda prisa aquí esta noche en un arrebato de celos y ahora se esté planteando venirse a vivir con él.

El vapor fragante que sale del cuenco le hace cosquillas en la nariz, distrayéndola y atrayéndola, y piensa que de todos modos estaba barajando la posibilidad de posponer su entrada en la universidad. A su madre no le gustaría que viviera con Frank, pero pronto tendrá dieciocho años y podrá hacer lo que quiera. Y a lo mejor lo que quiere es estar con él, vivir en la hermosa cabaña que ha construido.

Se le hace la boca agua y nota ruidos en el estómago.

—No tienes que decidirlo ahora mismo —dice Frank—. Vamos a disfrutar de la cena. Todavía no la has probado.

Maya hunde la cuchara en el cuenco, pero no se la lleva a la boca. Ver a Frank al otro lado de la mesa con el rostro envuelto en vapor le evoca algo. Una imagen a medio formar de gente caminando entre las nubes. Caras apareciendo de entre la niebla. ¿Dónde lo ha visto? ¿En una película?

—¿Maya?

Ella se lo queda mirando, incapaz de explicar su creciente inquietud. Recordar el origen de aquella imagen le parece urgente; es como si se hubiera dejado el gas encendido accidentalmente en la cocina. Hay algo que debe expresar, a lo que debe atender antes de que ocurra algo malo.

—¿En qué estás pensando?

—Algo… va mal.

—Oh, cariño… —Frank sonríe afectuosamente—. No pasa nada.

Maya cierra los ojos, y la inquietud se convierte en pavor.

«Caras en la niebla». Las palabras le vienen en español, aunque no sabe por qué. «Niebla»: hace poco que ha aprendido la palabra, al encontrarla mientras traducía el libro de su padre.

¡El libro de su padre! El pueblo entre las nubes. A eso le recuerda la cabaña: al antiguo hogar de Pixán, el lugar que anhela. Abre los ojos y ve a Frank mirándola fijamente. Una oleada de vértigo.

—Escúchame —dice él—. Sea lo que sea, lo solucionaremos juntos. No hay nada de qué preocuparse.

Pero la historia parece una advertencia. Como Pixán, Maya ha olvidado algo. Se le acelera el corazón al pensar en el último momento que recuerda antes de llegar aquí: el sonido del agua al acercarse al puente, el parpadeo de la linterna en su mano.

—¿Por qué…? —dice con la cara cada vez más tensa—. ¿Por qué no puedo recordar?

Frank deja la cuchara. Se pone de pie y bordea la mesa lentamente, manteniendo el contacto visual y el semblante tranquilo.

Maya se echa a temblar.

Él se arrodilla a su lado, situando sus ojos al mismo nivel que los de ella, como si fuera a pedirle matrimonio.

Los temblores van a más y el frío la cala hasta los huesos.

—Cálmate —le dice Frank—. Estás teniendo un ataque de ansiedad.

Le coge la mano izquierda, que Maya tiene cerrada, y se la abre dedo a dedo. Luego le deja algo pequeño y duro en la palma. Maya sabe lo que es antes de verlo. Nota los dientes metálicos.

La lluvia le golpea la cara, los brazos, el pecho. Respira hondo. Las gotas son como un cubo de agua helada que le cayera inesperadamente sobre la cabeza. Se agarra los codos y se tambalea.

Frank está allí para cogerla. Camina a su lado, le pasa el brazo por encima de los hombros mientras sostiene la linterna de su padre en la otra mano y enfoca al suelo justo delante de Maya para que no tropiece al bajar por la carretera abandonada. El bosque está oscuro.

—¿Qué...? ¿Qué está pasando? —pregunta Maya, pero su voz se pierde en el tamborileo de la lluvia sobre las hojas, las ramas y la tierra.

La lluvia le empapa la ropa y le cae a chorros por el borde deshilachado de los pantalones cortos.

Se nota las manos doloridas y, cuando las mira, ve que tiene tierra en las palmas y las rodillas. Se detiene y aparta el brazo de Frank. Se vuelve hacia él, que parece preocupado.

—¿Qué te ocurre?

Su tono de voz es comedido, pero tiene la mandíbula apretada, como si estuviera más disgustado de lo que parece. No intenta guarecerse de la lluvia que le pega el cabello al cráneo.

—¿Qué coño está pasando? —pregunta Maya.

Él parece confuso.

Ella no puede dejar de temblar.

Frank abre los brazos para ofrecerle calor, pero Maya se aparta, y él parece dolido. Esta vez está segura. Esta vez tiene tierra en las manos y las rodillas, y el hecho de que no sepa cómo ha llegado hasta aquí le provoca más escalofríos que la lluvia.

—¿Qué me has hecho?

A Frank le sorprende la pregunta y levanta las manos como si quisiera mostrarle que están vacías, que no quiere hacerle daño.

—Has dicho que querías irte —responde Frank—. Me has pedido que te acompañara al coche, y es lo que estoy haciendo.

Desconcertada, Maya vuelve la cabeza, como si el camino por el que han venido pudiera darle alguna pista sobre los últimos minutos, pero lo único que ve es la carretera cubierta de maleza que se adentra en un bosque oscuro.

—¿Por qué no me acuerdo? —pregunta.

El viento arrecia y la lluvia cobra intensidad. No debería estar allí.

Aubrey tenía razón; Frank es raro y, por primera vez, siente que podría ser peligroso.

Se da la vuelta y sigue caminando con la esperanza de que, en efecto, sea el camino de vuelta a su coche.

—Espera, Maya.

Pero la nota de súplica en su voz la hace caminar más deprisa. Frank la sigue y continúa iluminándole el camino incluso cuando ella intenta alejarse. Maya echa a correr en cuanto ve la silueta oscura de la casa del padre. La lluvia cae con fuerza y va levantando barro con las zapatillas. Empapada y sin aliento, cruza el césped descuidado hasta donde dejó aparcado el coche, junto al camino de acceso, y abre la puerta con manos temblorosas. Después se da la vuelta, esperando ver a Frank, pero ya no está. Solo se oye el sonido de la lluvia, su respiración jadeante, su corazón agitado.

27

«Gracias por todo», le escribió Maya a Steven a las nueve de la mañana, que era lo más temprano que creía poder enviar un mensaje a alguien a quien no conocía demasiado.

«Es muy bonito», añadió en referencia al cuadro de Cristina y al hogar acogedor que representaba. Maya lo había olvidado. En los últimos tiempos, cada vez que pensaba en la cabaña de Frank solo le venían a la mente los lapsos de memoria, la tierra en las rodillas y las manos, y el miedo que sintió al correr por el bosque hasta su coche.

Lo que había olvidado era lo maravilloso que fue entrar en la cabaña de Frank por primera vez. El cuadro de Cristina se lo había recordado; los cuidados detalles de la chimenea, las vigas de madera natural. Por alguna razón, aunque soñaba a menudo con la cabaña, Maya apenas recordaba (mientras estaba despierta) su aspecto y los pensamientos que le habían venido a la mente cuando la contempló por primera vez. La mesa que aparecía en el cuadro le trajo a la memoria el momento en que estaba sentada delante de Frank comiendo una especie de sopa que él mismo había preparado, aquel aroma tentador, el hambre repentina. Era como si el lugar la hubiera hechizado.

Pero Maya no llegó a probar la sopa, ¿verdad?

Aquel día también le había asaltado la mente la historia de su padre.

La historia que era el himno: «Y con engaños me hicieron comer de sus alimentos. Olvidé que era hijo de reyes».

Y, como entonces, la historia parecía una advertencia. ¿Qué era lo que había olvidado? Lo último que recordaba de aquella noche, justo antes de encontrarse bajo la lluvia, era haber pensado en el verdadero hogar de Pixán y en el principio de una revelación que nunca llegó porque Frank se lo impidió.

Entonces sonó el móvil e interrumpió el hilo de sus pensamientos.

Era Steven, que respondía a su mensaje con un pulgar hacia arriba.

«Quería saber si estarás disponible más tarde para hablar del tema», contestó ella. «¿Puedo invitarte a tomar algo?».

Esperó.

Aún no había dormido. Con las piernas doloridas, dio un paseo por el barrio para intentar caer agotada y, en efecto, su cuerpo estaba bastante cansado, pero su mente y su corazón galopaban. Las calles estaban frías y silenciosas. La nieve de las cunetas se había derretido y vuelto a congelar, formando un aguanieve irregular del mismo gris que el cielo.

Habían pasado dos días y Dan seguía sin contestar. Maya se habría preocupado si sus cuentas en las redes sociales no fueran públicas o, más bien, se habría preocupado de otra manera. Se dijo que al menos sabía que estaba bien e intentó olvidarse del tema, porque no podía permitirse pensar en su silencio y en lo que significaba. No en aquel momento. Ya en casa, se metió en la ducha tiritando, pero, aun estando envuelta en vapor, no conseguía entrar en calor. Se convenció de que aquello tenía que ser la peor parte. El síndrome de abstinencia solo podía mejorar a partir de ese momento. Luego se acostó y durmió cuarenta y cinco minutos, pero se despertó sobresaltada al oír el móvil.

«Claro», había respondido Steven.

Maya se desenredó las sábanas que le rodeaban el torso y escribió: «¡Genial! ¿A qué hora?».

«Salgo del trabajo a las cinco. ¿Qué tal en el Patrick's?». Patrick's era el bar que había a la vuelta de la esquina del museo.

«¡Perfecto!», contestó Maya. «¡Gracias!».

Se aventuró a salir de la penumbra de la habitación de Airbnb y se encontró a su madre colocando el árbol de Navidad en el salón.

—¡Aquí estás! —dijo Brenda con una sonrisa—. Justo a tiempo para ayudarme con los adornos.

Maya frunció el ceño.

Su madre se encogió un poco. Cuando Maya era pequeña, siempre decoraban juntas el árbol. En el suelo había una caja de adornos con espumillón plateado colándose entre los listones. Brenda estaba haciendo todo lo posible por enmendar su error. Cualquier cosa menos disculparse, por lo visto.

Maya seguía enfadada, pero no quería discutir más. Su madre no era la única persona capaz de fingir que no pasaba nada.

—Tengo planes —dijo—. He quedado con Erica O'Rourke.

—¿Erica, la del periódico del instituto? No sabía que aún seguíais en contacto.

Y no seguían. No había mantenido contacto con nadie del instituto, al margen de algún que otro correo electrónico, pero Erica había sido medio amiga y aún vivía en la ciudad. Era una mentira plausible.

—Vamos a tomar un café para ponernos al día.

Su madre la miró por encima de unas gafas de lectura de color verde azulado.

Maya se había lavado el pelo, se había maquillado y se había puesto ropa limpia. Se sentía casi revigorizada después de la cabezada.

—¿Te acerco?

—No —dijo Maya con excesiva premura.

Si su madre descubría lo que estaba tramando, llamaría al doctor Barry.

Brenda entrecerró los ojos.

—Es que me vendrá bien caminar. Hemos quedado en esa cafetería nueva de North Street. Está a poco más de un kilómetro. —No esperó a que su madre intentara detenerla—. Serán solo unas horas —añadió cuando salía por la puerta.

Patrick's era un pub irlandés que existía desde que Maya tenía memoria. Afortunadamente, el interior era oscuro, con paredes de ladrillo visto y una larga hilera de cervezas de barril. Olía a aros de cebolla. Maya había llegado con unos minutos de antelación y, aunque tenía resaca por la ginebra de la noche anterior, pidió un martini extraseco. Sabía que el alcohol era lo único que aliviaría un poco la tensión que ejercía el síndrome de abstinencia en su cabeza. Llevó el martini a una mesita del rincón y se lo bebió casi todo en varios tragos que le ardieron al bajar por la garganta y luego le generaron un agradable calor. El bar estaba tranquilo y la mayoría de las mesas, vacías. Se oían por los altavoces temas de rock clásico. Levantó la mano cuando Steven entró por la puerta.

El vigilante pidió una cerveza y fue a la mesa. Parecía menos cauteloso que cuando se conocieron, pero aún se mostraba reservado, o tal vez tímido. Era al menos diez años mayor que Cristina y resollaba tras haber caminado desde el museo, pero llevaba un Fitbit y, sobre el uniforme de guardia de seguridad, un bonito abrigo. Al entrar se quitó respetuosamente el gorro de lana marrón, que dejó al aire una cabeza reluciente. Por su reacción a las preguntas que le había formulado hasta entonces, Maya se había dado cuenta de que estaba enamorado de Cristina y se preguntaba qué habría sentido ella por él.

—Gracias por quedar conmigo —le dijo.

—De nada. Me gusta hablar de la obra de Cristina. Quiero que la vea más gente. —Dejó el teléfono sobre la mesa y abrió una foto—. He traído otra para enseñártela.

El cuadro representaba un paisaje frío y muy sombrío que bien podía ser de nuevo la salina, pero inundada por unas aguas grises que reflejaban un cielo inhóspito.

—Este es mi favorito —añadió Steven—. Hay que verlo en persona, pero incluso así puedes hacerte una idea de lo impresionante que es.

—Es precioso. Tenía mucho talento.

—Estoy intentando hacerme con toda su obra, pero, al no ser de la familia, es complicado. Sus cuadros deberían estar en un museo.

—Estoy de acuerdo —respondió Maya con cautela—. Sobre todo el último. El cambio de estilo es interesante.

—¿Verdad?

Maya asintió pensativa y bebió un sorbo del martini.

—¿Te habló alguna vez de la cabaña de Frank?

Steven se desanimó un poco al ver de lo que quería hablar Maya, y esta se preguntó por qué había acudido el vigilante. ¿Era para hablar de la obra de Cristina, para mantenerla viva, o creía que Maya le había propuesto una cita? Al fin y al cabo, parecía ser su tipo.

—Sí, la mencionó.

Maya esperó mientras Steven bebía un trago de cerveza con una expresión triste. Se sentía mal por él, y habría dejado de preguntar de no ser porque su vida corría peligro.

—A Cristina debía de gustarle mucho para pintarla de esa manera —dijo Maya retomando la conversación.

Steven suspiró resignado.

—Podríamos decir que sí. La cabaña fue una de las primeras cosas que me contó de él. Recuerdo que la impresionó, y la verdad es que a mí también. A nuestra edad, ¿quién tiene una casa, y encima construida por él mismo? Pero, cuanto más oía hablar de él, menos me gustaba. Sinceramente, ese tío es un fracasado.

—¿Por qué? —dijo ella, intentando que no se notara que estaba de acuerdo con esa afirmación.

Steven frunció los labios en un gesto de disgusto y bebió otro sorbo de cerveza.

—Bueno, para empezar, no tenía trabajo. Cristina no sabía de dónde sacaba el dinero, pero al parecer tenía clientes de algún tipo.

—¿Clientes?

—Sí, pero no me preguntes qué hacía para ellos. Supongo que vivía de una herencia. Su padre era un profesor importante de Williams que murió hace años.

A Maya no le sorprendió saber que el padre había fallecido, aunque eso le recordó que nunca llegó a saber qué le pasaba.

—Por no mencionar —añadió Steven— que Frank básicamente se pasa las noches en un bar. El Whistling Pig. Cristina lo acompañaba de vez en cuando. Que yo supiera, antes de conocer a Frank no frecuentaba ningún bar.

Maya archivó mentalmente el dato y se quedó mirando el vaso, donde una aceituna reluciente reposaba en lo que le quedaba de martini.

—¿Alguna vez te habló de... sucesos extraños en la cabaña?

Steven parecía molesto.

—No que yo sepa. ¿Por qué?

—¿Otra ronda? —preguntó la camarera.

—Sí, por favor —dijo Maya al mismo tiempo que Steven respondía «No, gracias».

No iba ni por la mitad de su cerveza y, cuando Maya apuró el culín de martini con sabor a aceituna, vio a través del fondo del vaso que estaba observándola.

—Lo pregunto porque Frank también me llevó allí —dijo—. Solo una vez, pero me hizo algo. Perdí el conocimiento.

—¿Qué?

—Al llegar y al irme —dijo Maya. Nunca había visto el puente ni el exterior de la cabaña—. Después tenía tierra en las manos y las rodillas, y aún no sé por qué.

—Madre mía, es... No sé qué decir. Siento oír eso. —Sus palabras sonaban sinceras—. ¿Qué crees que te hizo?

—Eso es lo que intento averiguar.

La camarera volvió con el martini de Maya, que bebió un sorbo vigorizante antes de continuar.

—Frank era reservado con la cabaña. Nunca supe por qué. Decía que yo era la única persona a la que había llevado allí. Ahora resulta que también lo hizo con Cristina y no puedo evitar pensar que, fuera lo que fuese lo que me hizo a mí..., probablemente también se lo hizo a ella.

Sin duda, aquello alteró a Steven. Se le puso la calva colorada.

Maya se acercó más a él.

—No sé qué esconde, pero está allí, en su cabaña —dijo—. Por eso tengo que ir. Es la única manera, pero tengo miedo. No quiero ir sola.

—Me estás pidiendo que vaya contigo.

Parecía a la vez extrañado y nada sorprendido de que le pidiera aquello.

Maya asintió y Steven guardó silencio largo rato. El bar empezaba a llenarse y alguien había subido el volumen de la música. Al fin, como si hubiera llegado a una conclusión, buscó en su teléfono el cuadro de la cabaña que había pintado Cristina.

—Mira —dijo—, no dudo de que Frank te hiciera daño. Me dio mala espina desde el principio. Pero no creo que Cristina hubiera pintado esto si... le hubiera hecho algo. Como decías, parecía gustarle mucho aquel lugar.

A Maya se le llenaron los ojos de lágrimas, pero logró contenerlas.

—Sé que así era —prosiguió Steven con un tono cada vez más suave— porque me dio otra cosa antes de morir. Me dio varias cosas, en realidad… Como te comentaba, dijo que iba a deshacerse de algunos objetos. Se acordó de que mi vieja cafetera estaba estropeada, así que me regaló la suya.

Ahora era él quien estaba al borde de las lágrimas.

Maya inclinó la cabeza.

—Parece que era buena persona.

—No la utilicé hasta la mañana siguiente —dijo Steven—. Y, cuando lo hice, al ir a llenarla de agua, encontré una nota que me había dejado dentro del pequeño depósito. —Le temblaban los labios—. No voy a contarte todo lo que decía la carta, pero en ella se disculpaba por su comportamiento. Me daba las gracias por ser su amigo y me decía que se iba a vivir con Frank a su cabaña.

A Maya se le heló la sangre.

—Puede que para nosotros no tenga sentido, pero Cristina le quería.

Steven parecía resentido. Dio un pequeño sorbo a la cerveza y dejó el resto en el borde de la mesa como si hubiera terminado.

Maya fue a coger su copa, pero estaba vacía.

—He venido —añadió Steven— porque dijiste que querías hablar del cuadro de Cristina, de su arte. Pero no creo que sea bueno para mí especular sobre lo que pudo ocurrir entre ella y Frank. No puedo hacer nada al respecto.

—Lo entiendo —respondió Maya mientras cogía el bolso—. Lo siento.

Se le cayó la cartera al suelo.

—¿Estás bien?

Steven parecía cansado, como si solo lo hubiera preguntado por obligación.

—Sí.

—¿Has venido en coche?

Maya negó con la cabeza. En ese momento volvió la camarera con la cuenta.

—Invito yo —dijo Maya.

—¿Seguro que no quieres que te lleve?

—No, gracias. Me vendrá bien dar un paseo.

—Ten cuidado —dijo él.

—Estoy cerca de aquí —respondió Maya para tranquilizarlo.

—Me refiero a si vas a la cabaña de Frank. Ya sé que no me has pedido mi opinión, pero yo de ti me mantendría alejada de ese lugar.

28

Maya se despierta revigorizada. Los pájaros cantan en su ventana y el reloj marca las 10.42. No suele dormir hasta tan tarde. Bostezando, se da la vuelta con intención de dormir un poco más. ¿Por qué no? Es verano. Pero entonces ve la ropa mojada en el suelo y recuerda lo de anoche.

Se yergue como un resorte. Recuerda que había decidido contarle a su madre lo del lapso de memoria en el bosque con Frank. Sale de la cama y enfila el pasillo a paso ligero. La casa está en silencio y su madre sigue en la habitación.

Cuando está a punto de llamar a la puerta, recuerda que ha hecho el turno de noche. Le vendrá bien dormir, y ahora que se ha detenido allí un momento, se pregunta qué le dirá.

Hoy no se siente tan segura de sí misma, y lo de la víspera le parece como una nebulosa, una impresión vaga, casi como si Frank la hubiera drogado. Pero ¿cómo pudo haberlo hecho? Maya ni siquiera probó la sopa ni tomó ninguna otra cosa en la cabaña. No bebió ni fumó nada. Se había despistado unos minutos aquí y allá. ¿Tan raro es eso en ella? Al fin y al cabo, todo el mundo sabe que a veces se pone a mirar por la ventana en lugar de escuchar a los profesores, y se ha pasado muchas paradas de autobús por ir soñando despierta. Es así desde mucho antes de conocer a Frank.

¿Puede echar a Frank la culpa de haber perdido la noción del tiempo alguien como ella?

Vuelve a su habitación. A lo mejor se lo cuenta a su madre más tarde.

Maya había empezado a hacer la maleta para la universidad hace semanas, pero paró después de conocer a Frank. Qué extraño se le hace pensar que ha estado a punto de aplazarlo. Después de lo que le ha costado conseguir una beca completa en la Universidad de Boston…

¿En qué demonios estaba pensando?

Se pone de nuevo con el equipaje para distraerse de la inquietud, y funciona. Piensa en la que pronto será su residencia. Warren Towers alberga a más de mil ochocientos estudiantes, y en tres días será una de ellos, rodeada de gente de su misma edad llegada de todos los rincones del país y del mundo. Su nueva compañera de habitación se llama Gina. Es de San Francisco, y Maya está deseando conocerla.

Ambas tendrán, en sus respectivas mitades de la habitación, una cama estrecha, un escritorio, una cómoda, una estantería y un pequeño armario. No habrá mucho espacio, pero Maya tiene planes para su lado. Colgará su póster de Salvador Dalí, el de los elefantes con patas como zancos, y su tablón de corcho lleno de fotos, la mayoría de Aubrey y ella. En la residencia, Maya solo tendrá sitio para sus pertenencias favoritas de cada cosa: CD, ropa, adornos y libros, incluido, por supuesto, el que escribió su padre.

Lo tiene encima de la mesa, y no le ha prestado demasiada atención desde que conoció a Frank. Al cogerlo, recuerda la noche anterior, el vapor que salía de los cuencos. El libro de su padre es lo último en lo que recuerda haber pensado antes de encontrarse caminando bajo la lluvia con Frank.

Antes, aquellas páginas la hacían pensar en su padre, pero ahora le traen el olor de la cabaña de Frank —la sopa, el fuego, el frío aire nocturno—, así que decide dejarlas en casa. Se dice que no tendrá tiempo para leer cuando empiecen las clases.

Va al armario y saca un jersey grueso que le vendrá bien para el otoño. Sus pensamientos se dirigen a esa época del año en Boston. Días frescos y noches frías y rutilantes. El follaje de la ciudad. Fiestas de Halloween. Es como si toda la emoción que debería haber sentido durante las últimas semanas le hubiera venido de golpe, y ahora no ve el momento de irse. Le resulta extraño haber pensado únicamente en Frank casi desde el día en que se conocieron, pero hoy es como si todos sus sentimientos exagerados hacia él —la nostalgia, los celos— fueran un castillo de naipes que se ha derrumbado de repente.

Aubrey tenía razón. Ella desconfió de él desde el principio, y Maya cae en la cuenta de que probablemente ese fue el motivo por el que se puso el vestido rojo. Lo hizo para sacar a la superficie algo que ya intuía incluso antes de conocer a Frank: que era malo para su mejor amiga. Maya no puede explicar, y mucho menos excusar, su comportamiento de los últimos días, pero puede pedir perdón. No es la primera vez que discuten por nimiedades, como qué DVD alquilar en el videoclub, pero nada parecido a lo que ha ocurrido estos días.

Se disculpará antes del concierto de Tender Wallpaper de esta noche. Ha clavado la entrada al tablón de corcho y la pegatina del grupo que venía con ella está adherida a la mesita de noche. Hacia mediodía va a la cocina a por cereales y un vaso de zumo de naranja. La luz roja del teléfono parpadea para indicar que hay llamadas perdidas. El teléfono está en modo silencio, como suele ocurrir cuando su madre hace el turno de noche.

Tiene un mal presagio incluso antes de ver de quién son las diecisiete llamadas.

Cuando va a comprobarlo, se enciende la luz de llamada entrante.

Es él.

Reconoce el teléfono fijo del padre de Frank en la pantalla y suelta el auricular como si estuviera vivo. Preferiría no contestar, pero sabe que, si no lo hace, seguirá intentándolo hasta que lo coja alguien, y Maya no quiere que esa persona sea su madre.

—Hola —dice.

—Hola, Maya... —Siempre se ha mostrado muy seguro de sí mismo, muy tranquilo, pero ahora parece brusco y ansioso—. ¿Cómo estás?

—Bien.

Debería haber pensado mejor lo que iba a decir, cómo se lo diría.

—Anoche parecías muy disgustada. Me quedé preocupado.

Se plantea explicarle por qué estaba molesta, pero no lo hace porque ¿de qué serviría? Frank es un mentiroso. Solo tiene que pararle los pies.

—¿Maya?

—Estoy aquí.

Saca el teléfono inalámbrico al porche para no despertar a su madre.

—¿Qué haces hoy?

—La verdad es que estoy bastante ocupada... —dice tan amablemente como puede—. Tengo mucho que hacer antes de irme... Oye, creo que no debemos volver a vernos.

Parece la salida más fácil, rápida y directa. Y es cierto que quiere pasar el poco tiempo que le queda allí con las personas a las que más echará de menos: su madre y Aubrey. Lo único que lamenta Maya es no haberse dado cuenta antes.

Frank guarda un largo silencio.

—Vale —dice—. No pasa nada.

Maya exhala.

—Ah, la otra razón por la que llamaba —añade—, y espero que no suene raro: quería saber si puedes darme el número de Aubrey.

La reacción instintiva de envidia es inevitable, claro. Ayer, esa misma pregunta habría sido una puñalada para Maya, pero hoy le cuesta no reírse del patético intento de Frank por ponerla celosa.

—Claro —dice ella con una indiferencia deliberada y divertida a la vez—. No veo por qué no. ¿Tienes para apuntar?

—Ajá.

Es un sí entre dientes.

—Cuatro, uno, tres… —empieza, pero entonces se le ocurre que probablemente Aubrey no querría que Frank la llamara.

—¿Hola?

—¿Sabes? —dice Maya—. Debería preguntarle antes de darte su número.

Frank suelta una carcajada siniestra y sarcástica.

—¿Cómo es posible que estés celosa de Aubrey al mismo tiempo que la miras por encima del hombro? —pregunta.

—No tengo ni idea de lo que me hablas —dice enojada—. Mira, Frank, tengo que…

—Sí que lo sabes. No quieres que la llame, ¿verdad?

Maya agarra el teléfono con más fuerza.

—Sinceramente, me da igual lo que hagas, Frank.

—No quieres que la llame, pero, al mismo tiempo, tú tampoco quieres llamarla. He visto cómo la tratas. Cómo la minusvaloras, como si ella fuera una pueblerina y tú no. Como si tú fueras más lista, como si tuvieras un futuro prometedor y ella fuera una fracasada por quedarse aquí.

—¡¿Qué?! Pero cómo…

—Y ahora estás haciendo lo mismo conmigo. Me das la patada porque no soy lo bastante bueno, igual que le has dado la patada a tu mejor amiga y a tu propia madre cuando tenías algo mejor que hacer.

A Maya le escuecen las lágrimas en los ojos.

—¿Le eres leal a alguien?

—Que te den por culo, Frank. No vuelvas a llamarme nunca más.

Maya cuelga el teléfono, pero Frank vuelve a llamar una y otra vez.

Al final tiene que contárselo a su madre, que se ha tomado el día libre; se siente aliviada al saber que la relación ha terminado.

—Lo pondremos en modo silencio —le dice—. Seguro que capta el mensaje. Vámonos por ahí.

Maya nota en el aire su inminente partida cuando ascienden el monte Bousquet esa tarde. Recuerda cuando era pequeña y su madre tenía que llevarla en brazos parte del camino; ahora suben la ladera sin pausa, entrando y saliendo de la sombra gélida del telesilla. Como de costumbre, su madre grita cuando llegan a la cima, algo que suele avergonzar a Maya, pero que hoy la hace sonreír, y cuando contempla el mar de abetos y pinos blancos, y ve su ciudad natal a lo lejos, el paisaje le parece más hermoso que los Alpes. No puede explicar la ternura que siente hoy, no solo hacia su madre, sino también hacia Pittsfield. Ser de allí es conocer el río Housatonic, haber paseado junto a él, quizá haberlo cruzado a diario de camino al colegio, pero no haber podido bañarse en él porque General Electric lo había contaminado con policlorobifenilos. Es haber crecido o bien antes de que se marchara General Electric —en la época de los escaparates navideños de England Brothers, el carro de palomitas en Park Square y los paseos por North Street los jueves por la noche— o bien después. Maya lleva mucho tiempo queriendo irse de Pittsfield, pero ahora tiene la sensación de estar viendo la ciudad a través de los ojos de alguien que ya se ha marchado.

El verano se está acabando y la luz se tiñe de naranja, y por primera vez en mucho tiempo no hace demasiado calor cuando Maya aparca frente al dúplex de Aubrey. Es tarde y casi todos los pájaros se han callado, pero un sinsonte canta en el abeto de enfrente.

Aubrey está tejiendo de nuevo en el porche, con los pies descalzos apoyados en la barandilla de madera. Lleva pantalones cortos y una camiseta de D.A.R.E. Aún no se ha arreglado para el concierto, pero es que Maya llega pronto.

—Ey —dice.

El porche cruje cuando Maya lo cruza y se sienta en la otra silla de plástico.

—Ey —dice Aubrey, que para de tejer.

Sigue trabajando en la bufanda que empezó el día que fueron a la cascada de Wahconah, el día que Maya se enteró de que Aubrey era aficionada a la calceta. Ahora, la bufanda está casi terminada y ya se aprecia el diseño: rayas verde lima y verde esmeralda.

—Bonitos colores —comenta Maya.

—Me alegro de que te gusten. —Aubrey se relaja y sonríe con sinceridad—. Es para ti. Un regalo de despedida.

Y, una vez más, Maya tiene la sensación de que va a llorar. Durante todo el día ha llevado las palabras de Frank consigo, cada una de ellas una pesada losa que interpreta como un castigo, porque lo cierto es que ha sentido celos de la belleza de Aubrey y, aunque no lo había notado hasta que Frank se lo dijo, una pequeña parte de ella despreciaba su decisión de quedarse en Pittsfield.

—¡Vaya! —exclama—. Gracias. Siento haber sido tan gilipollas estas dos semanas.

Aubrey parece tranquila.

—Gilipollas no sé, pero un poco imbécil sí.

Su tono es alegre. Da un trago a una lata de refresco de naranja que hay sobre la mesa de plástico y se la ofrece a Maya, que la acepta agradecida.

«¿Le eres leal a alguien?».

—Pero —continúa Aubrey— yo tampoco he sido la mejor amiga del mundo.

Es cierto, piensa Maya. Sin embargo, una parte de ella comprendió desde el principio que Aubrey es así. No ha tenido más amistades de larga duración. ¿Y acaso no es más fácil despedirse de una persona de la cual quieres alejarte lo antes posible?

—Así que, sí —dice Aubrey—. Yo también lo siento.

Sus disculpas quedan en el aire. Maya ni siquiera se plantea sacar el tema del vestido rojo.

Aubrey suelta una carcajada.

—Qué idiotas somos.

Maya también se ríe, y las carcajadas se prolongan hasta que desaparece cualquier rastro de incomodidad.

Cuando se pone el sol, Eric, el hermano pequeño de Aubrey, vuelve a casa con una baraja de cartas en la mano.

—Hola —dice quedándose por el porche, en lugar de entrar a casa enseguida. Mira a su hermana adolescente y sabe que pueden echarlo de allí en cualquier momento—. Adivina qué. ¡He recuperado mi Charizard!

—¡No puede ser! —exclama Aubrey—. Así se hace, tío.

Eric sonríe y les enseña una carta de Pokémon con un pequeño monstruo naranja en el anverso. Maya conoce al crío desde que tenía seis años. Sus ojos azules arden en deseos de saber qué se traen entre manos su hermana mayor y su amiga. Antes, a Maya le resultaba molesto, pero ahora tiene ganas de abrazarlo.

—¡Genial! —dice por lo de la carta.

—Hay macarrones con queso en la cocina —dice Aubrey.

—¿Qué hacéis? —pregunta él.

—Hablar de tonterías. Entra a comer.

Parece decepcionado, pero obedece.

Maya está a punto de contarle lo de Frank cuando Aubrey anuncia:

—He decidido matricularme en la Universidad de Luisiana. Este año no, claro. El que viene.

—¿Qué? ¡Dios mío!

—¡Lo sé!

—¿Por qué Luisiana?

A Aubrey le encanta por los pantanos, el musgo español en los árboles y el Mardi Gras de Nueva Orleans. Quiere pasárselo en grande en los desfiles multitudinarios. La otra razón es que tiene un plan para pagar la matrícula.

—Mi madre tiene una prima, Justina, que vive en Lafayette, y desde hoy recibo todo mi correo en su casa. El mes que viene iré a visitarla para inscribirme en el censo electoral y hacerme el carnet de la biblioteca. También he estado buscando en Craigslist un trabajo temporal para cuando esté allí, rellenando sobres o algo así, para tener un historial laboral.

—¿Crees que funcionará?

Aubrey parece esperanzada.

—Es posible.

—Seguro que lo consigues.

—Tienen un porcentaje alto de aceptación. Un setenta y cinco por ciento o algo así. Aún tengo que decidir qué quiero estudiar.

—No pasa nada, mucha gente no lo sabe hasta que llega.

—Tú sí.

Maya se encoge de hombros. Por supuesto que iba a decantarse por literatura para poder estudiar a los realistas mágicos, como hizo su padre, y convertirse en la escritora de renombre que él debería haber sido.

—Escribes poesía —dice—. A lo mejor podrías estudiar también escritura creativa.

—Yo más bien pensaba en psicología. Siempre me ha interesado saber por qué la gente hace las cosas que hace. Y filosofía también... La verdad es que no sé nada del tema, pero me apetece, ¿sabes? Creo que me gustaría.

—Desde luego —responde Maya—. Eres muy filosófica.

Aubrey sonríe, más contenta de lo que lo ha estado en todo el verano.

—Y, por si no consigo entrar en la Universidad de Luisiana —añade como quien no quiere la cosa—, también solicitaré plaza en UMass Amherst, UMass Lowell y, eh..., Boston.

Maya se apresura a apuntalar el orgullo de su mejor amiga: a Aubrey no le gustaría que nadie, ni siquiera Maya, pensara que la está siguiendo.

—Buena idea, pero estoy totalmente segura de que acabarás en Luisiana. Y será increíble, e iré a visitarte y...

—¡Iremos a Nueva Orleans!

—¡Sí!

Ambas sonríen de oreja a oreja. Fuera empieza a oscurecer.

—Creo que no haría esto si no fuera por ti —dice Aubrey.

—Ah, no lo sé...

—No, de verdad. La universidad siempre me pareció algo para los demás. Nunca pensé que quisiera ir, pero, cuando te aceptaron, fuiste a ver las residencias y empezaste a hablar de las clases a las que asistirías..., me dio tanta envidia que no sabía qué hacer. Y me di cuenta de que sí quiero ir a la universidad. ¿Por qué coño no iba a hacerlo?

Las luciérnagas parpadean en el patio, una constelación inquieta que Maya y Aubrey observan un rato antes de entrar a prepararse. Cuando Aubrey le pregunta por Frank, Maya baraja la posibilidad de contárselo todo —lo de su hermosa pero espeluznante cabaña en el bosque y el lapso de memoria—, pero, a cada hora que pasa, le parece todo más improbable y su convicción más borrosa. Por no mencionar que la noche supuestamente ha de ser divertida y no quiere hablar de Frank. No quiere revivir lo que le dijo por teléfono.

—Tenías razón —es todo cuanto le dice a Aubrey por ahora—. Resumiendo: sí, Frank es un tipo raro.

Tender Wallpaper son tres hermanas que armonizan, acompañadas de sintetizadores y percusión, como solo unas hermanas pueden hacerlo. Tanto ellas como su música son temperamentales y teatrales, y aparecen en el escenario envueltas en lentejuelas y con una iluminación subacuática. Su sonido también es vagamente subacuático, como de sirenas, y el piano gorjea como un barco naufragando. Maya y Aubrey ya las habían visto en otro concierto, en el que aprovecharon el hecho de ser hermanas para disfrazarse de las tres parcas. Una enorme bobina de hilo de platino formaba parte de la coreografía: una hermana desenrollaba el hilo, otra lo medía y la tercera lo cortaba con unas tijeras grandes.

Pero hoy, Maya no es capaz de discernir la temática. Aubrey y ella se han abierto paso hasta la parte delantera de la sala, de tamaño mediano, y se encuentran cerca del escenario, balanceándose al ritmo de la música. Las hermanas llevan largos vestidos ceñidos y capas. Una va completamente de verde, otra de rojo y la tercera de azul.

—¿Quiénes se supone que son? —le pregunta Maya a Aubrey entre canción y canción.

Aubrey sonríe.

—¿De verdad no lo sabes?

Empieza una nueva canción mientras Maya sigue pensando en cuál es el tema del concierto, pero no se le ocurre ningún otro trío famoso y empieza a preguntarse si Aubrey no le estará tomando el pelo. Sería muy típico de ella.

Hacia el final del concierto, las hermanas empiezan a agitar los dedos sobre el público como si lanzaran hechizos, y las luces se vuelven locas; rayos verdes, rojos y azules se superponen formando tonos más oscuros mientras las voces se unen en algo que no suena tanto a armonía como a la voz de una criatura enorme, divina y no del todo humana.

—Dímelo —le pide Maya cuando termina la canción.

Aubrey ahueca las manos alrededor de la oreja de su amiga y dice:

—Flora, Fauna y Primavera.

¡Claro! Son las hadas madrinas de *La bella durmiente*. Maya no ha visto la película desde que era niña, pero ahora recuerda los coloridos hechizos que brotan de las varitas. Un pastel mágico. Un vestido mágico. Es normal que Aubrey se acordara. Le encantan los cuentos de hadas y la magia. Y las canciones tristes. La última de la noche es su favorita y, cuando suena, cierra los ojos y se deja llevar por la música.

29

Maya esperó una vez más a que su madre se durmiera para coger las llaves del coche e ir a la cabaña de Frank. La noche no era el momento ideal, pero Brenda jamás le habría prestado el coche en su estado: febril, inquieta y presa de una urgencia que se negaba a explicar. Solo esperaba que Frank estuviera en su bar habitual y no en la cabaña. Su plan era ir a echar un vistazo, y mirar por las ventanas si parecía que no había nadie dentro. Imaginaba que, cuando menos, la acercaría a la verdad, ya que una sola imagen como la del cuadro había desencadenado recuerdos que creía haber perdido.

Circuló más rápido al salir del centro, ya que había menos semáforos y coches. Habían transcurrido dos horas desde su segundo martini en el Patrick's; se había cerciorado de ello antes de conducir, e incluso se había obligado a comer un cuenco de sobras de chili. Entre bocado y bocado, le había asegurado a su madre que estaba tan delicioso como siempre. Simplemente no tenía hambre.

Siete años atrás, Maya había estado a punto de pasarse de largo Cascade Street, pero esta vez el móvil se lo puso fácil ofreciéndole indicaciones desde el asiento del acompañante, al menos mientras tuviera cobertura. Cada vez había más árboles. El parque nacional, tan verde en verano, estaba en el esqueleto en aquella época del año, y Maya no tuvo problemas para divisar el buzón a su izquierda. Al parecer, recordaba más de lo que creía.

Aparcó al principio del largo y sinuoso camino de acceso, y anduvo el resto del trayecto hasta la que había sido la casa del padre de Frank. Alguien debía de haberla comprado, aunque era posible que Frank se la hubiera quedado si había recibido una herencia cuantiosa. Se le aceleró el corazón cuando se acercó a la casa y vio luz en una de las ventanas del piso superior. No era tan bonita como la recordaba, o quizá se había deteriorado en los últimos siete años. El porche estaba hundido y la pintura descascarillada, y faltaban dos contraventanas.

Aminoró el paso y caminó con cuidado, como si quien estuviera dentro pudiese oír el crujido de sus zapatillas sobre la nieve. En verano habría cruzado el jardín agachada entre la hierba alta, pero, si alguien se asomaba a la ventana en ese momento, la distinguiría fácilmente en medio de aquel manto blanco. La luna resaltaba su azul ártico. Un viejo álamo se alzaba a la entrada de la carretera abandonada, y su masa redondeada de apiñadas extremidades grises le recordó a un cerebro.

Al adentrarse en el bosque, pasó por debajo de sus lóbulos, que eran ramas que se bifurcaban cual arterias sobre su cabeza. Llevaba una linterna que le había cogido a su madre, pero vio que no la necesitaba. La nieve brillaba y, si hacía frío, no lo notaba. La adrenalina la ayudaba a entrar en calor. Pensó en el esfuerzo que había hecho por contener los recuerdos de la última vez que estuvo allí, en las pastillas que había tomado para que la verdad siguiera latente bajo aquella falsa comodidad que nunca acababa de encajar. Habría tenido que estar aterrada, y lo estaba, pero también se sentía aliviada al saber que por fin estaba llegando a la raíz del secreto de Frank. Percibía que estaba cerca, que casi podía tocarlo con los dedos.

No oyó el arroyo al acercarse al puente —debía de estar helado—, pero no importaba. La carretera, aunque claramente abandonada, era fácil de seguir, una línea recta a través del bosque.

Pero entonces se dio cuenta de que había algo que no encajaba en aquella carretera. De repente, no podía creer que no se le hubiera ocurrido antes. ¿Cómo había podido ser tan tonta a los diecisiete años?

Era obvio —tanto entonces como en aquel momento— que nadie había conducido un vehículo por ese camino desde hacía años.

El padre de Frank le había dicho que tendría que ir andando.

De repente, comprendió la crueldad de su sonrisa. Realmente estaba riéndose de ella. Era imposible que Frank hubiera cargado a pie con los suministros necesarios para construir una cabaña: la madera, los fogones, el fregadero, el lavabo y cada una de las piedras de la chimenea.

Pero Maya no había sido tan tonta entonces. Sí había comprendido. Nada más ver el puente le vino todo a la memoria.

30

Maya se detiene en seco al ver un puente por el que no podría pasar sin peligro ni una bicicleta. La linterna del padre de Frank parpadea en su mano y un viento fresco se desliza entre las hojas, dispersando lo que queda del calor del día, mientras ella intenta atar cabos.

Un escalofrío le recorre la columna vertebral.

El puente que tiene ante sí no solo está abandonado, sino también en ruinas, irrecuperable. Con sus huesos oxidados y las torretas expuestas, parece la caja torácica de un gigante. Se han caído grandes trozos de hormigón por los lados de la carretera, que solo es transitable por la zona central.

Está a punto de dar media vuelta, estremecida hasta la médula, cuando ve una luz al otro lado del arroyo. Entrecierra los ojos. La luz es más grande, estable y difusa que la de una linterna. Al acercarse unos pasos está segura de que hay alguien al otro lado del maltrecho puente. Intuye que es Frank, pero no puede verlo.

Su instinto le dice que se marche de allí, pero no lo hace. La misma curiosidad de otras veces, que casi parece compulsión, se ha vuelto más fuerte a cada paso, como si la hubiera arrastrado hasta allí una cuerda invisible. Además, si Frank ha pasado al otro lado, el puente debe de ser seguro. Avanza con sumo cuidado y camina como si estuviera en la cuerda floja al llegar a la parte central, donde los márgenes de la carretera se han desprendido a ambos lados.

En esa zona, el puente solo tiene un metro de ancho, y el agua que pasa por debajo es rápida y oscura. Parece profunda. Maya está temblando cuando llega al otro lado y atraviesa una última arboleda hasta llegar a un claro. Ahora ya conoce el motivo por el que Frank se comporta de manera tan rara con su cabaña, pero lo que ve le quita el aliento de todos modos.

No hay cabaña, tan solo los restos de unos cimientos de hormigón, un rectángulo ancho y agrietado en mitad del claro. Ahí es donde encuentra a Frank, recostado en un saco de dormir de felpa roja a un par de metros de donde parece que había una chimenea. Ha colocado justo en ese punto una lámpara a pilas. El resplandor anaranjado que se veía desde el otro lado del puente es una burda réplica de los acogedores fuegos que debieron de arder allí alguna vez, cuando la casa existía.

Frank entrecierra los ojos, cegado por la linterna de Maya, pero no parece sorprendido de verla. Esboza una sonrisa tímida, pesarosa incluso, sin moverse de su cómoda posición mientras ella observa el entorno. La lámpara portátil y el saco de dormir, una jarra de agua, la mochila de Frank y una naranja a medio pelar.

Lleva camisa de franela y vaqueros, pero va descalzo. Los zapatos están a unos metros, al borde de los cimientos, como si los hubiera dejado en la puerta, como si no hubiera querido ensuciar el suelo. La idea de que Frank se venga aquí a fingir que la casa es real resulta tan absurda, triste y extraña que Maya tiene que taparse la boca para contener una carcajada de sorpresa.

—Ey —dice Frank.

Suena avergonzado, cansado o ambas cosas.

—Frank…

—Lo sé… Lo siento mucho, Maya.

Pero está demasiado desconcertada para enfadarse.

—¿Por qué mientes en algo así?

Frank suelta un largo suspiro.

—Supongo que no hay excusa.

Tal vez no, pero Maya quiere una respuesta. Lo mira fijamente y espera, con la linterna apuntando hacia los cimientos agrietados.

—La verdad es que solo soy un tío que vive en casa de su padre y lo cuida —dice—. Ni siquiera tengo coche propio, y mi trabajo es vergonzoso. Y tú… Bueno, es evidente que a ti te irán mejor las cosas.

A Maya se le quiere escapar otra carcajada de sorpresa.

—¿Estás diciendo que te has inventado lo de la cabaña… para impresionarme?

Frank baja la cabeza.

—No puede ser verdad.

—Lo siento —repite él.

Pero es como si Dorothy descorriera la cortina y descubriera a un hombre que finge ser mago.

—No tenías…, no tenías por qué hacerlo —dice Maya—. Me gustabas muchísimo.

No pretendía hablar en pasado, pero ambos se han dado cuenta. El viento arrecia, agitando las hojas, y, cuando Frank habla de nuevo, lo hace tan bajo que Maya tiene que acercarse para oírle. Ahora está junto al saco de dormir y lo mira a los ojos, llenos de tristeza.

—Es que te vas a la Universidad de Boston —dice él—. No quería que pensaras que soy un pueblerino sin porvenir. Tengo veinte años y vivo en casa de mi padre.

—Nunca he pensado eso de ti —responde Maya.

Pero ahora no lo tiene tan claro. Esta noche ha venido impulsada por los celos y el enamoramiento, por la necesidad de saber por qué estaba con Aubrey, pero, al verlo descalzo y solo en el bosque, el hechizo se ha roto. Puede que mintiera sobre la cabaña para impresionarla, pero eso no explica por qué está aquí ahora. No explica el saco de dormir o los zapatos junto a una puerta imaginaria.

—¿Estás bien? ¿Cuánto tiempo llevas aquí?

—No mucho —murmura él, mirando hacia otro lado.

—¿Y por qué...?

Frank inspira entrecortadamente.

—Porque aquí me siento a salvo.

—¿A salvo de qué?

—De mi padre.

Maya recuerda que Frank mencionó problemas en casa cuando era pequeño.

—¿Te ha hecho algo?

Frank exhala bruscamente. Podría ser un suspiro de dolor o de mofa. Ahora tiene la cabeza gacha, así que es imposible saberlo.

—Ha hecho muchas cosas. A mí..., a mi madre... y a completos desconocidos. Esa es la razón por la que mi madre me alejó de él cuando tenía doce años. Es peligroso.

Maya vuelve la cabeza, como si el padre de Frank hubiera podido seguirla hasta allí. Ahora sabe, como debería haber sabido antes, que Frank podría estar mintiéndole, pero su padre la ha puesto nerviosa.

—Entonces ¿por qué sigues viviendo con él? —pregunta—. Si es peligroso, deberías ir a la policía.

Frank niega con la cabeza.

—No lo entenderían. Mi padre nunca le ha puesto una mano encima a nadie. Le hace daño a la gente de otras maneras. Es manipulador y controlador. Era profesor de psicología, pero se metió en líos y perdió su trabajo, su licencia de psicólogo, todo. Estaba arruinado y se desquitaba conmigo y con mi madre.

—Siento oír eso, Frank…

Pero al ver que él empieza a distanciarse de la presente situación, de su extrañeza, intenta reconducir la conversación. No se dejará absorber por otra de sus historias.

—Sigo sin entender qué haces aquí —insiste Maya.

Frank pega las rodillas al pecho, replegándose sobre sí mismo. Habla en voz tan baja que Maya no lo oye y tiene que acercarse más. Se le ve pequeño, indefenso.

—¿Qué has dicho? —pregunta Maya con suavidad.

—He dicho que para mí es real. Cuando tenía diez años, la noche que me perdí, pensé que iba a morir solo en el bosque, y sé que te parecerá una locura, pero la cabaña… me salvó. La necesitaba, y aquí estaba.

»Me la imaginé con mucha claridad, hasta el más mínimo detalle, y, cuando cerré los ojos, fue como si estuviera allí, como si estuviera en casa, en un hogar más seguro y afectuoso que el que había dejado. Un lugar en el que no estaba mi padre. Después de aquello volví muy a menudo, los días y noches en que tenía que escapar. Venía aquí, al hogar más real que había conocido. Me sentaba, como esta noche, e imaginaba la puerta de mi cabaña. Tenía que visualizarla antes de poder entrar. El color del pino, el pomo de latón. Tenía que sentir el pomo en la mano. Una vez que lo sentía, podía girarlo y todo estaba esperándome al otro lado. Un hogar. Algo sabroso de comer en los fogones, fuego en la chimenea. Un sofá grande y cómodo.

Maya asiente. Puede imaginarse fácilmente lo que está describiendo; ya lo ha hecho antes, y ahora se lo permite.

Saber que no es real duele, pero es aún más triste comprender cómo hizo que lo pareciera. La razón por la que la cabaña le parecía real a Maya era que Frank había pasado horas y horas construyéndola en su cabeza. Aquí, en este claro. Solo. Conoce cada tablón del suelo y cada armario como si los hubiera colocado y fabricado él mismo; conoce todas y cada una de las vetas de la madera de pino. Conoce tan bien el lugar que, cuando habla de él, como está haciendo ahora, cobra vida. El calor del fuego. Su olor. No sabe por qué le está contando esto, ahora que Maya sabe que no es real. Sin embargo, la relaja escucharlo. Lo comprende, no lo culpa por nada de lo que ha hecho. Todo el mundo necesita un lugar al que volver.

Maya ha perdido el hilo de lo que le Frank estaba explicando, y ahora él se queda en silencio.

De repente, Maya oye a su espalda lo que parece una puerta cerrándose, un sonido que allí no tiene sentido y que, sin embargo, es inconfundible: un chirrido de bisagras seguido del golpe seco de una puerta al encajar en el marco, justo detrás de ella. Algo le dice que no se dé la vuelta, pero lo hace de todos modos. Tiene que saber. Al girarse lentamente, ve a Frank.

Justo delante de la puerta principal, que debe de haber cerrado el viento.

Maya se queda boquiabierta al ver su obra. Frank hablaba con excesiva modestia de la cabaña. Es perfecta. Entrelazando los dedos con los de Maya, se la enseña, y ella no puede dejar de sonreír. Luego llega el tentador y fragante estofado, que no prueba porque el súbito recuerdo del libro de su padre amenaza con romper la ilusión.

Y Frank no quiere dejarla marchar. Cree que debería irse a vivir allí con él.

Le dice que se relaje, que se tome el guiso, y, al ver que no lo hace, deja la cuchara ruidosamente sobre la mesa. Hinca una rodilla en el suelo como si fuera a pedirle la mano, pero sus ojos arden de ira y, en lugar de un anillo, le pone en la mano algo un poco más grande. Maya nota los dientes metálicos y, al mirar hacia abajo, ve la llave de la cabaña. Por un breve instante, se siente confusa.

¿Por qué iba a necesitar la llave de una cabaña en la que ya está?

Pero, en cuanto lo piensa, la idea se desvanece, y lo que ocurre en los siguientes minutos permanecerá enterrado en el sótano más profundo de su cabeza durante siete años.

Maya se relaja.

Su respiración se acompasa.

Y su corazón. Es muy agradable estar allí. Se hunde más en la silla y se recuesta.

—Bien —dice Frank—. Bien. —Despega la rodilla del suelo, se pone de pie y sonríe—. Ahora te sientes mejor. Más tranquila.

Ahora Maya se siente mejor. Más tranquila.

—¿Quizá quieras sentarte al lado del fuego? —Lo dice como si no fuera una pregunta—. Ponte cómoda —añade—. Relaja esas piernas cansadas.

A Maya nada le gustaría más que sentarse junto al fuego, ponerse cómoda y relajar las piernas cansadas.

—Aquí te sientes segura —afirma Frank.

El cuerpo de Maya da una lenta sacudida cuando algo frío y húmedo le golpea en la nuca. Frunce el ceño.

—Aquí te sientes segura —repite él.

Una segunda gota fría le cae en la rodilla. El líquido vigorizante se desliza por su pantorrilla desnuda y Maya se concentra en él, en la sensación de hormigueo que avanza hacia el tobillo. Luego otra gota, y otra más —en el hombro, la frente, la muñeca—, que la devuelven a sí misma. La lluvia ahoga lo suficiente la voz de Frank para que Maya entienda que debe salir corriendo.

Frank se pone en pie.

—Ven conmigo.

Maya no tiene intención de obedecer, pero (Dios mío) eso es justo lo que hace. Se levanta de la mesa como si sus piernas pertenecieran a otra persona. No puede evitar que sigan a Frank cuando se acerca al fuego, cuya luz anaranjada se refleja trémula en su rostro. Maya aspira el dulce aroma de la madera ardiendo.

«Mira la luz», cree oírle decir, o tal vez lo haya murmurado el arroyo y es su borboteo el que la atrae cada vez más hasta que el fuego es lo único que puede ver. Y saborear. Y sentir. Es como venir del frío y entrar en casa, como encontrar de repente todo lo que siempre ha perseguido. Confianza. Aprobación. Amor. La luz es como una satisfacción, como el sol en el rostro. Huele a nieve derretida. Suenan unas campanas. «Ahora estás a salvo», dice el riachuelo. «Estás en casa». Y así es como se siente, como si hubiera vuelto a casa. Pero Maya lo sabe. Aunque anhele el calor del fuego, las llamas con destellos rojos, naranjas, azules y dorados, una parte de ella sabe que «hogar» no es la palabra adecuada para este lugar.

Es como en el relato de su padre, donde Pixán es engañado por impostores. Al contemplar la niebla, Maya ha sabido que su verdadero hogar está en otra parte.

—Tú... —susurra, aunque su intención es gritarlo.

¡Una gota de lluvia en la mejilla!

Cada centímetro de su cuerpo quiere disolverse en la luz, pero vuelve la cabeza para mirar a Frank.

—Me has engañado.

—Tranquila —dice él. Pero ya no suena tan seguro de sí mismo.

Maya sacude la cabeza con creciente ira, amenazando con romper el hechizo que le haya lanzado.

—¿Qué me has hecho?

—Escúchame, Maya. Tienes que calmarte...

—Lo sé —responde ella.

Y así, los troncos toscamente tallados que forman la pared que tiene a su espalda empiezan a parecer aún más rústicos. Empiezan a parecer árboles. Brotan malas hierbas entre las tablas del suelo, y ya no es el tejado lo que ve sobre ella, sino el abismo sin fin del cielo nocturno. Y, al mirar hacia abajo, es como encontrarse de repente al borde del Gran Cañón. Un vértigo aterrador, enorme. Una inmensidad abrumadora.

—Maya —le suplica Frank.

Ella lo mira a la cara. Frank ha estado hablándole, lo ha hecho en todo momento, mientras ella se dedicaba a mirar el cielo, la pared, el fuego o el guiso.

Pero no debe escuchar. Ahora lo sabe. Frank le ruega con los ojos que no lo diga, pero solo consigue empujarla a hacerlo.

—No hay cabaña —dice Maya, y lo que queda de ella se disuelve y el techo vuelve al cielo y el suelo a la tierra.

Está desorientada cuando intenta correr. No le responden las piernas o ha olvidado cómo usarlas. Con las fuerzas que le quedan, intenta avanzar, pero es como si tuviera la mitad inferior del cuerpo atada en una postura incómoda.

El problema resulta evidente en cuanto mira hacia abajo: no está delante de la chimenea, sino sentada en la oscuridad, bajo la lluvia. Con razón no puede salir corriendo. Tiene las piernas cruzadas.

Ella y Frank están sentados en el saco de dormir, iluminados por la tenue luz de la lámpara portátil y empapándose. Maya tiene todas las extremidades dormidas y se levanta con torpeza, apoyando las manos en el saco resbaladizo.

—Espera, Maya...

Un mareo al incorporarse la ciega momentáneamente, pero se abre paso y casi tropieza con la naranja que Frank estaba pelando cuando llegó. Deja atrás los cimientos y echa a correr por la tierra mojada. Ahora hay nubes tapando la luna. Ha olvidado la linterna y solo puede ver unos metros por delante mientras se adentra en la arboleda que bordea el claro.

No distingue los márgenes del puente cuando se lanza a cruzarlo a toda velocidad.

—¡Para!

Maya lo ignora. La grava de la carretera está mojada. Cuando se acerca a la mitad del puente, le suenan alarmas en el pecho y algo le dice que aminore la marcha, pero, en su deseo de alejarse de Frank, hace caso omiso de la intuición. Más atrás, oye los pasos de Frank por encima del ruido del agua que corre.

—¡Cuidado! —grita él.

Detrás de ella se enciende la linterna y ve el tramo de puente derrumbado y la caída que estaba a punto de sufrir.

Maya grita y voltea los brazos. Se tambalea en el borde y cae directamente en brazos de Frank.

—Shh… —susurra él mientras la abraza—. Ahora estás a salvo. Cálmate. No hay nada que temer.

Pero Maya no le creerá dos veces. Se zafa de él, y está a punto de cruzar a toda prisa el estrecho tramo derruido del puente cuando Frank apaga la linterna de su padre.

La oscuridad es total.

El viento arrecia, y también la lluvia. Lo que antes eran chaparrones intermitentes se ha convertido en un diluvio, en la clase de lluvia que te obliga a gritar para hacerte oír. Sin la linterna, los márgenes de la carretera han desaparecido en la oscuridad y, si caminara ahora por ese estrecho tramo, cada paso podría acercarla a un lugar seguro, al coche, a su madre, a su casa, o, por el contrario, a un río enfurecido, que ya no es el plácido riachuelo que le ha parecido antes.

Así pues, se pone a gatas y sigue avanzando a tientas. Pasa las manos por los bordes, y el hormigón roto le roza las manos y las rodillas. Sabe lo fácil que sería caer, y nunca ha sido buena nadadora, aunque poco importaría eso si fuera a dar de cabeza contra un peñasco.

Se mueve con cuidado pero deprisa, ya que Frank aún la sigue. Sabe que está hablando, pero hace lo posible por no oírlo; escucha solo la lluvia que cae sobre el puente y el río y convierte la tierra en barro bajo sus pies. Por fin, la carretera se ensancha de nuevo.

Maya se pone de pie en un instante, incapaz de ver gran cosa, pero lo único que tiene que hacer es seguir ese camino, que la llevará de vuelta al coche.

Echa a correr con Frank a la zaga, y no baja el ritmo ni siquiera cuando el camino se adentra de nuevo en el bosque.

Pero entonces oye el tintineo de las llaves más atrás.

Se le hiela la sangre. Aminora el paso, y Frank se acerca hasta que Maya puede sentir el calor de su cuerpo.

—Te has olvidado de esto —le dice al oído.

Maya no se da la vuelta. Cree que podría correr más rápido que él, pero eso no importa si Frank tiene las llaves del coche.

—Dámelas.

Maya habla con firmeza, pero la lluvia hace que sus palabras suenen livianas.

—Claro —responde Frank un tanto indignado.

Ella tiende la mano para que le entregue el voluminoso llavero, cargado con las muchas llaves de su madre —casa, coche, taquilla del trabajo, caseta del jardín— y una linterna pequeña, pero no es lo que Frank deja caer.

La única llave que le entrega es la suya.

31

Las lágrimas de Maya se mezclaban con la nieve bajo la luz azulada de la luna mientras volvía al coche de su madre desde el puente abandonado. Pensó en la última vez que había pasado por allí, con el brazo de Frank rodeándole los hombros mientras ella intentaba averiguar qué hacían bajo la lluvia. Recordó haber mirado atrás sin poder ver el puente ni evocar ninguna imagen de él ni de cómo lo había cruzado, solo la carretera frondosa internándose en la oscuridad.

Frank había intentado hacerle creer que era ella la que actuaba de forma extraña, que tan solo la estaba acompañando a su coche tal como ella le había pedido; sin embargo, huyó de él en cuanto se hubo orientado, convencida de que le había hecho algo.

Había tenido la intención de contárselo todo a su madre al llegar a casa. Pero ¿contarle qué, exactamente?

Brenda había trabajado aquella noche, y Maya, calada hasta los huesos, agotada y confusa tras su estancia en la cabaña, decidió consultarlo con la almohada y explicarse lo mejor posible a la mañana siguiente. Pero las dudas seguían allí cuando despertó, como si Frank hubiera plantado una semilla que hubiera crecido en su interior durante la noche, una vaguedad en su comprensión de lo sucedido.

Maya lloraba por aquella versión de sí misma tan dispuesta a cuestionar su propia experiencia. ¡Claro que Frank le había hecho algo! La había convencido de la existencia de un lugar imaginario y, de algún modo, le había hecho creer que había estado allí. La había engañado y manipulado. Las lágrimas le devolvieron la sensibilidad en el rostro, aunque el resto del cuerpo seguía entumecido; la nieve se le iba colando dentro de los zapatos mientras cruzaba despacio el césped de la casa que había pertenecido al padre de Frank. Parecía obvio quién vivía ahora allí.

Porque ¿dónde iba a dormir Frank si no? ¿Cómo iba a guarecerse bajo un techo que solo existía en su cabeza? La luz de la ventana ya no estaba encendida y, al montarse en el coche, se lo imaginó durmiendo en la habitación de su infancia, en casa de su padre, indefenso, solo, tan vulnerable en aquel momento como lo era ella a los diecisiete años.

Se imaginó sobre él empuñando un cuchillo.

Maya buscaba la palabra para describir lo que le había hecho Frank del mismo modo que un perro se persigue la cola, moviéndose en círculos: la respuesta tan cerca y, sin embargo, a ese exasperante último centímetro de distancia. Iba sujetando el volante con las dos manos y frenaba en cada curva. En aquella época del año y estando tan agotada, debía circular con prudencia por aquellas carreteras.

La avalancha de recuerdos la había dejado exhausta, a punto de desplomarse, y, sin embargo, sabía que, cuando se tumbara, no podría dormir. Así de cruel era la abstinencia de las benzodiacepinas. La botella de medio litro de ginebra que compró de camino a casa era puramente medicinal. Necesitaba pensar, pero sus pensamientos se enredaban en marañas que no lograba desentrañar, y lo atribuyó a la falta de sueño.

Cuando llegó a casa, se sintió aliviada al comprobar que su madre no se había despertado en las dos horas transcurridas desde que le había cogido el coche sin permiso. Se sirvió un vaso de zumo de naranja (por la vitamina C) y añadió más o menos la mitad de la ginebra para conciliar el sueño. Se llevó el vaso a la cama, se lo bebió rápidamente y se tumbó en el mullido colchón. Notó un hormigueo en las manos y los pies a medida que se le calentaba la sangre y, al poco rato, empezó a quedarse dormida.

Tuvo la tentación de ignorar el móvil cuando sonó, dejar que saltara el contestador, permitir que la arrastrase la ginebra, pero entonces recordó que por la mañana no había llamado al trabajo para notificar que seguía enferma. Si era su jefe, Maya tenía que contestar. Maya no podía permitirse que, además de todo lo que estaba pasando, la despidieran, y sacó corriendo la mano de debajo de las sábanas.

Cuando vio el identificador de llamadas, el alivio le pegó tan fuerte como la ginebra.

—¡Dan! —exclamó.

—Hola…

—¿Cómo…? ¿Cómo estás?

—Bien, supongo. En mitad de los exámenes.

No parecía tan contento ni aliviado como ella.

—Seguro que lo estás petando —dijo Maya débilmente.

—Perdona que no haya contestado al mensaje.

Maya notó una opresión en el pecho.

—No pasa nada. Ya sé que estás muy ocupado.

Dan no dijo nada, y Maya ni siquiera respiraba. A lo mejor, si ninguno de los dos hablaba, la conversación terminaría y las cosas podrían volver a ser como antes.

—¿Qué te pasa, Maya?

Quería contarle lo que había recordado aquella noche; llevaba demasiado tiempo guardándoselo. Pero decírselo en ese momento sería arriesgarse a dar la misma imagen que siete años antes, como si estuviera insinuando que Frank la había hechizado de alguna manera y le había hecho ver cosas que no existían.

Aun así, lo que le había hecho parecía magia.

—¿Ves? —dijo Dan—. No quieres contármelo, ¿verdad?

—Por favor —respondió ella entre lágrimas—. Sí que quiero, pero...

—Claro —dijo él inexpresivamente—. Seguro que tienes tus razones, y lo respeto. Pero, sinceramente, no empecé una relación para esto. No quiero una relación en la que le ocultemos cosas a...

—Estoy pasando un síndrome de abstinencia del clonazepam.

—Perdona, ¿qué?

Maya había estado buscando el momento adecuado para decírselo, siempre más adelante, pero ese momento nunca llegaba, y aunque la palabra para describir lo que le había hecho Frank permanecía sumergida en una sopa extraña y neblinosa, el resto de lo que le ocupaba la mente quedó sorprendentemente claro cuando las palabras salieron de sus labios.

—Joder —dijo Dan cuando Maya terminó—. No lo entiendo. ¿Por qué me lo has ocultado?

—No lo sé —respondió ella—. Cuando nos conocimos no parecía importante, así que no lo mencioné, y luego... seguí callando hasta que empezó a parecer raro... el haber esperado tanto tiempo, quiero decir.

Dan suspiró.

—Me gustaría que habláramos de esto en persona —dijo Maya, que tenía ganas de abrazarlo, pero se alegraba de que no pudiera verla así.

—Entonces, esa es la razón por la que vomitaste en casa de mis padres.

—Sí.

Dan volvió a quedarse callado.

—Lo siento mucho...

—Podría haberte ayudado a superarlo.

—El caso es que también me mentía a mí misma. No quería seguir tomando las pastillas de Wendy. Sabía que me nublaban el pensamiento, que me volvían olvidadiza. Sabía que era peligroso mezclarlas con alcohol, pero llevo años haciéndolo casi todas las noches. Y no quería que esa realidad fuera cierta, así que fingí que no lo era.

—Maya…

—Lo siento.

—Has bebido esta noche, ¿verdad?

La decepción en su voz le dolió. Claro que Dan podía oír los cuatro tragos de ginebra que acababa de tomarse. Pensó en explicarle que la necesitaba para dormir, pero estaba lo bastante lúcida como para darse cuenta de que no era una buena excusa.

—Sí —susurró.

El silencio se alargó tanto que Maya tuvo tiempo de sopesar los dos caminos que podía tomar Dan. En vista de que Maya necesitaba ayuda, podía optar por apoyarla incondicionalmente, animarla a superarlo, o podía decir que aquello era demasiado, que ella era demasiado, disgustarse y marcharse.

—Tienes un problema —dijo Dan pausadamente—. ¿Qué piensas hacer al respecto?

Las lágrimas de Maya eran incontrolables y estaba moqueando, pero se le llenó el pecho de gratitud al percibir la bondad en su voz.

—Buscaré ayuda en cuanto vuelva a Boston —respondió.

—¿Qué tipo de ayuda?

—No sé, ¿un psiquiatra? O un terapeuta. Algún médico.

—Tengo un tío en Alcohólicos Anónimos. Creo que eso es lo que deberías hacer.

—Pero yo no soy alcohólica —dijo ella, instintivamente a la defensiva.

—¿En serio? La otra noche te emborrachaste en el cumpleaños de mi madre, y ahora has vuelto a hacerlo.

Maya no pudo rebatírselo.

—Y toda esta semana… Evidentemente, sabía que algo iba mal, y tú… me lo ocultaste. Has estado tomando pastillas a mis espaldas y bebiendo hasta vomitar. Te estás haciendo daño, Maya. Ya no puedes esconderlo más.

Maya se hizo un ovillo y se llevó las rodillas al pecho.

—Además —añadió Dan—, esos programas no son solo para alcohólicos. Los hay para todo tipo de adictos.

Aquella palabra la hizo estremecerse. Era el primer paso de un viaje que Maya no tenía interés en emprender. No quería asistir a reuniones ni encontrar a Dios, y, cuando pensaba en pasarse el día sobria, no estaba segura de que la vida mereciera la pena. Sintió el impulso de recordarle a Dan que fue un médico quien le recetó el primer clonazepam, que era culpa suya, o que los últimos días había reducido drásticamente el consumo de alcohol. O que podía desintoxicarse sola y lo haría, que no era necesario algo tan dramático como el programa de Alcohólicos Anónimos.

Pero en lugar de eso dijo:

—De acuerdo. Iré.

El problema de la palabra «adicta» era que se suponía que había que hacer algo al respecto, como si Maya no tuviera ya suficiente a lo que enfrentarse. Pero le había dicho a Dan que lo haría, así que, después de pasar un rato tumbada en la oscuridad, ya descansada, buscó sedes de Alcohólicos Anónimos en el móvil. Encontró una no muy lejos de su piso de Boston y le envió un mensaje a Dan para contárselo. Él le respondió con un corazón, y ella le mandó diez y se dijo que asistiría a las reuniones si eso hacía feliz a Dan. Haría lo que fuera por él, aunque no estaba dispuesta a reconocer que era adicta. Era físicamente dependiente de la medicación. ¿Acaso no era distinto?

Quedaba mucha noche por delante, y era muy consciente de la ginebra que aún había en la botella, guardada en la mesita de noche, así que la tiró por el fregadero. No sería fácil, pero era lo mejor. Tenía que mantener la mente clara. Se sentó al escritorio *vintage* que su madre había puesto en su antigua habitación y, con la pluma y el florido bloc de notas que había dejado para futuros invitados, empezó a enumerar lo que había averiguado aquella noche, empezando por lo que le había dicho Steven en el Patrick's.

1. Cristina planeaba irse a vivir a la cabaña de Frank.

Era una idea escalofriante ahora que Maya sabía que aquel lugar no existía.

2. Frank tenía clientes de algún tipo.

Se estremeció al pensar qué servicios podría prestar. Lo investigaría.

3. Su padre era profesor en Williams.

Apenas sabía nada sobre el padre de Frank, aparte de su nombre, que era Oren. Lo había buscado en internet hacía siete años, pero no había encontrado nada, y había desistido después de que el doctor Barry la convenciera. No había pensado mucho en Oren Bellamy desde entonces.

4. Oren…

Recordó su aparente regocijo la noche que lo conoció, al guiarla hacia una cabaña que él sabía que no era real. ¿No le había contado Frank algo sobre su padre en el claro? Maya frunció el ceño. Aquellos recuerdos recién recuperados eran tenues, incluso más imperfectos de lo que cabría esperar de una noche de hacía siete años. Sin embargo, escribir la ayudaba a pensar, a sacar a flote un pasado hundido. «Oren era la razón por la que Frank construyó la cabaña», escribió.

Ahora lo recordaba. Frank construyó la cabaña para huir de su padre.

Maya cogió el móvil. Añadir «Williams College» a su búsqueda de «Oren Bellamy» no arrojó nada nuevo, pero al final encontró referencias a dos artículos que había publicado en la década de 1980. Uno de ellos se titulaba «Rasgos de personalidad observables asociados a puntuaciones altas de absorción en la TAS», pero, cuando Maya intentó acceder al artículo, vio que había sido eliminado.

El otro artículo también había desaparecido, pero en el sitio web podían adquirirse números antiguos de la revista, que se llamaba *Neuropsicología experimental.* La web llevaba una década sin actualizarse. Maya sacó la tarjeta de débito e, introduciendo los datos en la interfaz beige de aspecto casi *vintage,* compró el volumen 17, de octubre de 1983, que contenía el artículo del doctor Bellamy.

Así que Oren era psicólogo y, o bien el Williams College había hecho desaparecer cualquier elemento que los relacionara, o bien nunca había dado clases allí.

Escribió «Dr. Oren Bellamy», «psicólogo» y, tras echar un vistazo a la lista de la libreta, añadió a la búsqueda la palabra «clientes». Allí estaba: Dr. Oren Bellamy, HTT. No solo aparecía su nombre, sino también su cara: una foto de primer plano sonriendo, con una americana a cuadros, sentado a su escritorio ante una estantería llena de libros. En la imagen aparentaba unos cincuenta años, menos que cuando Maya lo conoció.

La página pertenecía a un lugar llamado Clear Horizons Wellness Center. La web parecía actual, aunque no muy profesional. El diseño era chapucero, la tipografía chillona y el logotipo, un sol naranja sobre un horizonte azul, parecía hecho con imágenes prediseñadas. Era difícil saber qué clase de servicios ofrecía el centro exactamente.

Leer la sección «Acerca de» no ayudó mucho. Al parecer, el «método terapéutico patentado» del doctor Oren Bellamy tenía un índice de éxito del cien por cien en la curación de una extensa lista de «enfermedades incapacitantes» como la adicción, las fobias, la ansiedad y la depresión, además de facilitar la pérdida de peso, dejar el tabaco y «superar el duelo».

Varios clientes daban su testimonio: «No es exagerado decir que Clear Horizons me salvó la vida», Carol M; «¡Por fin algo que funciona!», Mike R; «¡Nunca pensé que podría superar la pérdida de mi hermana, pero entonces conocí al doctor Hart!», Susan P.

El último testimonio era un vídeo. Cuando Maya lo abrió, empezó a hablar un anciano que estaba sentado en lo que parecía el despacho de un terapeuta, frente a una ventana con vistas a un bosque. De fondo sonaba una música tranquila. «Cuando mi Diana murió, pensé que yo también me moriría —decía—. Me parecía que no tenía sentido seguir viviendo». El hombre sonreía con ojos soñadores y desenfocados, y a Maya se le heló la sangre. «No estaría aquí si no fuera por el doctor Hart —aseguraba—. El doctor Hart me ayudó a seguir viviendo».

Ningún otro contenido de la página web contribuía a esclarecer la identidad del doctor Hart —aunque Maya tenía sus sospechas— ni la naturaleza del tratamiento que se ofrecía. Lo único que averiguó fue que el método terapéutico patentado del doctor Oren Bellamy seguía practicándose en el Clear Horizons Wellness Center, y solo allí. No se aceptaban seguros.

Maya leyó todas las secciones de la web sin saber bien qué esperaba encontrar. En la sección «Acerca de» se detuvo en las iniciales que aparecían detrás del nombre de Oren y se dio cuenta de que no sabía qué significaba «HTT». Tras una búsqueda en Google, lo primero que apareció fue «Homeópata titulado».

¿Homeópata titulado? ¿Sería correcto?

Añadió «psicología».

Lo que sucedió a continuación hizo que Maya dudara de si le ocurría algo a su teléfono, si había algún tipo de error en la pantalla. Había una frase entre los resultados de la búsqueda —dos o tres palabras, un título profesional— que no podía descifrar.

«... terapeuta titulado». No podía leer la parte inicial. Sus ojos no parecían captarla, como si las letras esquivaran su campo de visión. Daba igual cómo sostuviera la pantalla o dónde pulsara: no podía leer lo que precedía a «terapeuta».

En los últimos años, Maya había tenido problemas para leer alguna que otra vez, pero había sido lo bastante infrecuente como para que lo atribuyera a la vista cansada y no le diera mayor importancia.

Sin embargo, en ese momento, era evidente que el problema afectaba solo a una palabra muy concreta, o a parte de una palabra. Se levantó de la cama, encendió las luces y miró a su alrededor. No parecía tener ningún problema en la vista, ni manchas oscuras ni visión borrosa. Pero, cuando volvió a mirar el teléfono, el problema persistía. «... terapeuta titulado». Era como una ilusión óptica. Algo le impedía verlo. Se sintió mareada. Nada de aquello parecía posible. A lo mejor estaba loca de verdad.

Se sentó en el borde de la cama y se agarró la cabeza con las manos. Entonces se le ocurrió una idea y volvió a coger el teléfono.

Creó un documento online, copió «... terapeuta titulado» y lo pegó.

Luego seleccionó la opción «Leer en voz alta».

Lo que oyó le heló la sangre. La parte inicial resultaba confusa. Le costaba lo mismo oírla que leerla en la pantalla. «*#@^terapeuta titulado». La deformación era sutil —tal vez no se habría dado cuenta de haberla oído solo una vez—, pero ocurría todo el tiempo. «*#@^terapeuta titulado». A Maya se le aceleró el corazón. Buscó el ajuste para reproducir el sonido más lentamente. Se llevó el teléfono a la oreja, cerró los ojos y escuchó una y otra vez. Escuchó hasta que pudo oírlo, y en su pecho se elevó un sol negro.

Oren Bellamy era hipnoterapeuta titulado.

32

Maya aún no le ha contado a Aubrey lo de las pérdidas de memoria.

Cada vez está menos segura de sí misma, y no puede achacarlo a ninguna lesión ni afirmar con seguridad que no sea culpa suya, así que anoche no mencionó a Frank después del concierto de Tender Wallpaper ni antes de que volvieran a casa de Maya y se fueran a dormir.

Pero entonces soñó con la cabaña. En el sueño no ocurría gran cosa —Frank estaba sentado frente a ella y había cuencos sobre la mesa—, pero era aterrador, y no podía moverse ni abrir la boca para soltar un grito que tenía atorado en la garganta. El sueño era tan perturbador que, por segunda mañana consecutiva, no ha podido volver a dormirse.

Va a la cocina sin hacer ruido. Su madre y Aubrey siguen durmiendo. La ventana situada encima del fregadero está abierta y deja entrar el fresco matinal. Se sirve un zumo de naranja e intenta desterrar el miedo que le ha provocado el sueño, pero entonces ve el número parpadeando en el teléfono inalámbrico. Ocho. Ocho llamadas perdidas, y sabe de quién son. El registro así lo confirma. Frank lleva toda la mañana llamándola.

El oscuro miedo que ha estado conteniendo vuelve a inundarla, y se da cuenta de que no tiene ni idea de quién es Frank en realidad.

—Qué madrugadora.

Maya se sobresalta cuando su madre entra en el comedor con un camisón de algodón floreado y los rizos rubios formando un halo alrededor de la cabeza.

—No quería asustarte.

Maya se lleva un dedo a los labios.

—Aubrey está durmiendo.

—¿Está aquí?

Su madre parece descansada después de haber dormido toda la noche, lo cual es un lujo en su profesión. Va de una habitación a otra abriendo las cortinas para que la casa se llene de luz.

—¡Aubrey! Me alegro de verte.

Maya las oye en el pasillo. Aubrey debía de estar yendo al baño, probablemente con la intención de volver a dormir después, pero Brenda la ha interceptado.

—Hola, Brenda.

La voz de Aubrey es somnolienta pero cálida. Ha pasado mucho tiempo en esta casa, incluyendo un mes entero el año pasado, después de que su madre la echara de casa por meter a un chico en su habitación.

Brenda prepara tostadas rebozadas con huevo para todas y las sirve con abundante sirope de arce. Las tostadas están crujientes por fuera y blandas por dentro. La casa huele al rebozado y al café que Maya ha empezado hace poco a tomar con el desayuno, igual que su madre. Al principio lo hizo sobre todo porque Brenda no le dejaba beberlo cuando era pequeña, pero luego le gustó la sensación que le provocaba y pronto aprendió a amar su sabor amargo.

Después lava los platos y Aubrey los seca. Hablan mientras corre el agua. La cocina huele a Palmolive.

—Bueno, lo de Frank…

—¡Por fin! —dice Aubrey—. Pensaba que no me lo contarías nunca.

Anoche Maya no quería pensar en ello, pero ahora necesita saber hasta qué punto debería estar asustada.

—Tenías razón. Es un tío raro.

Aubrey nunca respondería con un «te lo dije», así que le dedica una expresión comprensiva.

—¿Qué hizo?

Maya enjabona un tenedor mientras le cuenta a Aubrey las tres veces que pareció perder el conocimiento cerca de Frank. La primera, en Balance Rock, imaginó que había sido por la marihuana medicinal de su padre, que tiene fama de ser muy fuerte. La segunda vez, la noche que se besaron, estaba tan emocionada que no dio importancia a las horas en blanco.

—¿Horas?

Maya, avergonzada, no aparta la vista de sus manos enjabonadas.

—Pero ¿cómo…?

—No tengo ni idea.

Espera a que Aubrey muestre su incredulidad, pero, al ver que no lo hace, le cuenta lo de ayer. La cabaña en el bosque. Los minutos en blanco al llegar y al marcharse. Estar caminando bajo la lluvia sin saber cómo llegó allí. Las llamadas telefónicas. El desconcierto.

—Salgo a correr —dice su madre, que aparece tras ellas con unos pantalones cortos y una camiseta en la que se lee: PUMPKIN FEVER TRIATHLON.

A Aubrey casi se le cae el plato que lleva dos minutos secando.

—Qué asustadizas estáis…

Al salir, Brenda deja la puerta de la cocina abierta.

Maya habría entendido que Aubrey se mostrara escéptica, pero, cuando consigue mirarla, no hay ni una pizca de duda en su rostro. No la juzga. La cree, y se nota. Parece asustada, más que la propia Maya hasta este momento en que ve el miedo en los ojos de su valiente amiga y cómo permanece inmóvil junto al fregadero.

—Lo sabía —dice Aubrey en voz baja—. Creo que a mí me hizo lo mismo.

Maya la mira fijamente.

—En el Dunkin' Donuts, justo antes de que nos vieras. Sentí que había pasado algo raro aquel día, pero luego pensé… —Menea la cabeza—. Pensé que eran imaginaciones mías.

—¡Dios mío, yo también!

Ahora las dos están aterradas.

—Fue después de que me reservara el libro… —Aubrey parece estar dándole vueltas a algo—. Una biografía sobre un médico que vivió en el Londres victoriano. Un mesmerista…

—¿Un qué?

—El mesmerismo es una práctica médica del siglo XIX. Básicamente, mimosas. Ese doctor se hizo famoso por practicarlo en un escenario. Utilizaba a una sirvienta como paciente, y la trataba delante de la gente. Algo así como un espectáculo de magia, solo que, en lugar de trucos, la gente pagaba por verlo minimizar a la pobre chica, que probablemente estaba inconsciente en todo momento.

Maya frunce el ceño, pensando aún en las mimosas.

—Perdona, ¿cómo has dicho?

—¿A qué parte te refieres?

—A lo de las mimosas.

—Mimosas —dice Aubrey—. O sea, *Hippobroma longiflora*.

A Maya casi se le escapa la risa. Cierra el grifo y la cocina se queda en silencio.

—¿Has dicho…?

Aubrey empieza a parecer molesta.

—¿En serio?

Maya no le pide que se lo repita. De todos modos, no importa qué libro le prestara Frank. Solo necesita saber lo que le hizo, lo que les hizo a las dos. Sacude la cabeza como para despejarse.

—¿Qué pasó en el Dunkin' Donuts?

—Hablamos de magia —responde Aubrey—. Me dijo que él también la practicaba: juegos de manos, trucos con monedas, ese tipo de cosas. Como si creyera que iba a impresionarme con eso.

A Maya le arde la cara. Ella sí que era impresionable.

—Me preguntó si quería ver un truco —dice Aubrey—. Y me lo vendió, ¿sabes?

Maya sabía.

—Me dijo que era un truco muy antiguo y que muy poca gente llegaría a verlo. Obviamente, quise saber de qué iba. Le dije que sí, y sacó una llave del bolsillo y la dejó encima de la mesa.

—¿La llave era rara, como si estuviera afilada?

—¿A ti también te ha enseñado el truco?

Maya negó con la cabeza.

—¿Qué hizo con ella?

—Dijo que la haría levitar. Me pidió que centrara toda mi atención en ella y que vería cómo se elevaba por encima de la mesa.

—¿Lo hiciste?

—Nunca llegó a esa parte. Primero me explicó la historia el truco, que nadie lo había puesto por escrito y que los magos lo habían transmitido oralmente durante generaciones. Bla, bla, bla. Yo sabía que nada de eso era cierto. Los trucos de magia suelen empezar con alguna historia, pero la suya no acababa nunca… —Aubrey adopta una expresión extraña—. Yo seguía escuchando, pensando que pasaría algo, pero no fue así. La llave se quedó donde estaba y yo… la miraba fijamente… Y entonces entraste tú.

Maya deja de fregar los platos y cierra el grifo.

—Después me fui a casa —añade Aubrey—, y, cuando llegué, me di cuenta de que había estado más de una hora en el Dunkin' Donuts.

—Toc, toc —dice Frank al otro lado de la puerta con mosquitera, y ambas se dan la vuelta con una mirada de terror.

No saben cuánto rato lleva allí ni qué parte de la conversación ha oído.

Maya coge instintivamente un cuchillo que estaba junto al fregadero.

—¿Qué haces aquí?

Frank mira el afilado cuchillo de mondar. Maya no sabe por qué lo ha cogido y le parece exagerado, pero intenta empuñarlo con confianza.

Él levanta las manos en un gesto de rendición.

—Solo quiero hablar.

—Ya te dije que no quería verte.

—Solo quiero aclarar lo de la otra noche.

Aubrey, que está más cerca de la puerta, lo mira a través de la mosquitera. Es cuatro o cinco centímetros más alta que él y, a diferencia de Maya, no parece asustada.

—Tienes que irte ahora mismo, Frank.

—Esto no tiene nada que ver contigo, Aubrey. No te metas.

—O si no, ¿qué? —Aubrey lo mira fijamente—. Lo sé —dice.

En el rostro de Frank asoma una expresión de miedo, rápidamente seguida de furia, pero mantiene la calma en su voz.

—No sé de qué hablas.

—Sé lo que nos hiciste.

Maya no sabe si va de farol.

Frank avanza hasta situarse a tres centímetros de su cara.

—Como decía, no sé de qué hablas.

Sus palabras encierran una advertencia.

En el pecho de Maya suenan señales de alarma, y no sabe si Aubrey está diciendo la verdad.

En cualquier caso, está claro que Frank se siente amenazado.

—Vete —dice Maya—, o llamo a la policía.

—Llama —tercia Aubrey.

Nadie se mueve.

Maya dirige la vista al teléfono que hay en la pared de la cocina, pero alguien se ha olvidado de colgar de nuevo el receptor inalámbrico. Repasa el salón, todavía sosteniendo el cuchillo. No ve el teléfono, así que sube a toda prisa las escaleras en busca de su móvil. Lo encuentra en su habitación, en el bolsillo trasero de los vaqueros que se puso la noche anterior para ir al concierto. Lo abre y está a punto de marcar el 911 cuando se frena para plantearse qué está haciendo.

¿Qué piensa decir exactamente? ¿Qué emergencia tiene? ¿Un hombre que conoce está hablando con su amiga en la puerta trasera? Frank no va armado y no ha hecho nada que las ponga en peligro. Maya se acerca a la ventana con el móvil en la mano y descorre la cortina. Apoya la cara en el cristal y, al mirar hacia abajo, ve a Frank hablando con Aubrey a través de la mosquitera. No puede ver a su amiga, que está dentro de la casa, pero parece que están hablando tranquilamente. Entonces, Frank saca algo del bolsillo y se lo enseña.

La llave.

Maya no tiene motivos para pensar que vaya a hacerle daño a Aubrey, pero su cuerpo reacciona como si hubiera sacado una pistola y estuviera apuntándole con ella a la cabeza. Maya empuña el cuchillo con más fuerza y se aleja de la ventana. Necesita que Aubrey se aleje de Frank. Aunque parezca estar bien. Aunque sea solo una intuición. Tiene que intentarlo. Baja corriendo las escaleras, pero empieza a andar más despacio al entrar en la cocina.

Los ve a través de la mosquitera. Aubrey ha salido y parecen relajados, uno al lado del otro, pero sin tocarse. El cielo es azul y los pájaros cantan. Maya va con los brazos caídos a los lados, el móvil en una mano y el cuchillo en la otra. A medida que se acerca, oye el murmullo de la voz de Frank. No entiende lo que dice, pero detecta un ritmo extraño, como si estuviera entonando una canción. Ya casi ha llegado a la puerta cuando Aubrey se desploma hacia un lado. No hace ningún esfuerzo por frenar la caída. Primero golpea el suelo con el hombro y luego con la cabeza.

Frank se vuelve hacia ella con cara de asombro. Maya abre de un golpe la mosquitera y sale corriendo.

—Pero ¿qué coño…? —dice Frank—. ¿Qué le ha pasado?

Maya suelta el cuchillo y el teléfono cae junto a su amiga.

—¡Aubrey! ¡Aubrey! ¡Despierta!

—¿Tiene alguna enfermedad?

Maya ignora la pregunta.

Aubrey tiene los ojos abiertos, y Maya la agarra de los hombros y la zarandea.

—Dios mío, Dios mío.

La cabeza de Aubrey golpea el cemento, inerte como una muñeca de trapo.

Maya se vuelve hacia Frank.

—¿Qué has hecho?

Frank parece atónito.

—Pero ¿qué dices? Estábamos hablando y…, y… —Señala el cuerpo de Aubrey, que tiene la cintura girada de un modo poco natural. Sus ojos verdes rechazan la mirada de Maya a la vez que están fijos en ella.

—No puedes culparme a mí de esto —dice Frank, cada vez más aterrado—. No puedes.

—¡Aubrey! ¡Despierta! ¡Despierta! —grita Maya con la cara llena de lágrimas mientras Frank retrocede lentamente.

33

No era solo que Maya no hubiera visto u oído la palabra «hipnosis» desde hacía años. Tampoco había pensado en ella ni en su significado: la inducción de un estado altamente sugestionable, similar al trance. Era como si el concepto mismo se hubiera borrado de su mente. Pero ahora que había logrado oír parte de ella —«hipno»—, le volvió a la mente el resto de la palabra y su significado. Y entonces lo tuvo claro.

Frank la había hipnotizado, y no solo una vez, sino varias, y luego había ocultado los recuerdos dentro de su propia cabeza. Al volver la vista atrás, Maya tenía la sensación de que llevaba mucho tiempo dándole vueltas al asunto, pero era como si la propia idea estuviera rodeada de confusión y por fin la hubiera comprendido.

Se puso a leer sobre hipnotismo en internet y se enteró de nuevos estudios en el campo de la neurociencia, nuevos avances en la comprensión de cómo puede tener efectos reales en el cuerpo lo que ocurre en la mente.

Cuando llegó a un artículo sobre sugestión poshipnótica, se sintió mareada y se recolocó el edredón alrededor de los hombros. Primero había tenido calor y se había quitado la ropa, pero luego le entró frío y se tapó con varias mantas. La larga melena se le pegaba a la espalda empapada en sudor.

Las sugestiones practicadas durante la hipnosis, leyó, podían afectar al comportamiento del paciente en su vida normal. Por ejemplo, el hipnotizador podía decirle a una persona que quisiera dejar de fumar que su siguiente cigarrillo tendría el mismo sabor que lo peor que hubiera comido en su vida. En algunos casos funcionaba: al parecer, una sugestión percibida durante la hipnosis tenía el poder de alterar la percepción más adelante.

¿Era ese el motivo por el que antes sus ojos se saltaban la palabra «hipnosis» y era incapaz de oírla? ¿Había implantado Frank una sugestión poshipnótica en su mente para que Maya no se diera cuenta de lo que le había hecho? Casi podía sentirla allí, ajena, invasiva. Una semilla que había germinado y extendido sus pálidas ramificaciones por el cerebro de Maya.

Dejó caer el móvil encima de la cama. Ya no soportaba mirarlo.

Le habría gustado poder limpiarse el interior del cráneo, y casi podía sentir las palabras de Frank invadiendo su ser. Ahora sabía cómo nombrar lo que le había hecho.

Pero ¿la hipnosis podía matar a la gente? ¿Era posible? A pesar de las investigaciones científicas recientes que había encontrado en internet, la palabra le hacía pensar en trucos teatrales, en un hombre con traje haciendo que unos voluntarios sobreactuados graznaran como patos. Le traía a la mente los espectáculos de magia que tanto le gustaban a Aubrey y que a ella siempre le habían parecido chabacanos. Pero estaba claro que no era el tipo de hipnosis que practicaba el padre de Frank. Steven había dicho que impartía clases en el Williams College y, si eso era cierto, la universidad, junto con las dos revistas que habían publicado sus investigaciones, habían borrado cualquier indicio de haber estado relacionadas con Oren Bellamy.

Sin embargo —según la página web de Clear Horizons—, había desarrollado él solo un «método terapéutico patentado» para tratar a los pacientes con un «índice de éxito del cien por cien». Frank había dicho que su padre era brillante pero peligroso, que había hecho daño a la gente, aunque no físicamente. Ahora Maya creía entenderlo. Oren no tenía que tocar a nadie para hacerle daño. Lo hacía con palabras, igual que su hijo. Frank aprendió de su padre.

Maya tenía que contárselo a alguien. Se lo diría a su madre. A Dan. A la policía. Encendió la luz y volvió a ponerse el pantalón de chándal y la camiseta.

Su madre no se despertó cuando Maya asomó la cabeza por la puerta de su dormitorio. Estaba durmiendo hacia arriba, con la boca abierta y las mantas subidas hasta los hombros. El reloj marcaba las 9.17. Maya se detuvo.

Afirmar que Frank la había hipnotizado la haría parecer tan delirante como hace siete años. «Es como si tuviera algún tipo de poder». Nadie la había creído entonces y nadie lo haría ahora, ni siquiera su madre, a menos que tuviera pruebas.

Volvió a su habitación con los pensamientos atropellándosele en la cabeza. Apagó las luces y volvió a encenderlas. Empezó a balancearse en la cama y se rodeó el cuerpo con los brazos. No bastaba con decir que el padre de Frank era hipnoterapeuta. Tenía que demostrar que Frank también lo era y que el hipnotismo que practicaban era mortal. Rompió a llorar. Era como haber liberado a un animal que tenía enjaulado en el pecho. La verdad que no la dejaba dormir, que había sido incapaz de comprender en los últimos años, había salido por fin a la luz.

Eso, o había perdido otra vez la cabeza.

La única persona que lo sabía a ciencia cierta era Frank.

Steven le había dicho que podía encontrarlo en el Whistling Pig casi todas las noches. El bar estaba a poco más de un kilómetro. Descargó una aplicación de notas de voz y probó a grabarse hablando a distintos volúmenes con el teléfono metido en la cintura, tapado con la camisa, y después, a su lado, escondido en el bolso, donde el sonido era mejor. Encontró en la mochila el jersey de cachemira color crema que se había puesto para ir a cenar con los padres de Dan; le quedaría mejor que la camiseta desteñida que llevaba puesta. Fingiría que pasaba por la ciudad y que había decidido tomar algo en el Whistling Pig. Actuaría como si se alegrara de verlo.

Como si nunca hubiera pensado que Frank podría haber matado a su amiga, o que fue él quien la llamó al teléfono fijo la otra noche, tal vez preocupado por que Maya empezara a recordar. Fue al cuarto de baño a buscar más maquillaje de su madre, pero el espejo le dijo que no podía hacer mucho al respecto. Tenía los ojos hundidos y los labios pálidos y agrietados.

A pesar de su mal aspecto, hacía años que no se sentía tan fuerte. Por fin había encontrado las palabras necesarias para describir lo que le había ocurrido. Frank la había hipnotizado, la había sugestionado y luego le había hecho olvidar para que pensase que se había desmayado. Quizá no averiguaría nunca lo que le dijo en aquellos momentos, pero ahora estaba segura de que su enamoramiento casi instantáneo y su ceguera ante las señales de advertencia que a Aubrey le resultaban tan obvias formaban parte de la programación de Frank. Había cultivado en ella a la compañera perfecta para habitar la cabaña que solo existía en su mente.

O al menos lo había intentado, aunque parecía haberlo logrado con Cristina, quien, después de todo, no lo había abandonado ni le había hecho daño ni lo había defraudado. Maya se echó agua fría en la cara y apretó los dientes para que no le castañetearan. Parecía derrumbada y débil, aún más vulnerable que cuando él la engatusó en la biblioteca.

Pero no era así.

La vulnerabilidad de Maya sería una trampa. Hacía siete años, debió de ser un blanco fácil para él, pendiente como había estado de cada una de sus palabras, pero Maya ya sabía lo que debía hacer. No se dejaría cautivar por una de sus historias.

Le escribió a su madre una nota en el reverso de un sobre: «Mamá, si encuentras esto, significa que necesito ayuda. Estoy en el Whistling Pig». Dejó la nota encima del despertador de su habitación y programó la alarma para la medianoche.

Después cogió un cuchillo de la cocina, envolvió la reluciente hoja con un trapo y se lo guardó en el bolso.

Al salir, cerró la puerta sin hacer ruido.

El Whistling Pig se encontraba en la planta baja del majestuoso edificio gris del siglo XIX de la antigua Berkshire Life Insurance Company. El bar estaba entre un restaurante y una copistería. Había ido caminando para que su madre tuviera el coche si necesitaba que la rescatase. Hizo una pausa para recuperar el aliento antes de abrir la pesada puerta roja.

El bar era estrecho y olía a cerveza IPA. En los altavoces sonaba Weezer. Tres hombres levantaron la vista de la mesa cuando entró Maya. Eran más o menos de su edad y tenían pinta de irlandeses, gente con la que podría haber ido al instituto. Aparte de ellos, el único cliente era un hombre rubicundo de unos cuarenta años que estaba sentado solo en la barra.

En una pizarra se enumeraban varias cervezas artesanales y whiskies de tirada limitada.

—Hola —dijo el camarero, un adepto del moño masculino.

—Tomaré una lager.

Era lo más barato de la carta. Llevaba más de una semana sin ir a trabajar, pronto tendría que pagar el alquiler y en realidad no podía permitirse aquella cerveza que no pensaba beberse, pero tampoco quería llamar la atención más de lo que ya lo hacía por ser la única mujer del local. Le tendió al camarero la tarjeta de débito.

El hombre que estaba sentado en la barra la miró fijamente. Parecía borracho, con un brillo desafiante en los ojos de mirada perdida, y Maya lo ignoró.

—¿Dejo la cuenta abierta?

—No, gracias.

Maya se llevó la pinta a una mesa situada al fondo y se sentó mirando a la puerta para poder ver a todo el que entrara. Rompió en pedazos la servilleta que envolvía su cerveza mientras el borracho del bar seguía observándola, pero fingió que no se había percatado. Después miró los nombres y las citas que los clientes habían escrito con tiza en las paredes, la pila de juegos de mesa disponibles y la acogedora decoración de estilo cuidadosamente descuidado.

Miró también las fotos que había pegadas a la mesa sobre la que apoyaba los codos y vio que todas eran de mujeres semidesnudas. Recortes de revistas con mujeres en lencería o en bikini. Primeros planos de partes del cuerpo, retocadas o rasuradas. Rostros cubiertos por los cuerpos de otras mujeres. Maya se las quedó mirando unos instantes y, al levantar la cabeza, vio que el hombre de la barra estaba riéndose de ella.

Maya entendía por qué a Frank le gustaba aquel lugar. Debía de encajar allí.

Cuando se abrió la puerta, Maya desvió la mirada hacia allí. El hombre que entró llevaba una chaqueta oscura con una capucha que le ensombrecía el rostro. Hizo una señal con la cabeza al camarero, que asintió y se dispuso a servirle una cerveza.

El encapuchado se sentó en la barra e intercambió gestos de saludo con el que se había reído de ella. Tenía la misma envergadura que Frank, pero su actitud era distinta. Aquel hombre estaba encorvado y parecía exhausto, pero se enderezó un poco en cuanto tuvo una cerveza en la mano. Luego se quitó la capucha.

Era él.

Frank parecía cansado. Más delgado. Viejo. Más viejo de lo que debería. Era obvio que había mentido sobre su edad. Le había dicho a Maya que tenía veinte años, pero no salían las cuentas: aquel hombre canoso de ojos hundidos rondaba fácilmente los cuarenta. No era de extrañar que no quisiera conocer a su madre.

Maya había ido allí sin saber si podría enfrentarse a él, temerosa de perder el valor si aparecía. Sin embargo, al verlo, la invadió la ira y pensó en el cuchillo que llevaba en el bolso. Pensó en hundírselo en el cuello. Aquel hombrecillo patético le había destrozado la vida.

Metió la mano en el bolso, pulsó el botón de grabación del teléfono y lo dejó en el borde de la mesa.

Después se acercó a la barra.

—Frank, ¿eres tú?

Él abrió los ojos como platos al volverse hacia Maya. Tenía el rostro desencajado. Esta vez no tendría ninguna historia preparada.

—¡Vaya! —exclamó Maya sonriendo—. Sí que eres tú.

—¡Maya! Me alegro de verte. ¿Qué haces aquí?

—He venido a pasar la Navidad y me apetecía salir a tomar algo. Oye, ¿quieres acompañarme?

Frank la miró fijamente.

—¿Has venido sola?

Maya asintió y vio que Frank estaba observándola atentamente: los siete años añadidos a su rostro, las bolsas debajo de los ojos, la palidez. Probablemente estaba tan demacrada como él.

—Claro —dijo Frank, que siguió a Maya hasta su mesa.

Se sentaron uno frente al otro.

—Salud —dijo ella.

—Cuánto tiempo.

Después del brindis se quedaron en silencio, como si pretendieran mostrar respeto. Se habían visto por última vez el día en que murió Aubrey. En cierto modo, Maya nunca había superado aquel día, atrapada en un miedo denso y brumoso, pero allí, ante Frank, comprendió que en otros aspectos se había convertido en una persona diferente. Era adulta, capaz de desenmascarar al fracasado que tenía delante, desesperado por encontrar amor y creyendo que tenía que engañar a la gente para conseguirlo.

—¿Vienes a menudo? —preguntó Maya.

—De vez en cuando —Frank se encogió de hombros—. ¿De dónde vienes?

—De Boston. Me quedé allí al acabar la universidad.

—Bien por ti.

—Boston no es lo que parece —dijo ella—. Y en realidad… —Adoptó un semblante de dolor—. La verdad es que ya no vivo allí. Hace poco dejé a mi prometido. Vivíamos juntos y se quedó con el apartamento, así que… Sí, esa es la verdadera razón por la que he venido. Estoy en casa de mi madre —añadió con una sonrisa triste.

Frank se ablandó.

—Siento oír eso. ¿Por qué lo dejaste?

—Es una larga historia… Pero háblame de ti. ¿Cómo va todo?

Frank bebió un trago de cerveza.

—Lo creas o no, estoy igual que tú. Acabo de salir de una relación larga.

—¿En serio? Vaya, lo siento. —Maya vio que la estaba analizando, pero fingió no haberse percatado— ¿Qué paso?

—Es una larga historia —respondió esbozando una tímida sonrisa.

—Parece que hay para todos —bromeó Maya.

Frank se puso a reír como si su novia no hubiera fallecido

recientemente y, por un momento, parecía el de antes: magnético, divertido. La cautivó con sus ojos.

—Parece mentira que hayan pasado siete años.

—Lo sé. —Maya agachó la cabeza—. He pensado tantas veces en ese día…

—Yo también.

—¿De verdad?

—Claro —dijo Frank—. Aquel día vi morir a una chica. No la conocía tanto como tú, claro, pero aun así… No dejo de pensar en si podría haberla ayudado de alguna manera.

Con un brillo de emoción en los ojos, Maya se inclinó sobre la mesa. Ya no era una adolescente.

—Oh, Frank… Temí que quizá te culparas por ello. Después de lo que dije…

—Me preguntaste qué le había hecho. —Parecía dolido, como si fuera él quien hubiera sido lastimado—. Es como si pensaras que yo…

—Me equivocaba. Ahora lo sé. —Maya le acarició los dedos, que rodeaban la cerveza—. Cuando dije aquello estaba asustada. No podía pensar con claridad.

Frank acercó más la mano.

—Llevaba mucho tiempo queriendo pedirte perdón —dijo ella.

—Gracias. Significa mucho para mí.

Maya sonrió.

Frank se recostó en la silla y Maya hizo lo mismo. Parecía creerla. Parecía relajado. Maya también intentó relajarse, pero estaba teniendo un subidón de adrenalina y los latidos de su corazón parecían un tambor de guerra. En aquel momento empezó a sonar otra canción de Weezer.

—¿Y qué haces ahora? —le preguntó.

Frank bebió un trago largo de cerveza.

—¿Que qué hago?

—Laboralmente, quiero decir.

—Ayudo a la gente.

—Ojalá pudiera decir lo mismo —respondió Maya—, pero trabajo en un vivero. Atención al cliente.

—¿Sigues escribiendo?

Maya negó con la cabeza.

—¿Por qué?

—No lo sé. Vagancia, imagino.

—Deberías retomarlo. Seguro que eres buena.

—¿Y cómo lo sabes? —preguntó ella con una sonrisa.

—Tienes mucha imaginación.

Frank levantó el vaso y bebió. Estaba casi vacío.

Maya bebió un pequeño sorbo. Necesitaba mantener el control, pero resultaría sospechoso que ni siquiera probara la cerveza.

—Hablando de ayudar a la gente —dijo en tono afectuoso—. Tu padre… Recuerdo que cuidabas de él. ¿Está…?

—Muerto.

—Siento mucho oír eso, Frank.

No parecía muy afectado.

—Había llegado su hora.

—Solo lo vi aquella vez —dijo Maya—, la noche que te visité en la cabaña, pero recuerdo que me pareció simpático.

Soltando un gruñido, Frank curvó las comisuras de los labios en lo que quiso pasar por una sonrisa.

Maya continuó.

—¿Qué me dijiste que hacía?

La expresión de Frank se volvió férrea.

—¿Que qué hacía?

—Sí, a qué se dedicaba. Me dijiste que era profesor, ¿verdad?

Frank apretó la mandíbula.

—¿Quieres saber cosas sobre mi padre?

—Sí, bueno... Es simple curiosidad.

Le cayó una gota de sudor por las costillas y captó un movimiento por el rabillo del ojo, pero no apartó la mirada de Frank.

—Vale, si te interesa —dijo él—, mi padre era profesor de psicología e investigador. Un hombre brillante que me enseñó todo lo que sé.

—Eso es... maravilloso.

Frank tenía fuego en la mirada.

—No tiene nada de maravilloso. —Hablaba pausadamente, pero sus palabras rezumaban odio—. Mi padre nunca quiso enseñarme nada.

Maya ladeó la cabeza. Miró hacia el movimiento que percibía en la periferia de su campo de visión y vio que era la mano derecha de Frank apoyada sobre el collage de partes del cuerpo. En ella sostenía algo pequeño que volteaba una y otra vez, como un mago a punto de hacer un truco con una moneda.

Tenía que ser la llave. Maya se esforzó en no mirarla. La llave de la cabaña de Frank era un punto ciego; aún no sabía qué relación guardaba con su método, si es que la había.

—¿Cómo aprendiste? —preguntó.

—Por las malas. De dentro a fuera.

Era una respuesta confusa, y la mano de Frank no paraba de girar, pero Maya no se dejó distraer.

—¿A qué te refieres con «de dentro a fuera»?

—Yo era su conejillo de indias.

Maya tragó saliva. Su instinto le decía que se fuera de allí.

—Desarrolló un método —prosiguió Frank—, un sistema de señales, la mayoría de ellas subperceptuales.

Maya reconoció la sonrisa que le dedicó a continuación, la sonrisa que la conquistó a los diecisiete años. Había peligro bajo la superficie.

—Esas señales —añadió— inducen una especie de trance en

ciertos tipos de personalidades vulnerables. El tipo de persona que se pierde en un libro o en un programa de televisión… El tipo de persona que necesita saber cómo acaba la historia, que es capaz de ignorar todo lo demás hasta que obtiene respuesta. —Su sonrisa se volvió triste—. Gente como yo.

A Maya se le puso la piel de gallina.

—Mi padre nunca me explicó lo que hacía —dijo—, pero lo descubrí. Tenía diez años cuando empezó. Me hablaba y, cuando quería darme cuenta, habían pasado varias horas y estaba viendo la tele o cenando. Y vi que le pasaba lo mismo a mi madre. Siempre había sido muy aguda e inteligente, pero por esa época empezó a parecer confusa y extrañamente pasiva. Dejó de salir de casa o de hacer cualquier cosa que no fuera lo que mi padre le decía que hiciese. Un día lo vi susurrándole al oído. Le hablaba y le hablaba mientras ella miraba la pared…

La mano que tenía sobre la mesa empezó a moverse más deprisa, como si estuviera poniéndose nervioso.

—Empecé a entrar en su estudio por las noches —añadió—. Revisaba sus notas, lo leía todo, y poco a poco fui entendiendo lo que me hacía mi padre. Su método. Con el tiempo, aprendí a hacerlo yo también. Era la única manera de defenderme.

No podía ser bueno, pensó Maya, que le estuviera contando todo aquello, pero no lo interrumpió.

—Se me daba mejor que a él —dijo Frank con una sonrisa en los labios—. Era más intuitivo, mucho más sutil… Cuando lo utilicé con mi padre, estaba completamente indefenso ante su propio método.

De repente, la mano de Frank se detuvo. Desplegó sus dedos pálidos y Maya supo lo que vería cuando bajara la vista. Lo sabía, pero había llegado demasiado lejos para dar marcha atrás, y ella también era de las que necesitaban saber cómo terminaba la historia.

Cada uno de sus nervios estaba tenso como la cuerda de un

piano desde el momento en que entró en el bar, y también antes, desde el momento en que se quedó sin pastillas. Pero al ver la llave de Frank, su cuerpo se relajó y la invadió un calor delicioso, una sensación parecida a la de una dosis alta de clonazepam. El bienestar. La pesadez en las extremidades. La sensación de que todo iba a salir bien, a pesar de la evidencia que tenía ante sus ojos.

—He ganado —zanjó Frank.

Maya estuvo a punto de echarse a reír. Estuvo a punto de llorar. Pero no tenía convicción para hacer ninguna de las dos cosas. Se quedó mirando la llave, sus dientes afilados, y supo que estaba en peligro, pero aunque quisiera preocuparse, no podía. El bar había enmudecido y la mesa era distinta. En lugar de miembros corporales, vio pinos.

La única parte de sí misma que podía levantar eran los ojos. Miró hacia arriba.

Estaba en la cabaña. Allí estaban la gran chimenea de piedra y el techo de catedral. Las paredes de madera rústica. En lugar de a cerveza rancia, olía a fuego, y en lugar de a Weezer, oía el sonido del arroyo.

Frank estaba sentado frente a ella, con la puerta a sus espaldas.

—Habla ahora si quieres —le dijo.

Una voz gritó en lo más profundo de su ser, pero su boca obedecía a Frank.

—Me has… —Incluso notaba la lengua pesada, como sus pensamientos—. Me has hipnotizado.

Frank casi parecía sentirse orgulloso de ella.

Maya pensó en el cuchillo que llevaba en el bolso. Pero su bolso ya no estaba encima de la mesa. ¿Se lo había llevado Frank? (¿O se la había llevado a ella? Y, de ser así, ¿adónde?). Su voz interior gritaba, pero se le hacía la boca agua con lo que fuera que Frank estaba cocinando. Olía a ajo, a hierbas frescas y a carne guisada.

—Tiene mérito que lo hayas descubierto —dijo—. Me recuerdas a mí.

—Tú… los has matado.

Frank arqueó una ceja.

—Era él o yo.

Maya se dio cuenta de que se refería a su padre. Frank también lo había matado. Abrió la boca y notó la mandíbula relajada. Y le sentó bien, como una larga exhalación, como el alivio que había anhelado desde que tuvo que dejar el clonazepam o, mejor dicho, desde que empezó a tomarlo. Desde el momento en que vio a Frank matar a su mejor amiga, aquella exhalación tentadora, aquella relajación celestial era lo único que había deseado. Sin embargo, se encontraba luchando contra ella con todas sus fuerzas.

—Aubrey —acertó a decir.

La sonrisa de Frank desapareció.

—¿Piensas que quería matarla? No quería, pero lo descubrió. ¿Te lo puedes creer? Cometí el error de recomendarle un libro sobre un mesmerista famoso, y en el último momento ató cabos. Aubrey era inteligente, lo reconozco. Yo solo hice lo que tenía que hacer.

—¿Y Ruby?

Parecía que lo hubiera abofeteado.

—No hables de ella. Tú no sabes una mierda sobre Ruby.

Maya esperaba que, dondequiera que estuviese su móvil, lo estuviera grabando todo.

—Cristina —dijo.

—Así que viste el vídeo —respondió Frank, frunciendo los labios.

—Hablé con Steven.

—Que le den por culo a ese tío. Él no la conocía tanto como yo.

—Le escribió una carta antes de morir.

La mueca desapareció del rostro de Frank, reemplazada por un destello de preocupación.

—¿Una carta?

—Se... lo contó todo.

El rostro de Frank traslucía incertidumbre.

—¿Y eso qué significa?

Maya intentó ponerse en pie, pero era como si sus extremidades fueran de hormigón. No iría a ninguna parte; el control que ejercía Frank sobre ella era total.

—Dime qué ponía en la carta —exigió él, acercándose más.

Maya trató de evadir la pregunta, alargar aquello, tenerlo en ascuas, pero comprobó horrorizada que la verdad salía obedientemente de sus labios. Era una observadora encerrada en su propio cuerpo.

—Cristina le decía a Steven que sentía haber sido una mala amiga y que se iría a vivir contigo a la cabaña. Dijo que sonaba a despedida.

Más relajado, Frank se recostó en la silla, y Maya hizo lo mismo. Habían mantenido la misma postura en todo momento, pero Maya no se había dado cuenta.

—Eso es todo lo que necesitas saber —dijo él.

—Cristina... —Responder le fue fácil en aquel estado mental—. Cristina sabía que iba a morir.

—Es lo que ella quería. La llevé a mi cabaña muchas veces y, como tú, lo descubrió. Sabía exactamente lo que era este lugar.

Su voz irradiaba amor, aunque no estaba claro si su amor era hacia Cristina o hacia su cabaña. O hacia sí mismo.

—Yo me limité a darle lo que quería —dijo.

Maya tenía la sensación de estar hundiéndose, de que sus huesos se derretían en la silla, de que la silla se derretía en la tierra.

—Nunca quería volver al mundo real. Llevaba toda la vida

intentando escapar de él. Primero fue a través de la pintura, que aprendió ella sola de niña. Decía que, cuando pintaba, el lienzo se convertía en una vía de escape. Ahora que lo pienso —dijo como si se le acabara de ocurrir—, en ese aspecto me recordaba a ti, a cómo te perdías en el libro de tu padre.

—No lo metas en esto.

Frank actuó como si Maya no hubiera hablado, lo que la llevó a preguntarse si realmente lo había hecho o si solo lo había pensado.

—Entonces descubrió las drogas —dijo—. Y drogarse era una escapatoria más fácil. Más divertida. O eso me han dicho…

Allí estaba de nuevo aquella sonrisa, la que la hacía sentir como si compartieran un secreto, pero ahora sabía que nunca había sido así. Se habría reído si no le hubiera costado tanto mantener la cabeza erguida.

—El problema —prosiguió Frank— es que luego viene el bajón. Esa era la parte que Cristina no podía manejar. Su corazón. Su cabeza. Lo sentía todo demasiado. Eso era lo que el gilipollas de Steven no entendía. Cristina siempre buscaría una escapatoria, hasta el final. En el mundo nunca se sintió como en casa. Cada vez me suplicaba que no la hiciera volver a él, así que le pedí que me demostrara que quería quedarse aquí para siempre. —Se inclinó sobre la mesa—. Y lo hizo. —Le pasó un dedo a Maya por el interior de la muñeca—. Se tatuó la llave de este lugar…, justo… aquí. Lo hizo ella misma, delante de mí.

—No te creo —dijo Maya, pero parte de ella sí le creía.

—Fue idea suya morir en la cafetería delante de la cámara —aseguró—, para que el mundo viera que nunca le puse una mano encima. Porque sabía lo importante que es mi trabajo, lo mucho que me necesitan mis pacientes. Los devuelvo a los hogares que llevan dentro. Los ayudo a construir ese espacio desde cero.

Maya se dio cuenta de que eran palabras sacadas de la web de Clear Horizons y comprendió que el doctor Hart en realidad era Frank. Pensó en los testimonios de la página y sintió un destello de esperanza: muchas personas habían sobrevivido al «tratamiento» de Frank, e incluso decían que les había ayudado.

—Cristina lo sabía — continuó—. No quería que yo tuviera problemas. Mira, no tengo por qué contarte esto, y desde luego no le debo a Steven ninguna explicación. Pero deberías saber que lo que pasó en la cafetería fue su última voluntad. Yo solo le di lo que quería.

Maya no podía sostener la cabeza erguida, se le caía hacia delante y le faltaban fuerzas para volver a levantarla.

—Por favor —susurró. Su voz sonaba lejana—. No se lo diré a nadie, te lo prometo.

—Es demasiado tarde. No deberías haber venido aquí esta noche.

—¿No puedes hacerme olvidar?

—Una parte de ti siempre lo recordaría. —Su tono denotaba pesar—. Lo sé mejor que nadie.

Maya se hundió aún más. Frank tenía razón: había ganado. Pero se equivocaba si creía que era como Cristina. Puede que compartiera la afinidad de esta por los mundos imaginarios y, sí, por drogarse, y puede que fuera cierto que ambas buscaban una vía de escape. Pero si había algo que Maya sabía —aunque no lo hubiera descubierto hasta ese momento— era que su hogar estaba con Dan, con su madre y con todos aquellos a los que había amado o amaría. Su hogar nunca sería otro mundo, una cabaña perfecta en las nubes, y, si alguna vez volvía al lugar al que pertenecía, esperaba recordar todo aquello.

—Has sufrido mucho —dijo él—. Sabes que es cierto. Puedo verlo. Estás cansada de luchar.

Y lo estaba. Sintió que su cuerpo se ralentizaba.

—Cierra los ojos.

Sus ojos se cerraron.

—Escucha —dijo él.

Y Maya escuchó. El crepitar del fuego. El rumor del arroyo. El murmullo del agua sobre las piedras. Y por debajo oyó algo más en lo que no había reparado antes. Sonaba casi como un pájaro carpintero picoteando un árbol, pero era más rápido, y había algo antinatural en su cadencia. En su estado mental habitual, Maya habría discernido el sonido a la primera, aunque por su edad lo conocía más bien de las películas. Pero en ese momento la estaba dejando perpleja, distrayéndola de la voz enterrada en su interior. Acallándola.

—Mira —dijo Frank.

Sus palabras eran órdenes, y Maya abrió los ojos. Levantó la barbilla. Frank estaba sonriendo, y era como si los últimos siete años no hubieran existido. Volvía a estar guapo y lleno de vida, impregnado de aquella hermosa luz que Maya solo había visto en su cabaña y en el último cuadro de Cristina.

La puerta que tenía detrás estaba entreabierta y la luz de la luna se colaba por la rendija. El sonido procedía del exterior. Algo la atraía hacia él, un anhelo que no podía explicar ni materializar en su estado actual.

—Vamos —dijo él afectuosamente.

La pesadez desapareció y Maya pudo levantarse de la silla. Al dirigirse a la puerta, tenía la sensación de estar flotando y pasó junto a Frank, que se quedó sentado a la mesa. Maya lo dejó allí. La luz de la luna brillaba iridiscente, viva. No tenía miedo cuando se dispuso a abrir la puerta de la cabaña. El sonido se hizo más intenso.

El porche de madera crujió bajo sus pies mientras la inundaba la luz de la luna. La nieve había desaparecido y el bosque estaba frondoso. Corría una brisa veraniega. Vio dos mecedoras hechas del mismo pino nudoso que el resto de la cabaña. En una de ellas había un hombre tecleando en una máquina de escribir que tenía sobre las rodillas.

Maya no sabía que era posible echar de menos a alguien a quien nunca habías conocido, pero en ese momento sintió toda la fuerza de haber añorado a su padre su vida entera. Era como si se hubiera quitado ese peso de encima. Caminó lentamente hacia él. Reconoció su cara por las pocas fotos que tenía y porque se parecía a ella. Los pómulos altos y los ojos oscuros y almendrados. Las patas de gallo y las canas en las sienes le hacían aparentar la edad que habría tenido de estar vivo.

Maya extendió la mano como si esperara que fuese a atravesar el cuerpo de su padre, pero no ocurrió. Su hombro era sólido. Él la miró entrecerrando los ojos, como si tratara de ubicarla.

Entonces, su rostro se llenó de asombro, alegría y dolor.

Le temblaban las manos cuando posó la máquina de escribir y se levantó para darle un abrazo.

Las piernas de Maya amenazaban con ceder, pero los brazos de su padre estaban allí para sostenerla. Era solo unos centímetros más alto que ella. Maya le apoyó la cabeza en el hombro y rompió a llorar. La piel de su padre olía a jabón y a tinta.

—Mija —dijo él.

—Papá…

—Bienvenida a casa.

A Maya se le escapó un sollozo y se preguntaba si estaría muerta.

—Siéntate —dijo su padre, señalando una de las mecedoras.

Y fue solo una palabra.

«Siéntate».

Era una orden sencilla, pero fue como una bofetada. Su verdadero padre habría tenido acento. Era solo una palabra, un pequeño fallo en la ilusión, pero bastó para saber que era Frank quien le hablaba con la voz de su padre. Frank, manipulándola una vez más. Y eso la enfureció lo suficiente como para distanciarse de su voz, de aquellas palabras que le implantaban imágenes en la cabeza, palabras que se habían infiltrado en su ser y la habían tenido acorralada. Se dio la vuelta y salió del porche dando tumbos, alejándose de la cabaña, alejándose de él.

Corrió hacia el bosque oscuro, pero parecía que las piernas se movieran debajo del agua y que los árboles estuvieran cada vez más lejos, así que se agachó —«¡Maya!»— como un animal y avanzó a toda prisa a cuatro patas —«¡Maya!»—, como solo había hecho en sueños.

«¿Qué demonios le pasa?».

La voz se abrió paso a través de la oscuridad.

«No, cálmate tú —dijo—. ¿Qué está pasando aquí? —La voz le resultaba familiar—. Venga, Maya. Vámonos».

¡Su madre!

Su madre estaba en el bar.

Maya se puso a jadear. Parpadeó un par de veces y, al alzar la mirada, vio a su madre junto a la mesa, con las manos apoyadas en las caderas. Todos los presentes en el Whistling Pig —el camarero, el borracho, los tres hombres sentados cerca de la puerta— los estaban observando. El olor amargo a cerveza le llenó las fosas nasales. En los altavoces sonaba un grupo de improvisación.

Su madre parecía enfadada y asustada.

—¿Me estás escuchando?

Maya respiraba entrecortadamente.

Frank, frente a ella, la miraba con furia.

—¿Hola? —dijo su madre.

—Sí, mamá. Te oigo.

—Levántate. Nos vamos.

Maya se tocó la cara. Estaba seca, pero tenía la sensación de haber llorado. Se sentía como una esponja escurrida, de repente mucho más ligera. Aun sabiendo que debería tener miedo. Frank se lo había hecho una vez más. Lo sabía, aunque no pudiera recordarlo.

Se levantó con presteza, se colgó el bolso del hombro y, al salir detrás de su madre, lanzó a Frank una mirada fulminante, pero llena de curiosidad.

34

—Si hay algo que aún no me hayas contado, ahora es el momento —dice el agente Donnelly.

Está sentado frente a Maya y su madre en una pequeña sala blanca de la comisaría.

Brenda mira inquisitivamente a su hija.

Maya niega con la cabeza. Se lo ha explicado lo mejor que ha podido, o sea, no muy bien. Les ha dicho todo lo que sabe acerca de Frank.

El agente Donnelly es un veinteañero con bigote y brazos musculosos. Se sienta erguido y se inclina hacia delante cuando habla.

—¿Tiene algún medicamento sujeto a prescripción médica en casa, señora Edwards? ¿Somníferos u otras pastillas con receta?

—Nada más fuerte que ibuprofeno.

Parece que Brenda ha llorado. Hace dos horas que volvió de correr, justo después de que Frank se marchara, y se encontró a Maya acunando el cuerpo inerte de Aubrey. Le practicó la reanimación hasta que llegó la ambulancia y se bajaron dos de sus compañeros de trabajo, pero no fue suficiente. No logró que el corazón de Aubrey latiera de nuevo.

—Mi compañera está con Frank en la sala de al lado —dice Donnelly. Pidieron a Frank que se personara en comisaría cuando Maya informó a la policía de que había huido—. Nos has contado que le hizo algo a Aubrey, que pudo haberla matado de alguna manera. —Baja la mirada hacia su cuaderno para citar sus palabras—: «Simplemente hablando con ella».

Maya traga saliva y asiente.

—Acusar a un hombre de asesinato es muy grave. Ya sabes que puedes meterte en líos por mentir sobre ese tipo de cosas.

—Mi hija no miente —tercia Brenda con firmeza.

—Mi compañera lo está interrogando —dice Donnelly, haciendo caso omiso del comentario—, pero, si no puedes explicarnos lo que hizo, vamos a tener que soltarle.

A Maya le arden los ojos de frustración.

—Voy a hablar con la agente Hunt —añade Donnelly—. Espera aquí, por favor.

Maya se vuelve hacia su madre.

—Tú me crees, ¿verdad?

—Lo intento, cariño, pero tengo que saber lo que pasó. Si te has guardado algo por miedo a contárselo al agente, puedes decírmelo a mí.

—¡Es lo que intento! —Maya se seca las lágrimas con el dorso de la mano—. Es como si nos hubiera... hechizado.

Su madre la mira con incredulidad.

Maya puede ver al agente Donnelly hablando con su compañera a través de la amplia cristalera. La agente Hunt, una mujer de unos cuarenta años, parece escéptica y menea la cabeza.

—Sé que suena raro —dice Maya—. No puedo explicar cómo lo hizo, pero creo saber por qué. Frank nos pilló hablando de él. Apareció justo cuando Aubrey me estaba contando una cosa que había pasado en el Dunkin' Donuts. Dijo que iba a enseñarle un truco de magia...

Maya recuerda la expresión de Aubrey al describirlo, como si acabara de darse cuenta de algo. Pero ¿de qué? La llave no había levitado, pero había ocurrido algo, un truco de algún tipo.

—¿Un truco de magia? —dice su madre. Le asoman lágrimas a los ojos, pero su voz es fuerte—. Mira, si Frank te hizo algo a ti... o a ella... necesito que me lo cuentes, pero lo que dices no tiene sentido.

En ese momento vuelve el agente Donnelly y se sienta frente a ellas.

—Mi compañera dice que la historia de Frank es consistente. Y coincide, más o menos, con lo que me has contado tú.

¿Más o menos? A Maya se le revuelve el estómago. El tono del agente la hace sentirse como si hubiera hecho algo malo.

—Anteayer tuvisteis un desencuentro —dice Donnelly—. Frank ha ido hoy a verte para arreglar las cosas. Tú no querías hablar con él, pero no hubo pelea, en eso estás de acuerdo. Nadie levantó la voz. Luego saliste de la cocina y dices que era para llamar al 911, pero Frank asegura que no sabía que tenías esa intención.

—Miente. Le dije que iba a llamar a la policía. Lo oyeron los dos.

Pero, mientras habla, Maya se da cuenda de nadie sabrá nunca lo que oyó o pensó Aubrey, o si en realidad descubrió lo que les había hecho Frank.

—Vale —dijo Donnelly—. Ahí es donde empezáis a discrepar. Dices que fuiste a llamar a la policía porque tenías miedo de que Frank os hiciera daño, pero no puedes explicar cómo creías que iba a hacerlo y nadie llamó a la policía. ¿Se me escapa algo?

Maya deja caer los hombros y niega con la cabeza.

—Frank y Aubrey siguieron hablando a través de la mosquitera —continúa Donnelly—, y entonces ella decidió salir. Se sentaron en la escalera, hablaron y, de nuevo, no levantaron la voz ni hubo contacto físico, que tú supieras.

Maya asiente.

—Recientemente, ambos habían ido a tomar café —dijo Donnelly—, que es lo que provocó la discusión entre Frank y tú.

—¡No! Es decir, sí, más o menos, pero eso no tuvo nada que ver con lo que pasó.

—¿No lo pillaste con Aubrey en el Dunkin' Donuts?

—Sí, pero…

—¿Te molestó?

—En aquel momento sí, pero se me pasó.

El agente Donnelly consulta sus notas como si quisiera asegurarse de que ha entendido bien la siguiente parte; luego mira a Maya directamente a los ojos.

—¿Por qué no me hablaste del cuchillo?

El cuchillo. Lo había olvidado.

—Eso no tuvo nada que ver.

En el rostro de su madre se dibuja una sombra.

—Entonces ¿por qué lo llevabas? —pregunta el agente.

—Solo…, solo lo cogí porque tenía miedo. Sabía que iba a hacerle daño. Quería protegernos a las dos de…

—¿De qué?

—Lo siento —interviene Brenda—, pero creo que mi hija está en estado de shock. Necesitamos un poco de tiempo, por favor.

—Lo entiendo, señora… Solo tengo unas cuantas preguntas más…

—No habrá preguntas sin un abogado presente —dice su madre—. Es obvio que… mi hija no está bien.

35

La agente Díaz era diferente a Donnelly.

Era mayor que él y no hablaba mucho, y, aunque Maya nunca la vio sonreír, su rostro era más amable que el de Donnelly. Llevaba el pelo recogido en una larga trenza canosa. Se limitó a escuchar todo lo que decía Maya y no dio ninguna indicación de lo que pensaba al respecto, de si se lo creía o no. Pero lo anotó todo, incluidas la fecha y la hora de las llamadas al teléfono fijo de Brenda. Estaba sentada frente a Maya y su madre en una pequeña sala blanca muy parecida a donde habían estado siete años antes con el agente Donnelly.

Escucharon la grabación. El sonido que había captado el teléfono de Maya no era tan bueno como ella esperaba —Frank hablaba en voz baja y la mayoría de sus palabras eran inaudibles a causa de la música del bar—, pero pudieron oír fragmentos de la conversación.

Después de la parte que Maya recordaba, ella dejaba de hablar. Frank tomó el relevo. Su voz empezó a cambiar y cada vez se le oía menos, como si alguien estuviera bajando el volumen.

Adoptó la voz que Maya recordaba del día en que murió Aubrey. La cadencia de las canciones de cuna. De los hechizos.

Incluso sabiendo lo que sabía, le parecía cautivadora. Oyó «brazos», «piernas» y «cabeza». Entre canción y canción, le oyeron decir que los miembros de Maya pesaban demasiado para que los levantara. A continuación, iniciaba una vívida descripción del lugar al que llamaba hogar —«mesa», «chimenea», «desván»—, y ella comprendió que, aunque nunca había estado en la cabaña de Frank, una parte de ella sí había ido.

La agente Díaz iba tomando notas mientras escuchaba, registrando las extrañas palabras que llenaban la sala. Su rostro tranquilo no desvelaba nada.

Frank siguió hablando durante varios minutos. Cuando se calló, lo único que podían oír era la música. A lo lejos se reía un hombre. Alguien dejaba un vaso encima de la mesa. Por fin, Maya empezaba a hablar, pero su voz era casi irreconocible.

Las palabras brotaban del teléfono como sirope, espesas e informes. Ininteligibles. Parecía que estuviera babeando.

Su madre se quedó boquiabierta.

—¿Eres tú? —preguntó Díaz.

—En principio, sí, pero no me acuerdo.

Siguieron escuchando mientras Frank y ella intercambiaban varias frases, y a Maya le pareció oírse decir «Cristina». Se inclinó hacia delante para intentar oír la respuesta de Frank, pero la música se lo impidió.

—Seguramente podamos limpiar esto y recuperar parte del audio —dijo Díaz.

Frank seguía hablando cuando terminó la canción, y oyeron «relájate», «despacio» y «respira» con una voz aún más melodiosa. Maya estaba temblando de miedo. Brenda y Díaz miraban el teléfono, concentradas por completo en la grabación. De repente, Maya se dio cuenta de que las palabras de Frank habían obrado su magia en ellas. En todas ellas. Le vino a la mente el rostro inexpresivo de Aubrey, y luego el de Cristina. Las había puesto a todas en trance.

«Déjate llevar», decía la grabación. «Relaja tu corazón».

Maya miró a su madre y a la agente. Parecían idas.

Maya extendió el brazo y detuvo la grabación.

—Mamá —dijo llena de pánico, aterrada por la posibilidad de que las palabras de Frank hubieran parado el corazón de su madre igual que probablemente habían parado el de Aubrey, Ruby y Cristina, igual que habían estado a punto de parar el suyo.

Brenda se la quedó mirando.

—¿Estás bien? —preguntó Maya.

Su madre parpadeó.

—Quien me preocupa eres tú. ¿Estás bien?

Maya exhaló.

—¿Quieres tomarte un descanso? —preguntó Díaz.

—No —repuso Maya—. Estoy bien.

Reanudó la grabación, y momentos después oyeron llegar a su madre.

«¿Qué demonios le pasa?». La voz de Brenda era clara y audible. «No, cálmate tú… Sí, mamá, te oigo». Maya volvía a sonar normal. La grabación terminaba unos segundos después.

Díaz consultó sus notas, entrecerrando los ojos con aire pensativo, aunque era imposible saber lo que se le pasaba por la cabeza.

—Comentaste que habías tomado una cerveza —dijo—. ¿Bebiste algo más?

Maya se hundió en la silla. «Ya estamos otra vez».

—Tomé ginebra. Quizá dos chupitos, pero eso fue antes. En el bar no iba borracha.

—¿Tomas algún medicamento?

Maya se hundió aún más. Sabía lo que parecía aquello. La paranoia era un síntoma del síndrome de abstinencia. No podía mirar a ninguna de las dos.

—Estaba tomando clonazepam, pero lo dejé.

—¿Hace cuánto? —preguntó Díaz.

—La semana pasada.

La agente tomó nota de ello. Luego se recostó en el asiento y empezó a golpetear distraídamente el cuaderno con el bolígrafo.

Maya no se sintió herida ni enojada al darse cuenta de que era posible que Díaz no la creyera. Estaba demasiado agotada. Ya no pensaba discutir. Si nadie la creía, se tomaría con gusto las pastillas que le recetara el doctor Barry, cuantas más mejor.

Mientras Díaz daba golpecitos con el bolígrafo, Maya se imaginó pasando el resto de su vida escondiéndose de Frank. Cambiándose el nombre y mudándose de estado. Se imaginó diciéndole a Dan por qué ya no era seguro vivir con ella. Imaginó el dolor que sentiría, pero al menos estaría medicada. Tendría que estarlo.

—Me gustaría tener una copia de esa grabación —acabó diciendo la agente.

Maya levantó la vista, parpadeando para contener las lágrimas.

—Por supuesto.

—Llevo veinte años en este trabajo y nunca había oído nada parecido. —Meneó la cabeza—. Todavía no sé qué pensar. Pero limpiaré el sonido, a ver qué más oigo. E investigaré ese negocio que mencionabas, Clear Horizons. También me gustaría que hablaras con un psicólogo sobre la medicación que tomabas. Que te haga una valoración.

—No hay problema —dijo Maya, que empezaba a abrigar esperanzas.

Díaz parecía tomarla en serio. Hizo unas cuantas preguntas más y acompañó a Maya y a su madre al vestíbulo. Eran casi las dos de la madrugada y la comisaría estaba tranquila. En el mostrador de recepción había una bandeja con galletas en forma de árbol de Navidad.

—Avísame si intenta ponerse en contacto contigo —le dijo Díaz.

—Lo haré —respondió Maya—. Gracias.

En la neutralidad de Díaz se adivinaba un atisbo de afecto.

—Siento que hayas pasado por todo esto —añadió.

Brenda arrancó el coche, puso la calefacción a todo lo que daba y se sopló los dedos mientras esperaba a que se disipara el vaho del parabrisas. Todavía llevaba el pijama, pues había salido corriendo en cuanto vio la nota de Maya. Siempre había hecho todo lo posible por proteger a su hija, y Maya lo sabía. Lo que pasaba era que tenía miedo de las cosas equivocadas. Creía estar ayudando cuando encontró al doctor Barry y concertó una primera cita con él, y luego cuando llevó a casa los medicamentos que le recetó.

Pero aquella noche le había salvado la vida a su hija. Aunque no lo supiera, aunque solo creyera haber interrumpido una conversación, Maya sí lo sabía y se sentía agradecida. Estaba viva.

—Mañana me pediré un día de baja —dijo su madre—. No deberías estar sola.

—Me encuentro bien.

Maya lo decía más o menos en serio. Ya fuera por el alivio, por el hecho de llevar tanto tiempo despierta o por el aire caliente que salía de las rejillas de ventilación, sentía que por fin podía sumirse en el tipo de sueño que la había esquivado desde que dejó el clonazepam. El sueño de un bebé en el asiento del coche. Parpadeó y, cuando quiso darse cuenta, ya habían llegado a casa.

Hasta que entraron no reparó en que su madre estaba llorando. Le caían lágrimas de la barbilla a las botas cuando se arrodilló para quitárselas. Maya casi nunca la veía llorar y le resultó alarmante.

—¿Qué te pasa? —preguntó.

—Debería haberte creído.

Maya se sentó en el sofá. No había llorado en la comisaría, pero ya tocaba. Las dos lloraron. Luego se abrazaron y acabaron riéndose de sí mismas. Su madre le puso una colcha sobre los hombros y la miró con tanto amor y tristeza que a Maya le entraron ganas de consolarla. Porque su madre también había sido víctima de Frank. Nada le dolía más que ver a su hija sufriendo.

—Lo entiendo —dijo Maya—. Las cosas que decía no tenían sentido…

Había hablado de trucos de magia, de encantamientos.

—Podría haberme esforzado más en entender. Y, aunque no lo hubiera logrado, podría haber aceptado que él… —De la boca de su madre amenazaba con salir una oleada de ira—. Que él te hizo daño. No podía soportar la idea de que alguien te hubiera hecho daño, la idea de que yo… no hubiera sido capaz de protegerte.

Maya nunca había visto tan destrozada a su madre.

—Me has salvado la vida, mamá.

Brenda puso cara de tristeza al oír aquello. Creer a su hija significaba creer que Frank había asesinado a Aubrey y que había estado a punto de matar a Maya. Significaba creer que aún podía hacerlo.

36

—No voy a recetarte clonazepam —dijo el médico del centro de urgencias.

—No le estoy pidiendo que lo haga —repuso Maya.

Acababa de explicar por qué estaba allí, y el médico tenía los brazos cruzados sobre el pecho. La miró con severidad, como si la hubiera descubierto intentando robarle la cartera. Le apetecía decir que no habría vuelto a tomar clonazepam ni aunque le pagaran, pero, como no tenía médico habitual ni seguro, contuvo su indignación. Necesitaba los cuidados de aquel hombre.

—Esperaba poder probar otra cosa, algo que me ayudara a dormir.

El médico le recetó mirtazapina, un antidepresivo que, según él, la adormecería.

Dan se sintió aliviado al saber que Maya había ido al médico, y Maya se sintió aliviada al saber que Dan la había echado de menos.

—Sin ti, esto no parece un hogar —le dijo por teléfono.

Quedaron en que Dan iría a recogerla el día después de Navidad.

Volvería al trabajo el día 27, y casi lo estaba deseando: la normalidad, las plantas, los clientes, con algunos de los cuales había trabado amistad a lo largo de los años. Su jefe se había mostrado comprensivo ante sus ausencias, y el peso que había perdido daría credibilidad a la excusa de que había pasado la gripe.

Aquella noche durmió doce horas seguidas en la nueva cama de su antigua habitación. El médico de urgencias había acertado con la mirtazapina. Cayó rendida como si le hubieran atizado con una sartén en la cabeza. Los sueños eran vívidos, pero, como de costumbre, no los recordaba al despertar, y lo único que le quedaba era la sensación de miedo. La mandíbula tensa. Las piernas cansadas como si hubiera estado corriendo. Era mediodía cuando despertó, y estaba babeando sobre la almohada. Salió de la cama.

Cuando bajó las escaleras, se dio cuenta de lo bien que había decorado su madre el pequeño abeto de la esquina del salón. Maya reconoció las chucherías brillantes y los adornos caseros. El ángel de plástico y un pequeño muñeco de nieve que había hecho con arcilla a los ocho años. Cuando era pequeña, su madre y ella siempre decoraban el árbol juntas, pero, como Maya no había vuelto a casa en los últimos años, la tradición había caído en el olvido. Se dijo que no era tarde para retomarla.

Sintió un apetito voraz al oler el beicon. La mirtazapina, además de adormecerla, le daba un hambre feroz. Era la víspera de Navidad y bañaron las tortitas de plátano con sirope de arce. El sol que entraba por la ventana era cálido. Después de desayunar, se tumbó en el sofá y empezó a quedarse dormida otra vez.

—Vamos a dar un paseo —propuso su madre—. Fuera está todo precioso.

El aire fresco ayudó a Maya a despejarse un poco. En el suelo centelleaban cristales de hielo. Pasaron por delante de las casas de sus vecinos y saludaron a Joe Delaney, que había salido a quitar la nieve del camino, y a Angela Russo, a quien Maya había hecho de canguro en su día. Pasaron por delante del taller, con su aparcamiento lleno de coches destartalados, y de unos cuantos edificios industriales antiguos, y luego caminaron por debajo del puente del ferrocarril hacia el barrio donde aún vivían los abuelos de Maya.

Llegaron a Silver Lake y recorrieron la orilla norte por el sendero construido después de que Maya se fuera a Boston. El lago había sido objeto de una limpieza masiva en 2013 y, aunque todavía no era lo bastante seguro para bañarse y los peces no eran comestibles, se podía navegar o caminar por el sendero pavimentado. Habían plantado árboles nuevos y flores silvestres. Maya se preguntaba qué habría pensado la tía Lisa de que el famoso lago volviera poco a poco a su estado natural.

Con todo, se hacía extraño estar tan cerca del agua, ver las viejas señales de advertencia sustituidas por bancos y no tener que contener la respiración. En el lago y en la ciudad, cada paso era como un acto de fe.

—Esta mañana he leído el himno —le dijo su madre—. «El himno de la perla».

—¿Qué te ha parecido?

Su madre se quedó callada un rato. Echaba vaho por la boca.

—¿Sinceramente? Me gustaba más la historia cuando no sabía en qué estaba basada.

—¿Por qué?

—Supongo que prefiero las historias que no intentan enseñarme algo.

Maya no había pensado mucho en el contexto religioso del himno, pero entendía la opinión de su madre, que se había resistido a convertir a nadie durante su viaje misionero.

—¿Qué crees que intenta enseñarte? —preguntó Maya.

Brenda se puso pensativa y luego sonrió.

—¿Y tú?

A pesar de la confusión que le provocaba la mirtazapina, Maya recordó que, según había leído en internet, varias religiones habían adoptado el himno.

—La gente dice que es sobre el alma —respondió—, sobre cómo empieza en ese otro lugar... Allá donde estuviéramos antes de nacer, supongo. Pero entonces nacemos y nos olvidamos de ese hogar y de nuestros padres originales.

Al verbalizar aquello, tanto a su madre como a sí misma, la reacción de Maya fue la contraria a la de Brenda. Conocer el significado del himno la hizo apreciarlo aún más. Comprendía por qué había sobrevivido tanto tiempo.

—Exacto —dijo su madre. Pero lo dijo como si fuera algo malo. Doblaron un recodo del lago—. No estoy de acuerdo con eso. No creo que mi verdadero hogar sea otro. Creo que está aquí.

Las palabras tuvieron un efecto en Maya que no podía explicar, como si ella misma las hubiera dicho o pensado alguna vez.

—¡Mira! —exclamó su madre.

Al darse la vuelta, Maya vio que una docena de gansos se habían posado sobre el agua del lago y se deslizaban silenciosamente formando una elegante uve.

—Increíble —dijo—. Nunca había visto gansos ni animales de ningún tipo en Silver Lake—. ¿Crees que es seguro para ellos?

—Sí —respondió su madre—. Y creo que nosotras también podremos bañarnos algún día.

37

En el salón de casa de Brenda, Dan abrazó a Maya con tanta fuerza que le levantó los pies del suelo. Ella pegó la nariz a su cuello. Había echado de menos el olor almizcleño de su piel combinado con el cedro y el pino de su desodorante hecho con ingredientes naturales.

—Lo siento mucho —murmuró Dan con la cabeza hundida en su pelo.

Maya se lo había contado todo por teléfono y le había enviado la grabación del Whistling Pig. Como a todos los que la oyeron, la cadencia extrañamente rítmica de Frank le había parecido profundamente siniestra.

—Yo también lo siento —dijo ella.

Por traicionar su confianza. Por la cena con sus padres.

Dan la dejó en el suelo y se miraron el uno al otro. Ella se había duchado y lavado el pelo, y llevaba un jersey amarillo que le habían regalado sus abuelos el día de Navidad. Dan no parecía haber dormido bien y tenía las cejas arqueadas en un gesto de preocupación.

—No ha intentado ponerse en contacto contigo, ¿verdad?

—No.

—¿Hay noticias de la agente?

—Está investigando el Clear Horizons Wellness Center y esa terapia que desarrolló su padre.

Era agradable poder contarle que la agente Díaz se tomaba en serio a Maya y su teoría y la mantenía informada.

Habían limpiado la grabación del teléfono y, aunque casi todo lo que decía Frank permanecía oculto bajo la música, la agente oyó lo suficiente para convencerse de que podía tener algo que ver con la muerte de Cristina. «Fue idea suya morir en la cafetería delante de la cámara», había dicho Frank, una de las pocas frases enteras que había captado la grabación. No era exactamente una confesión, pero sin duda era sospechoso.

Díaz también había rastreado las llamadas nocturnas realizadas al teléfono fijo de Brenda. Procedían de la casa del padre de Frank, que ahora pertenecía a este, y también era la sede del Clear Horizons Wellness Center. La agente había ayudado a Maya a solicitar una orden de alejamiento.

Dan meneó la cabeza, consternado.

—No me puedo creer que te dejara enfrentarte a ese psicópata tú sola.

—No sabías que era peligroso.

—Debería haberlo sabido. —Parecía enfadado consigo mismo—. Intentaste explicármelo.

Maya desvió la mirada. Sabía que era complicado. Si Dan le hubiera dicho antes que la creía, habría estado mintiendo. A todas luces, la acusación de asesinato era infundada, y la única prueba que había aportado Maya era el vídeo de la cafetería, que en cualquier caso parecía demostrar que Frank no había matado a Cristina, que era un mero testigo. Por no mencionar que Maya se había comportado de manera extraña incluso antes de todo aquello.

Tenía toda la lógica que Dan dudara de ella.

¿Pero tendría alguna vez el otro tipo de lógica? ¿El que ella sentía? Se hizo un silencio entre ambos. Su madre estaba trabajando. Hacía frío en casa y Maya había apagado todas las luces al salir.

Dan le cogió las manos y le besó los nudillos. Y Maya se acordó de las mentiras que le había contado. Las omisiones. A lo mejor nunca se había merecido su confianza.

Miró los ojos azules de Dan, tan llenos de preocupación y amor, y se preguntó si su relación sobreviviría a todo el daño que se habían infligido.

Tenía la esperanza de que sí.

Brenda le había envuelto a Dan un trozo de tarta de nueces que había sobrado de la cena de Navidad y se lo había dejado con una nota: «¡Felices fiestas, Dan! ¡Felicidades por tus exámenes finales! Espero verte pronto». Había firmado con su nombre y una cara sonriente.

Maya insistió en ir a casa de los padres de Dan antes de regresar a Boston. Cuanto más tiempo pasara sin aclarar las cosas, más raro sería todo la siguiente vez que los viera. Dan le importaba demasiado como para permitir que sus padres pensaran que era un desastre.

Su padre, aún de vacaciones, estaba leyendo el periódico en la mesa de la cocina cuando entraron.

—¡Maya! —dijo afectuosamente, y se puso de pie para saludarla. Parecía casi tan preocupado como su hijo—. Dan nos contó por encima lo que ocurrió. Lo siento mucho. ¿Estás bien?

—Ya estoy mucho mejor, gracias —respondió Maya.

No estaba segura de qué les había explicado Dan acerca de la situación con Frank, pero sabía que no les había contado por qué había vomitado durante la cena. Seguían sin saber por qué se había marchado tan temprano por la mañana, y le preocupaba que supusieran que era por vergüenza.

Pero si Carl pensaba eso, no se notaba.

—Hemos pensado en pasarnos porque nos pilla de camino a Boston —dijo Dan.

Carl les ofreció café y biscotes dulces, y Maya aceptó ambas cosas con gratitud.

—¿Estoy oyendo a Danny?

Su madre salió de su despacho, situado al fondo del pasillo, envuelta en una pasmina de color turquesa. Tras la alegría inicial que destilaba su voz, frunció el ceño breve e involuntariamente al ver a Maya, pero no tardó en recuperarse.

—¡Qué sorpresa! —dijo mirando inquisitivamente a su hijo.

Luego se volvió hacia Maya. No se había quitado las gafas de lectura, que agrandaban sus penetrantes ojos color avellana.

—¿Cómo estás?

—Mucho mejor —dijo Maya.

—Me alegro —dijo Greta—. Me alegro.

Tenía la cara y la voz tensas. Se preparó una taza de té verde y se sentó con ellos a la mesa. Cuando Carl le ofreció el plato de biscotes, lo rechazó con un gesto de la mano.

Los cuatro ocupaban las mismas posiciones que la semana anterior, con Greta frente a Maya, y, aunque parecía que hubieran pasado años desde entonces y el peligro al que se había expuesto había puesto las cosas en perspectiva, Maya estaba nerviosa. Cogió un biscote.

—Están muy buenos —dijo.

—Me encantaría atribuirme el mérito —dijo Carl—, pero son del Black Sheep.

—Tienes mucho mejor aspecto —comentó Greta, mirando a Maya por encima del borde de la taza y conteniéndose para no formular todas las preguntas que su educación le impedía hacerle.

Al igual que su marido, parecía preocupada, pero quizá no tanto por el bienestar de Maya como por Maya en general. Por el hecho de que estuviera saliendo con su hijo. Por la idea de que Dan pudiera verse involucrado en todo aquello.

—Gracias —respondió Maya—. Siento haberme ido con tanta prisa la última vez.

—No te preocupes —dijo Carl—. Lo importante es que estés mejor.

Maya sonrió agradecida y vio en Carl el instinto de su hijo por suavizar las cosas. Ahora sabía de dónde lo había sacado Dan. No era de su madre.

—¿Pudiste ir al médico? —preguntó Greta.

—Sí —dijo Maya, que vio que Dan se erguía en la silla, dispuesto a zanjar el tema si era necesario.

—Entonces ¿qué era, si no te importa que pregunte?

Maya tenía la esperanza de que Greta no preguntara. Ella solo quería disculparse, aclarar las cosas, pero, por supuesto, sabía que los padres de Dan podían tener preguntas que hacerle, sobre todo su madre. Maya se volvió hacia Dan, que la miraba con los ojos muy abiertos, como diciendo: «No tienes por qué hacer esto».

—Es lo que pasa cuando dejas de tomar clonazepam —dijo.

—¿Clonazepam?

Greta no sabía lo que era.

—Un ansiolítico. Lo había estado tomando los últimos años y tuve… tuve que dejarlo. Y acabó costándome bastante. Me provocó insomnio y ansiedad, ese tipo de cosas. Por eso no me encontraba bien aquella noche.

—Ah —dijo Greta—. Me preocupaba que hubieran sido los daiquiris.

—Mamá —terció Dan.

—¿Qué? Los daiquiris de tu padre son muy fuertes.

—Es verdad —dijo Maya, ruborizada—. Seguramente tampoco debería haber bebido tanto.

Dan salió en su defensa.

—Maya ha pasado por muchas cosas últimamente.

Carl bebió un sorbo de café y se llevó un biscote a la boca.

—Claro —dijo Greta—. Me lo imagino… ¿Qué hizo exactamente tu exnovio?

—Ya vale, cariño —intervino Carl—. A lo mejor no quiere hablar de eso.

—No pasa nada —dijo Maya.

Y era cierto. Entendía la preocupación de Greta y, aunque las preguntas eran incómodas, no eran nada comparadas con el dolor aplastante que le causaba guardárselo para ella o fingir que todo iba bien.

—Cuando tenía diecisiete años —prosiguió, aguantándole la mirada a Greta—, salí un tiempo con un hombre mayor que yo, Frank, se llamaba, y… —Estuvo a punto de atragantarse—. Asesinó a mi mejor amiga.

Fue difícil decirlo, pero después se sintió más ligera. Había algo liberador en expresarlo con tanta naturalidad.

Greta se ablandó.

—Siento que tuvieras que pasar por eso, Maya. De verdad.

Dan se acercó para cogerle la mano. El momento era tenso, pero aun así estaba yendo mejor que la cena de cumpleaños de Greta.

—Solo espero que mi hijo… —dijo ella.

—Ya basta —terció Dan.

—Solo quiero que no le pase nada.

Dan y su padre suspiraron al mismo tiempo, como si Greta hubiera ido demasiado lejos.

—Mi madre dice lo mismo con respecto a mí —respondió Maya.

Greta asintió levemente, y sus ojos afilados se suavizaron hasta parecerse un poco a los de su hijo.

—Lo sé —dijo con una voz que rezumaba afecto—. Lo sé.

38

Maya quería saber más acerca del estudio que había llevado a cabo el padre de Frank en los años ochenta y por el que se había metido en problemas. Y ahora tenía a Dan de su parte. Le pidió un favor a un amigo suyo que trabajaba en la oficina del fiscal del distrito, y una semana después le entregó a Maya un informe policial de 1984. A Oren no lo habían detenido, pero sí interrogado por algo que había sucedido durante la investigación: la razón por la que fue cancelada y su carrera terminó.

El propósito del estudio —resumido por el agente Finley, que había redactado el informe— era probar un método experimental de hipnoterapia propuesto por el doctor Bellamy. El método se basaba en investigaciones ya existentes sobre hipnosis clínica para el tratamiento del dolor, pero tenía el potencial de ser mucho más eficaz. El doctor Bellamy afirmaba que habría supuesto un gran avance para la ciencia médica.

Funcionaba empleando una serie de señales subperceptuales, tanto verbales como no verbales, para llegar más allá de la conciencia y acceder a la parte del sistema nervioso que regula procesos que normalmente no están bajo el control del paciente. La parte de nosotros que recibe información de los sentidos (por ejemplo, si nos quemamos la mano) decide qué hacer con esa información y después envía a la mano el mensaje (de que deje de tocar la estufa) sin necesidad de que pensemos conscientemente en ello.

El método del doctor Bellamy, a juicio del agente Finley, se hacía con el control de todo ese sistema. Dejaba la mente y el cuerpo del paciente —específicamente, el sistema nervioso involuntario— abiertos a manipulaciones de un modo que la hipnosis tradicional no permitía. Era, según el doctor Bellamy, «un estado de trance con un potencial enorme para tratar dolencias tanto mentales como corporales». Probablemente pensaba que estaba ayudando a su hijo cuando lo sometió a ese método, pero también lo estaba perfeccionando a costa suya, sometiendo a Frank a trances de los que nunca fue consciente, e implantando sugestiones concebidas para manipular su comportamiento.

Al igual que la hipnosis tradicional, no funcionaba con todo el mundo. El porcentaje de personas que son altamente susceptibles a la hipnosis es bajo. Solo uno de los participantes en el estudio de Oren se ajustaba a esa descripción. Russell DeLuca, de cuarenta y dos años, había obtenido los mejores resultados en lo que se conocía como la escala de susceptibilidad hipnótica de Stanford. DeLuca era altamente hipnotizable.

Maya tuvo un mal presentimiento cuando leyó aquello. Buscó «escala de susceptibilidad hipnótica de Stanford» en Google y descubrió que la gente altamente hipnotizable suele compartir otros atributos: acostumbran a ser personas imaginativas con tendencia a perderse en las películas y los libros, a soñar despiertas.

Russell DeLuca murió durante una sesión de hipnosis con el doctor Bellamy. Más tarde se determinó que la causa de la muerte había sido un derrame cerebral. Como no se pudo demostrar que el derrame fuera consecuencia directa del trance hipnótico al que se hallaba sometido en ese momento, el doctor Bellamy no fue acusado del fallecimiento, pero perdió su trabajo y su licencia de psicólogo.

Dan coincidía con Maya en que aquello podía ser una prueba fehaciente en la acusación contra Frank. En 1984 no se podía demostrar que el método del doctor Bellamy hubiera causado la muerte de DeLuca, pero la investigación sobre la hipnosis había avanzado mucho desde entonces. Los estudios por imagen confirmaban que la hipnosis provoca cambios en ciertas zonas del cerebro, lo cual puede influir a su vez en funciones corporales como la tensión sanguínea y la respiración. Como algunos médicos de hospitales importantes habían empezado a utilizar la hipnosis para tratar problemas gastrointestinales, parecía mucho menos descabellada la idea de que algo tan eficaz pudiera utilizarse también para hacer daño, e incluso para matar.

Maya y Dan coincidían en que debían demostrar que Frank también había aprendido el método de su padre y lo había utilizado con ella.

Ahí era donde entraba en juego el Clear Horizons Wellness Center. Tal como sospechaba Maya, el «centro» consistía en un único empleado que respondía al nombre de doctor David Hart. Por eso Maya no había podido encontrar a Frank en todos aquellos años. Utilizaba otro nombre y se hacía pasar por médico.

En la web del centro solo aparecían el nombre y la cara del doctor Oren Bellamy. El centro era el único lugar en el que se practicaba su «método terapéutico patentado». La página de testimonios, con todos los clientes satisfechos, demostraba la eficacia de Frank en lo tocante a la «técnica» de su padre.

Frank había eliminado la web, pero Maya tenía capturas de pantalla de todas las páginas y se las había enviado a la agente Díaz.

Esperó.

La agente no tardó mucho en localizar a la madre de Frank.

Maya la había buscado sin éxito, y ahora entendía por qué: Sharon Bellamy había cambiado de nombre no una, sino cuatro veces desde que se divorció de Oren y se llevó a su hijo a vivir a Hood River. Al parecer, Sharon —que ahora se llamaba Dana Wilson— estaba escondida. Se había mudado muchas veces en los últimos veinte años, y había entrado y salido de instituciones psiquiátricas, donde le habían diagnosticado esquizofrenia paranoide.

Pero Maya dudaba de que la madre de Frank fuera paranoide. Y entendía por qué la antigua Sharon Bellamy se había negado a hablar con la agente Díaz. Esperaba que, con el tiempo, Dana Wilson fuera capaz de sincerarse sobre los abusos que muy probablemente había sufrido a manos de su exmarido, aunque Maya entendería que no lo hiciera. Sabía lo que era que te llamaran loca.

La nueva perra se llamaba Toto porque se parecía al terrier de Dorothy, pero era menos aventurera que el perrito de *El Mago de Oz*. Esta Toto de mediana edad temblaba de miedo al oír ruidos fuertes. Maya se asustó la primera vez que la cogió en brazos por la intensidad con la que empezó a temblar, pero, al sostenerla contra su pecho, la perrita se calmó.

«Le gustas», había dicho la trabajadora de la protectora.

—¡No! —le dijo Maya a Toto para que dejara de ladrar y enseñarle los dientes al correo que se deslizaba por el buzón.

Era sábado por la tarde, tres semanas después de que Maya volviera al trabajo. Dan y ella habían estado leyendo juntos en el sofá, con las piernas entrelazadas bajo una suave manta azul que Maya había comprado hacía poco.

Toto se puso a temblar.

Maya la cogió en brazos y la llevó al sofá, paraíso de terciopelo verde en un perezoso día de invierno. Dejó el correo en la mesita y acarició el cuerpo tembloroso de la perra, murmurándole que no pasaba nada.

Toto llevaba alrededor de una semana con ellos y resultaba evidente que era a Maya a quien mejor se le daba tranquilizarla. Dan, que bromeaba con que Maya era su terapeuta humana, se acercó a Toto y la rascó detrás de las orejas. Toto resopló.

Maya se fijó en un sobre grande de papel manila que había sobre la mesa, entre el correo comercial y los catálogos de muebles. Deslizó un dedo bajo la solapa y sacó una revista científica de aspecto antiguo: *Neuropsicología experimental*, volumen 17, octubre de 1983.

Su cuerpo se puso en tensión. Casi había olvidado que la había pedido por internet. La portada de la revista era de color naranja tostado y la tipografía blanca, de otra época. En la primera página, a mitad de la lista de colaboradores, encontró al padre de Frank. Dejó la revista encima de la mesita para que Dan y ella pudieran leerla al mismo tiempo, y Toto se acomodó al lado de Maya. El piso estaba en silencio, excepto por el ruido de la calle, el zumbido del frigorífico y, al cabo de un rato, los ronquidos de Toto.

Oren había publicado el artículo un año antes de la investigación que le causó la muerte a Russell DeLuca. No estaba relacionado con ese estudio, pero también tenía que ver con la hipnosis. Versaba sobre lo que Oren denominaba la «inducción Bellamy», una forma de desencadenar un trance en sujetos que habían sido hipnotizados previamente. Era más rápida, afirmaba Oren, que la popular inducción Elman, que muchos hipnotizadores utilizaban actualmente por su capacidad para provocar un estado de trance en menos de cuatro minutos.

La inducción Bellamy se basaba en el condicionamiento clásico. Mientras que Pavlov entrenaba a los perros para asociar la comida con el sonido de una campana, Oren proponía que una persona, una vez sometida al trance, podía ser entrenada para asociar ese estado de conciencia con un objeto.

Cualquier objeto. Una moneda. Un reloj. Un lápiz.

Maya asintió.

—Una llave —dijo.

Toto empezó a sacudirse en sueños.

Una vez que el objeto y el estado hipnótico se habían emparejado en la mente del paciente, la visión del objeto inducía el trance. Era prácticamente instantáneo. El doctor Bellamy insistía en la importancia de seleccionar un objeto lo bastante común como para no distraer y lo bastante llamativo visualmente como para que no se confundiera con otros objetos de su tipo.

Concluía sugiriendo una posible aplicación de su método: podía utilizarse para ejercer control sobre sujetos potencialmente inestables, como presos o pacientes psicóticos. Se los podría contener sin emplear la fuerza. La inducción de Bellamy era presentada como una «teoría», pero Maya estaba segura de que era más que eso. Oren debió de utilizar la inducción con su hijo, igual que había sometido a Frank a su método de hipnoterapia.

Y, al igual que el método, Frank debió de aprender y perfeccionar la inducción hasta adquirir más experiencia que su padre. Luego debió de combinar los dos procedimientos en lo que representaba un poder enorme sobre todas aquellas personas que fueran hipnotizables.

Es posible que Maya no estuviera tan equivocada cuando decía que lo que les hacía era magia: Frank agitaba una llave extraña y ella caía en trance. No solo se lo había hecho a ella, sino también a Aubrey. Y a Cristina. Y a su propio padre. Era como si Frank los hubiera hechizado a todos.

Maya empezó a partir las pastillas de mirtazapina por la mitad al ver que se acercaba al final del frasco que le habían recetado en urgencias; luego las cortaba en cuartos. Poco a poco, aprendió a quedarse dormida de forma natural, aunque su cerebro tardaría un tiempo en sanar del todo.

Llevaba casi un mes asistiendo a reuniones de Alcohólicos Anónimos y no sabía si le servían de algo, si era la mirtazapina o si en realidad no era alcohólica. Pero no había tomado una gota desde la noche que habló con Frank en el Whistling Pig, y el único momento en que verdaderamente echaba de menos el alcohol, el único momento en que sentía que, si no se tomaba un gin-tonic, iba a perder la cabeza, era cuando se despertaba cerca del amanecer de un sueño que no era capaz de recordar y no lograba volver a dormirse.

Cuando eso ocurría, pensaba en Frank. A veces se decía que cualquier día lo arrestarían —Díaz prácticamente se lo había asegurado—, pero en mañanas como aquella, tan temprano que podía ser de noche, Maya imaginaba que permanecían latentes en su cabeza otras sugestiones poshipnóticas. Huevos malignos esperando el estímulo adecuado, la palabra o la imagen correctas, para eclosionar y tomar las riendas de su mente. Se imaginaba entrando en trance en la tienda de alimentación, mientras hablaba con un cliente en el trabajo o mientras conducía.

O crujía un tablón del pasillo y estaba convencida de que era él. Siempre había tenido mucha imaginación. Lo visualizaba entrando por una ventana mientras Dan y ella dormían. De pie junto a su cama. Frank no tendría necesidad de tocarlos mientras sus palabras llenaban la habitación como un gas venenoso.

En mañanas como aquella, Maya sabía que no debía quedarse tumbada en la cama pensando, así que se levantaba e iba a la cocina. Encendía una luz. Se preparaba una taza de café y vertía un poco de leche. Era entonces cuando se sentía más agradecida por la presencia de Toto correteando por la cocina.

Toto ladeó la cabeza, como preguntando si le ocurría algo, y Maya le acarició la cabeza.

—Shhh… —susurró—. No pasa nada.

La perrita la siguió cuando fue a la habitación que antes ocupaba el antiguo compañero de piso de Dan. El alféizar de la ventana estaba lleno de plantas. Había un futón para invitados y una bicicleta estática en un rincón.

La mesa de Maya estaba junto a la ventana. Era allí donde había escrito sus primeros relatos cuando iba al instituto. La había sacado del sótano de su madre y la había instalado en el que ahora era su despacho.

Se sentó en la silla, cómoda y baja, y Toto se acurrucó a sus pies, dándole calor.

El manuscrito inacabado de su padre estaba en una esquina de la mesa, junto con el cuaderno jaspeado que contenía la traducción que había realizado a mano cuando tenía diecisiete años.

Encima había un segundo cuaderno con una portada de un verde intenso. El color del musgo, de la selva. Ese nuevo cuaderno estaba repleto de su escritura caótica, mayoritariamente notas e ideas para escenas. Tenía una trama básica, pero sabía que aquello eran solo los cimientos. Los huesos. El resto —los detalles, la carne— saldría de ella. Tenía mucho que investigar. Quería hacerlo bien. Había empezado a ahorrar para el viaje a Guatemala que planeaba hacer en primavera. Se alojaría con su tía Carolina. Maya pensaba devolver a Pixán a su casa. Toto se puso a roncar mientras Maya abría el cuaderno verde y empezaba donde lo había dejado su padre.

Agradecimientos

Gracias a Jenni Ferrari-Adler por sugerirme que convirtiera mi tesis en un thriller. Siempre me había gustado leer suspense, pero no estaba segura de poder escribirlo hasta que me propusiste que lo intentara. Gracias a Maya Ziv por su brillantez narrativa y su profunda visión de los personajes. Este libro creció mucho en tus manos. Gracias a Lexy Cassola por sus excelentes notas, a Mary Beth Constant por su magia en la edición y a Sarah Oberrender por la preciosa portada. Gracias a Christine Ball, John Parsley, Emily Canders, Stephanie Cooper, Nicole Jarvis, Isabel DaSilva, Alice Dalrymple y a todo el personal de Dutton por ayudar a que este libro saliera a la luz.

Gracias a todos los que leyeron las primeras páginas en talleres de escritura de la Universidad de Luisiana. Gracias especialmente a Danielle Lea Buchanan y Hannah Reed por hacer un pacto conmigo para escribir quinientas palabras al día y luego obligarme a cumplirlo. Gracias a mis profesores y directores de tesis, Jennifer Davis, Mari Kornhauser y Jim Wilcox, por guiarme a lo largo de ese caótico primer borrador.

Gracias a Jim Krusoe por tu ejemplo, por tus famosos corchetes quirúrgicos en frases innecesarias y, sobre todo, por la hermosa comunidad de escritores que fomentaste en el Santa Monica College. Gracias a todo el personal de 30B que escuchó y comentó mis escritos, y a Monona Wali, que me introdujo en el mundo de la enseñanza a escritores adultos en el Emeritus College del SMC.

Gracias a mi fabuloso grupo de escritura: Catie Disabato, Anna Dorn, Jon Doyle, Maggie Murray, Robin Tung y KK Wootton. Os estoy muy agradecida por vuestros comentarios y vuestra amistad.

Gracias a mi familia. Por la parte de los Reyes: gracias a mis abuelos, Hilda y Guillermo Reyes, por todo lo que han hecho para que sus hijos, nietos y bisnietos puedan tener oportunidades como la que yo he tenido. A mi tía Hilda Reyes, en cuya habitación de invitados he pasado mucho tiempo editando este libro: gracias por hacerme sentir siempre como en casa. Gracias a mis tíos. Gracias a Ana María Ordóñez Aldana, Gabriela Villagrán Ordóñez, Juan Pablo Villagrán Ordóñez, José Alberto Villagrán Ordóñez, Blanca Rosa Aldana de Álvarez, Wilfredo Álvarez, Carlos Muñoz Ordóñez y a toda la familia por hacerme sentir como en casa en Guatemala.

Gracias a mi padre, Paul Reyes, por compartir conmigo su amor por la historia y por ser una de las personas más bondadosas que conozco.

Por la parte de los Carey, gracias a mis difuntos abuelos, Patricia y William Carey. Algunos escenarios de Pittsfield que aparecen en este libro son lugares que visité con vosotros cuando era joven. Gracias a mis tías y tíos por animarme siempre, y a la ciudad de Pittsfield, donde viví cuando estaba en cuarto y quinto curso.

Gracias a mi madre, Mary Carey, por hablarme de su ciudad natal, por leer múltiples borradores de este libro y por enseñarme desde una edad temprana a valorar la lengua y la escritura. Gracias a Brian Schultz por acompañarnos a Pittsfield cuando fui a documentarme, y por conducir todo el tiempo.

Gracias a mi hermano, Nicolas Reyes, por hablar conmigo de ideas y por ser divertidísimo.

Gracias, lector, por leer este libro.

Y gracias, Adam D'Alba, por todo. No hay lugar en el mundo en el que me guste estar más que contigo en el sofá hablando de historias.

«Para viajar lejos no hay mejor nave que un libro».

EMILY DICKINSON

Gracias por tu lectura de este libro.

En **penguinlibros.club** encontrarás las mejores recomendaciones de lectura.

Únete a nuestra comunidad y viaja con nosotros.

penguinlibros.club